Sergej Snegow

Die Invasion im Perseus

Sergej Snegow

Die Invasion im Perseus

Zweites Buch
des phantastischen Romans
Menschen wie Götter

Verlag MIR Moskau
Verlag Das Neue Berlin

Originaltitel:
Люди как боги (книга вторая)
Вторжение в Персей
Zuerst erschienen in der Anthologie
«Вторжение в Персей»
Verlag «Лениздат», Leningrad 1968
Aus dem Russischen von Heinz Kübart

Illustrationen von Günter Lück

ISBN 3-360-00130-3
1. Auflage dieser Ausgabe
Gemeinschaftsausgabe:
Verlag MIR, Moskau, und Verlag Das Neue Berlin, Berlin

Lizenz-Nr.: 409-160/234/86 · LSV 7204
Umschlag- und Einbandentwurf: Günter Lück/Jens Prockat
Satz und Druck: UdSSR
622 727 8
00820

Erster Teil

Die Invasion im Perseus

1

Alles war Wiederholung, alles war anders.

Ich hatte mich wie ein Entdecker gefühlt, als ich zur Ora flog. Auf den Halbsphären des Raumbildschirms war die Sternenwelt von ungetrübter Helligkeit gewesen. Jetzt jagten wir einen glatten Weg dahin, Dutzende von Schiffen vor und hinter uns. Bekannte Sterne näherten sich uns und erloschen in der Ferne – es gab nichts Neues. Ich eilte zur Ora. Sternentourist wollte ich nicht mehr sein. Ich war jetzt Soldat der größten Armee, die von der Menschheit je aufgestellt war, und würde nicht pünktlich den Gestellungsort erreichen!

„Ich verstehe dich nicht", sagte Mary und runzelte die breiten Brauen. Gerade hatte ich über die Verzögerung gejammert: Fünfzig startklare Schiffe mußten fast einen Monat auf dem Pluto schmoren, weil an einem Schäden festgestellt worden waren. „Ohne dich fliegt man nicht zum Perseus – wozu regst du dich auf? Und wird die Welt weniger schön, wenn du ihren Anblick schon einmal genossen hast?"

„Sie hört auf, überraschend zu sein", murmelte ich. Wir saßen im Observationssaal, finster blickte ich auf den Aldebaran, er wurde einfach nicht größer.

Mary hat etwas mit Wera gemein, obwohl sie sich äußerlich nicht ähneln. Die geradlinige, trockene Frauenlogik ist jedenfalls bei beiden gleich.

„Schönheit ist Vollkommenheit, das heißt ein Maximum des stets Erwarteten und Gewünschten", sagte Mary. „Etwas Gewünschtes und Erwartetes, das nicht überrascht – gib zu, Eli, das ist doch Unsinn."

„Gib auch du zu, Wera...", begann ich und stockte.

Mary lachte laut. „Ich habe deine Schwester nur auf Raumbildschirmen gesehen", sagte sie. „Aber es ist nicht das erstemal, daß du mich Wera nennst. Und du versprichst dich nur dann, wenn du unrecht hast und du dich rechtfertigen willst. Stimmt's?"

Ich küßte Mary. Küssen scheint die einzige Beschäftigung zu sein, die keine Begründungen, keine Rechtfertigungen erfordert.

Sie beklagte sich dennoch: „Ich dachte, du würdest Reiseführer auf meiner ersten Sternenfahrt sein. Einst nannte man die Reisen Jungverheirateter Hochzeitsreisen. Ich habe den Eindruck, unsere Hochzeitsreise langweilt dich."

Ich mußte sie auf andere Gedanken bringen; rief mir ins Gedächtnis zurück, was ich über die Gestirne wußte, erzählte ihr von dem Flug zu den Plejaden und zum Perseus. „Rings um uns der Sternenabgrund, und wir fallen in ihn hinein", sagte ich erregt. „Das muß man spüren, Mary – der Sternenabgrund, und du fällst hinein, fällst, fällst..."

2

Die Ora bot sich uns nicht einsam dar, sie war hundertfach vorhanden – jeder der um die Ora konzentrierten galaktischen Kreuzer funkelte wie ein kleiner Planet.

So viele Freunde empfingen uns, daß ich beim Umarmen, Schulterklopfen und Händeschütteln müde wurde.

Trub kam geflogen und erhöhte das Durcheinander. Ziemlich zerdrückt befreite ich mich aus seiner geflügelten Umarmung.

Im ersten Jahr seines Aufenthalts auf der Erde hatte Trub das Alphabet gemeistert und vor dem Abflug zur Ora die Prüfung für die Anfangsschule abgelegt, und dazu gehören Integralrechnung und elementare Theorie der Materie. Auf der Ora hatte Trub Schulen für seine Artgenossen eingerichtet. Die Engel zeigten sich technisch ungewöhnlich begabt. Es zog sie besonders zu elektrischen Apparaten.

In den Boxen hinter den Pegasusställen erregte ein feuerspeiender geflügelter Drachen unsere Aufmerksamkeit. Er lag, flammendrot, in seinem dicken Panzer da, aus seinen Nüstern wölkte Rauch, und als er eine Flamme ausatmete, erscholl Grollen.

„Er hat ja eine Korona!" rief Mary.

„Ein Entlader!" erklärte Lussin stolz. „Schleudert Blitze, die einen Gegner in Schutt und Asche legen. Gut, nicht?"

Auf dem Kopf des Drachens erhob sich tatsächlich eine Korona – drei vergoldete Hörner. Von den Hörnern sprangen Funken, rötlicher Schein verklärte den Kopf des Ungeheuers. Blitzen, die einen Feind in ein Häuflein Asche verwandeln, glichen die Fünkchen nicht.

„Probier's aus!" sagte Lussin. „Wirf einen Stein. Oder was anderes."

Es ist nicht einfach, auf der sauberen Ora ein Steinchen zu finden, deshalb warf ich mein Taschenmesser.

Der Drachen ruckte den Kopf herum, seine Augen funkelten, der Rumpf krümmte sich raubtierhaft, ein Blitz löste sich von der Korona und traf das Messer im Flug – es flammte auf und verwandelte sich in Plasma. Ein zweiter, noch heftigerer Blitz zuckte auf meine Brust zu. Würden die Orabewohner nicht durch individuelle Felder geschützt, wären wir bestimmt geblendet worden, und ebenso sicher hätte ich mich in ein Plasmawölkchen aufgelöst.

„Er kann auf einen Schlag drei Blitze schleudern", erklärte Lussin begeistert. „In drei Richtungen. Er heißt Donnerschleuderer."

„Gut und schön", sagte ich. „Ein effektvolles Wesen. Aber was sollen uns im Perseus Donnerschleuderer und Pegasusse?"

„Es wird sich schon eine Verwendung für sie finden, Eli."

Ich ahnte damals nicht, wie recht Lussin haben würde.

Mary und ich gingen hinaus, verließen Lussin mit seinen Geschöpfen und Trub.

Es war Abend, die künstliche Sonne erlosch. Lange schlenderten wir die Prospekte entlang, betraten die leerstehenden Hotels.

Ich erzählte Mary, wie ich die Atairen, die Wegabewohner und die Engel kennengelernt hatte. André hatte hier seine großen Entdeckungen gemacht. Die fast gänzlich erloschene Sonne entflammte zum Mond – Vollmond war auf der Ora.

„Du bist ein sonderbarer Mensch, Eli", sagte Ma-

ry. „Weshalb hast du dich eigentlich in mich verliebt?“

„Ganz einfach. Weil du Mary bist. Die einzige und unwiederholbare Mary.“

3

„Du wunderst dich sicherlich, daß unsere Unterhaltung vertraulichen Charakter trägt“, begann Wera am nächsten Tag. „Auf Beschluß des Großen Rates soll ich mit dir erwägen, wen wir zum Admiral unserer Flotte ernennen. An einen Admiral werden andere Anforderungen gestellt als an die Kommandeure von Schiffen oder Geschwadern.“

Ich zuckte die Achseln. „Zunächst muß ich wissen, was das für Anforderungen sind.“

„Erstens allgemein menschliche – er muß tapfer, entschlossen, standhaft und zielstrebig sein und eine rasche Auffassungsgabe haben... Ich hoffe, ich brauche nichts zu erläutern! Zweitens spezielle – er muß fähig sein, ein Schiff und Menschen zu befehligen, sich in den galaktischen Räumen zu orientieren, den Gegner und seine Kampfmethoden zu verstehen. Und schließlich die besonderen Eigenschaften – er muß außerordentlich klug sein und urteilen können, er muß ein Gefühl für das Neue sowie auch ein gutes teilnahmsvolles Herz und Verständnis für unsere historischen Aufgaben haben... Denn dieser Mensch, unser Admiral, wird der oberste Vertreter der Menschheit sein angesichts der bisher wenig bekannten, aber zweifellos alten und machtvollen galaktischen Zivilisationen.“

Ich lachte laut. „Du zeichnest nicht das Bild eines Menschen, sondern einer Gottheit.“

„Nur solch ein Mensch wird gebraucht. Keinem anderen können wir das Oberkommando anvertrauen.“

Wir gingen die Kandidaten durch.

Olga, Leonid, Oshima, Allan. Ich sagte, André würde sich am besten eignen, wenn er nicht in Gefangenschaft wäre. Wera lehnte auch ihn ab – sie meinte, André habe zwar einen scharfen, aber keinen großen Verstand.

Ich wurde ärgerlich, dieses Kandidatenspiel langweilte mich allmählich. Mir war es gleich, wer mich befehligen würde. Sollte man sich doch an die Große Maschine wenden, der leidenschaftslose Apparat würde gewiß eine genaue Antwort geben.

„Wir haben uns an die Große gewandt.“

„Davon hatte ich keine Ahnung.“

„Es wurde geheimgehalten. Wir hatten die Maschine ersucht, zu prüfen, ob unser vom Großen Rat einstimmig gewählter Kandidat der richtige sei. Die Maschine hat unsere Wahl bestätigt.“

Ich war verletzt, sehr sogar. Den Beschluß des Großen Rates hätte man vor mir nicht geheimhalten dürfen, dies und das verstehe ich ja auch von den Perseusangelegenheiten.

Trocken fragte ich: „Wer ist denn dieser erstaunliche Mensch, der so vollkommene Qualitäten besitzt, daß ihr ihn einstimmig zum Leiter gekürt habt?“

Sie sagte gelassen: „Du, Eli.“

Ich war derart verblüfft, daß ich nicht einmal wütend wurde. Dann versuchte ich zu beweisen, daß der

Beschluß Unsinn sei, Verwechslung, Quatsch, dummes Zeug, eine Unüberlegtheit, sie könne von diesen Begriffen wählen, welchen sie wolle. Jedenfalls kannte ich mich ausgezeichnet. In keiner Hinsicht paßte ich in die von ihr gezeichnete Silhouette des idealen Politikers und erfolgreichen Heerführers.

Sie hatte sich beizeiten auf Streit vorbereitet. Meine Argumente prallten an ihr ab wie Erbsen an einer Wand.

„Du sprichst dir wohl überhaupt jegliche Qualitäten ab?"

„Ein paar gute menschliche Fehler habe ich auch."

„Nicht sehr stichhaltig, aber beißend, Eli."

„So ist es eben."

„Ich habe dir aufmerksam zugehört, leider habe ich nichts Gescheites vernommen", erklärte Wera. „Solltest du dich halsstarrig zeigen, wird dein Widerstand befremdend und beleidigend wirken. Warum willst du denen Kummer machen, die dir vertrauen?"

Bedrückt schwieg ich. Wie als Kind, wenn sie mit mir zankte, konnte ich mich ihrer Beharrlichkeit nicht erwehren. Es war keine Freude.

Ich erinnerte mich, wie entrüstet ich über die Ruhe von Olga war, als sie zum Geschwaderkommandierenden ernannt wurde. Meine frühere Naivität war restlos dahin – ich frohlockte nicht, sondern schreckte vor der riesigen Verantwortung zurück.

„Die Schiffskapitäne waren begeistert, als sie den Beschluß des Großen Rates erfuhren. Ist dir das zuwenig?"

Ich sah ein, daß es keinen Ausweg für mich gab. „Einverstanden", sagte ich.

Etwas anderes hatte sie nicht erwartet. „Nun will ich dir die anderen Ernennungen mitteilen. Du wirst zwei Stellvertreter und drei Gehilfen haben. Dein Stellvertreter für Staatsangelegenheiten bin ich. Stellvertreter für Astronavigation ist Allan Krus. Die Gehilfen, die die drei einzelnen Geschwader befehligen, sind Leonid, Oshima und Olga. Hast du Einwände?"

„Nein, selbstverständlich nicht."

„Noch ein Punkt. Du warst einmal mein Sekretär, freilich kein besonders guter. Nun mußt du selber einen Sekretär haben. Man schlägt dir vor..."

„Hoffentlich nicht dich!"

„Ich bin dein Stellvertreter, das ist mehr als ein Sekretär."

„Entschuldige, in Rängen bin ich nicht stark. Also wer soll mein Sekretär werden?"

„Pawel Romero. Er ist auch mit der Funktion eines Chronisten der Fahrt betraut. Doch wenn du dagegen bist, suchen wir einen anderen."

Ich überlegte. Es gab keinen anderen Menschen, der sich so kraß von mir unterschied. Aber vielleicht mußten unsere Charaktere verschieden sein, damit wir erfolgreich zusammenarbeiten konnten?

Wera wartete ruhig, zu ruhig, auf meine Entscheidung. Ich lächelte, denn ich durchschaute sie.

„Pawel wird wahrscheinlich ein besserer Sekretär als ich ein Kommandierender sein. Ich nehme ihn gern."

4

Früher hatte ich nicht die geringste Vorstellung, wie schwierig das Kommandieren ist. Hätte man mich von neuem vor die Wahl gestellt, ich hätte es vorgezogen, mich unterzuordnen. Für alles war ich verantwortlich und doch nur von einem winzigen Teil dieses „alles" informiert. Ein erfahrener Militär hätte über meine Organisationsversuche gelacht. Vor der Schande bewahrte mich allein der Umstand, daß es schon lange keine echten Militärs mehr gab.

Eins war mir bald klar: Die Flotte war noch nicht soweit, um sich auf die weite Fahrt zu begeben.

Das berichteten wir der Erde durch die Überlichtkanäle. Wir brauchten mindestens noch ein Jahr Vorbereitung.

Einmal wandte sich Romero mit einer Bitte an mich. „Lieber Admiral", er und Oshima nannten mich nur noch so, Oshima ernsthaft, Romero nicht ohne Ironie, „ich möchte Ihnen vorschlagen, einen neuen Punkt in Ihren Tagesplan einzusetzen: Memoiren schreiben."

„Memoiren? Ich verstehe nicht, Pawel. Im Altertum gab es so was. In unserer Zeit Erinnerungen schreiben?"

Es sei notwendig, meine Erlebnisse zu fixieren, das hätten alle historischen Persönlichkeiten der Vergangenheit getan, und ich sei jetzt zweifellos auch eine historische Persönlichkeit.

„Nach der Fahrt werde ich, sofern wir gesund und munter zurückkehren, die wichtigen Ereignisse diktieren, die uns dort begegnen."

Romero ließ sich nicht beirren. Als Chronist der Fahrt werde er die wichtigen Ereignisse schildern. Ich müsse von meinem Leben erzählen. Mein Leben sei eine bedeutende historische Tatsache geworden, und wer kenne es besser als ich?

Am selben Tag begann ich mit meinen Erinnerungen.

5

Unsere Meldung, die Geschwader seien zu der weiten Reise noch nicht bereit, erzeugte Unruhe auf der Erde. Wera und ich wurden zu einer Sitzung des Großen Rates gerufen. Ich ging zu Mary, um sie zu bitten, uns zur Erde zu begleiten. Wir sahen uns jetzt wochenlang nicht. Ich verschwand auf den Schiffen, wechselte von einem zum anderen über, und Mary beschäftigte sich in den Laboratorien der Ora.

Mir kam es so vor, als sei sie krank. Selbstverständlich wußte ich, daß auf der Ora ebenso wie auf der Erde Krankheiten ausgeschlossen sind. Aber Mary sah traurig aus, ihre Augen glänzten, ihre geschwollenen Lippen waren trocken, und ich machte mir Sorgen.

„Ach was, gar nichts ist mit mir, ich bin gesund für zwei", sagte sie unwirsch. „Wann fliegt ihr?"

„Vielleicht doch: fliegen ‚wir'? Warum willst du auf der Ora bleiben?"

„Warum soll ich zur Erde fliegen? Du mußt, also fliege!"

„So eine lange Trennung, Mary..."

„Sind wir hier nicht getrennt? Im letzten Monat habe ich dich dreimal gesehen. Wenn das keine Trennung ist, dann kann ich mich nur freuen über dein erstaunliches Gefühl für Nähe."

„Auf dem Schiff werden wir ständig beisammen sein."

„Auch dort wirst du einen Grund finden, mich allein zu lassen. Versuch nicht, mich zu überreden, Eli!"

Ich schwieg. Sanfter sagte sie: „Ich habe einen Auftrag für dich – eine Liste von Material, das ich für meine Arbeit im Labor brauche. Bring bitte alles mit."

Die Materialliste war so umfangreich, daß sie auf einem Meterband kaum Platz fand. Mary begleitete mich zur „Bootes", wir umarmten und küßten uns.

Im Salon sagte Wera: „Mary sieht gut aus, Eli. Sie ist gesund, nicht wahr?"

„Gesund für zwei. Das hat sie selbst gesagt."

Wera schaute mich prüfend an, doch über Mary sagte sie kein Wort mehr. Während des Fluges hatte ich unendliche Konferenzen mit Wera und ihren Mitarbeitern. Sie hatte über hundert, und dieses Kollektiv arbeitete Einzelheiten der menschlichen Weltallpolitik aus.

Während eines Symposiums über die Natur des galaktischen Gut und Böse platzte ich, etwas konfus, heraus: „Was hat es für einen Sinn, in Einzelheiten zu wühlen? Wenn ich Verderber treffe, brauche ich bloß die Nase ans Periskop zu halten, dann weiß ich sofort, wie ich zu handeln habe."

„Eine politische Ader hast du nicht", sagte Wera vorwurfsvoll.

„Sehne, Wera, nicht Ader. Denn eure gelehrten Reden sind derart trocken, daß es mich reizte, einen Skandal vom Zaun zu brechen und das Gute zu Fall zu bringen."

„Die Ergebnisse unserer Arbeit wirst du trotzdem zur Kenntnis nehmen müssen."

Von dem Tag an ging ich nicht mehr zu den Konferenzen bei Wera, sondern las mir vor unserer Ankunft auf der Erde ihren Bericht durch, den sie vor dem Großen Rat halten wollte – eine lange Liste politischer Erwägungen für alle Fälle unserer Expedition. Keine war überraschend für mich. Sie ließen sich auf die einfache Formel bringen: Verhalte dich menschlich zu allen vernünftigen Wesen des Alls, unterstütze das Gute, kämpfe gegen alles Böse. Mir scheint, es hätte nicht so vieler Arbeit bedurft, um schließlich diesen unanfechtbaren Katechismus vorzulegen.

„Ich bin heilfroh, daß du nichts Neues gefunden hast", sagte Wera kalt.

„Was gibt es da zu freuen?"

„Die Tatsache, daß dir unsere galaktische Politik unanfechtbar erscheint. Gib zu, es wäre doch traurig, wenn der Leiter des größten Feldzuges der Menschheit an dessen Zielen und Aufgaben zweifelte."

An ihren Worten war etwas Wahres. Jedenfalls nahm der Große Rat ihren Vortrag „Die Prinzipien der galaktischen Politik der Menschheit" enthusiastisch auf. Auch mir wurde Beifall gespendet, obwohl ich keine edlen Ziele ausmalte, sondern materielle Schwierigkeiten, und die Ratsmitglieder nicht zu Enthusiasmus entflammte, sondern ihnen mit dem Scheitern der Expedition drohte, falls nicht sofort energische Maßnahmen getroffen würden.

Nach der Sitzung flogen die Ratsmitglieder zu den Produktionsplaneten, um die nachhinkenden kosmischen Werke anzufeuern, während Wera und ich uns auf die Rückreise vorbereiteten. Ein paar Tage dauerte es, bis ich das Material für Mary beisammen hatte.

In den vier Monaten unserer Trennung war Mary füllig geworden. Sie bewegte sich plump und vorsichtig. Zuerst stieß ich verwundert einen Pfiff aus, dann packte ich sie bei den Armen.

„Vorsicht!" sagte sie. „In der Schwangerschaftsprognose ist nicht vorgesehen, mich an den Armen zu zerren." „Wenigstens ein Wörtchen hättest du doch sagen können! Und Wera ist wirklich gut, sie wußte es doch sicherlich!" „Sie wußte es, aber du solltest es erraten!" versetzte Mary heiter. „Außerdem hatte ich dir gesagt, ich sei gesund für zwei; einem einfachen Menschen, keinem Admiral, wäre es wie Schuppen von den Augen gefallen. Und Wera schwieg, weil wir das vereinbart hatten, du solltest dir keine Sorgen um mich machen."

Ich überschüttete Mary mit Fragen: ob sie einen Jungen oder ein Mädchen erwarte, wann die Geburt sei, wie sie verlaufen werde. Mary hob flehend die Hände. So zufrieden hatte ich sie lange nicht gesehen.

„Nicht alles auf einmal, Eli! In einem Monat bekommst du einen Sohn, du mußt dir sofort einen Namen überlegen. Sag mir nun, was aus meinen Aufträgen geworden ist."

„Hundert schwere Kisten – das sind deine Aufträge. Die altertümlichen Kernbomben in den Museen sind leichter als deine Frachten."

„In den Kisten sind tatsächlich Bomben, aber solche, die Leben verbreiten, nicht Tod."

„Leben, sagst du?"

„Ja, Leben. Warum wundert dich das? Leben zu spenden ist doch das Schicksal von uns Frauen. Zerstören ist ein uraltes Privileg der Männer. Und wenn bei den Verderbern..."

„Versuch mich nicht zu überzeugen, Mary. Dem Matriarchat stimme ich nie zu. Das Maximum meiner Zugeständnisse in dieser Hinsicht ist die Gleichberechtigung."

Mary wollte auf der Ora entbinden. „Ich habe schon Spychalski gefragt, er ist einverstanden, daß ich hier bleibe. Mach nicht so ein bekümmertes Gesicht, hier habe ich es nicht schlechter als auf der Erde."

„Dann wollen wir unseren Sohn Aster nennen", sagte ich feierlich. „Da er als erster Mensch auf einem anderen Stern geboren wird, soll er einen Sternnamen tragen."

6

In diesen aufreibenden Tagen mußte ich oft an André denken – ich hatte ihn verspottet, weil er sich um Jeanne sorgte, obwohl er wußte, daß sein Sohn zum angekündigten Termin gesund zur Welt kommen würde. Ich wußte, daß Aster eine glückliche Geburt garantiert war, dennoch regte ich mich nicht weniger als André auf.

Selbstverständlich war er ein prächtiges Bürschchen, unser Aster, fünf Kilogramm Muskeln und

Liebreiz, er lachte, kaum hatte er die Augen geöffnet, freudig strampelte er mit den Beinchen.

Es hagelte Glückwünsche von der Erde, der erste von Albert. Er gratulierte Mary und mir auf seine Art.

Er hatte die Große ersucht, sie möge ausrechnen, von welchen kosmologischen Problemen die jetzt zur Welt kommende Menschengeneration einst geplagt werde. Die Große hatte zwei Probleme herausgestellt: das Vordringen in den durch dunkle Nebelschwaden verdeckten rätselhaften Galaxiskern und das fortschreitende Herausfallen der Hyaden aus unserem Universum. Jetzt unterlag es keinem Zweifel mehr, daß die Sterne der Hyaden mit wachsender Geschwindigkeit in eine Grube im Kosmos stürzten, in einen Abgrund, der sich speziell für sie aufgetan zu haben schien.

Aster wird sich als erster Mensch in diese Sternenklüfte stürzen, prophezeite Albert, als erster Mensch wird er erforschen, ob sie wirklich unergründlich sind.

Mary sah heiter und schön aus, als man mich zu ihr ließ. Man konnte meinen, sie habe einen Spaziergang hinter sich, keine Geburt.

„Ich wußte, daß Aster dir ähneln würde“, sagte sie. „Schon im dritten Schwangerschaftsmonat hatte ich seine Horoskopfotos, ich zeigte sie dir nicht, weil ich unzufrieden mit dir war. Rechtfertige dich nicht! Sag mir lieber, wann es losgeht!“

„Bald. Willst du unserem Abflug beiwohnen, oder kehrst du eher zur Erde zurück?“

„Ich will mit dir fliegen!“ platzte sie heraus.

„Unsinn!“ sagte ich großmütig. „Ich weiß, junge Mütter haben oft seltsame Anwandlungen."

„Du bist dir noch gar nicht über meine Anwandlungen im klaren", bemerkte sie. „Du mußt mich und Aster mitnehmen."

Ich versuchte sie umzustimmen.

„Es ist zwecklos, mich überreden zu wollen, wir fliegen mit dir."

„Aber warum?" rief ich. „Erkläre mir, wozu willst du dich und Aster den Widrigkeiten der weiten Reise aussetzen?"

„Ich will mich weder von Aster noch von dir trennen. Was soll ihm denn passieren? Die Kinderkrankheiten sind längst überwunden, weißt du das nicht?"

„Du willst, daß ich Aster in das Verzeichnis der Besatzung eintrage?"

„Sei nicht ironisch. Genau das will ich."

Ich trat zu dem Kleinen. Er strampelte und sprudelte. Aus seinen gescheiten Augen blickte er mich an und sagte undeutlich: „Hm!" Er hatte nicht geschlafen, der Umwelt entrückt, wie es andere Kinder seines Alters tun, er lebte schon, zappelte energisch in dieser für ihn neuen Welt.

„Aster, mach dich marschbereit!" sagte ich froh. „Zieh dir die Rüstung an und setz dich in Marsch!"

Deutlicher und lauter als vorher sagte er: „Hm!"

Mir zieht sich das Herz zusammen, wenn ich an jenen Tag zurückdenke und an das, was dann geschah. Selbst die zufälligen Umstände fügten sich so, daß sie sich wie Strahlen, die von einem konkaven Spiegel reflektiert werden, in einem unheilvollen Brennpunkt sammelten, und in diesem Brennpunkt war die Unvermeidlichkeit.

7

Wir flogen in zwei Geschwadern zu je hundert Sternenflugzeugen, jedes Schiff war ungefähr fünfzigmal stärker als die leistungsstarke „Raumfresser". Ich hatte meine Admiralsantenne auf der „Bootes" aufgepflanzt – Oshimas Flaggkreuzer. Hier hatten sich auch Wera und Lussin einquartiert. Auf der „Skorpion", Leonids Kommandeursschiff, war Allan mit seinem Stab.

Die Nachrichten, die wir vor unserem Aufbruch von der Erde erhalten hatten, berechtigten nicht zu großen Hoffnungen. Alberts Überlicht-Ortungsgeräte hatten in den Sternklüften des Perseus keine Veränderungen festgestellt. Die in das größte Auge und Ohr des Alls verwandelte Erde blickte und horchte vergeblich in die zwei Sternenfäuste, die bei einem gigantischen kosmischen Schlag zusammengeprallt waren – aus dem Perseus drangen keine neuen Laute, keine neuen Bilder flammten darin auf.

Nur eine rätselhafte Erscheinung gab es kurz vor unserem Start, wir maßen ihr keine Bedeutung bei, und wenn wir auch begriffen hätten, was sie in sich barg, hätte sich das schwerlich auf unsere weiteren Handlungen ausgewirkt. Albert teilte mit, ein Stern der Gruppe χ sei plötzlich verschwunden, ein Gestirn mit einem einzigen Planeten, der allem Anschein nach von Zerstörern besiedelt war – ein „Verderbergestirn" unserer Terminologie zufolge.

„Und das war kein übler Stern, ein Gigant der Klasse K, absolute Leuchtkraft, ungefähr zehntausendmal heller als die Sonne! Auf den Fotografien ist er deutlich zu sehen, während sechshundert Jahren Fotografierens hat sich sein Glanz keinen Deut geändert, eine geradezu rührende Beständigkeit. Und mit einemmal – nichts! Und was das putzigste ist, er ist innerhalb weniger Sekunden verschwunden, als wäre er in eine Luke gepurzelt, aus dem Sein ins Nichtsein, andere Worte finde ich dafür nicht."

„Handelt es sich vielleicht um Annihilation?" fragte ich. Alberts Mitteilung machte mir Sorge. Wenn sich die Zerstörer die Kunst der Umwandlung von Materie in Raum zu eigen gemacht hatten, so war unser militärischer Hauptvorteil ihnen gegenüber verloren. „Haben Sie geprüft, ob sich die Gruppe erweitert hat?"

Albert beruhigte mich: „Sie haben eine schlechte Meinung von mir, Eli, wenn Sie glauben, ich hätte nicht sofort gerade dies untersucht – ob Kavernen entstanden sind. Kein zusätzlicher Raum im Perseus! Ich sage Ihnen, der Stern ist einfach verschwunden und basta!"

„Wurde mit Hilfe der Raumwellenstation beobachtet?"

„Für was für Ignoranten halten Sie uns eigentlich, Eli? In der Optik wird dieses Sternchen – wir haben es den Orangefarbenen genannt – noch mindestens fünftausend Jahre friedlich leuchten. Er ist im Überlichtbereich verschwunden."

Die Raumwellenstationen auf den Sternenflugzeugen und auf der Ora waren zu schwach, um den Verlust und das Erscheinen des Orangefarbenen zu fixieren, dagegen sahen wir ihn in der Optik gut.

Es war ein effektvoller Stern – hellorange, ungestüm lohend, sein rastloses Funkeln überstrahlte alle Nachbarn. Mir war schon früher aufgefallen, daß die Zerstörer für ihre Siedlungen gerade solche Gigantensterne der späten Spektralklassen gewählt hatten. „Ein Bruder des Drohenden“, sagte ich zu Oshima über den Orangefarbenen.

Wir betrachteten ihn begeistert und feindselig zugleich – die Schlacht im Bezirk des Drohenden war uns noch in Erinnerung.

Drei Tage nach seiner ersten Mitteilung meldete Albert, der Orangefarbene sei wieder an seinem alten Platz und leuchte ebenso machtvoll und friedlich wie sonst.

Diese Geschichte beschäftigte uns nicht lange und beunruhigte keinen von uns sonderlich. Romero vermutete, die Ursache liege in Störungen der Station, die Ortung mittels Raumwellen sei eine unerprobte Sache, und offensichtlich habe der Stern nicht eine zirzensische Illusion zum besten gegeben, sondern unvermutete Störungen im Überlichtbereich seien aufgetreten.

Wir waren oberflächlich in unseren Schlußfolgerungen, ich gestehe das jetzt ein. Niemand kennt die Zukunft. Auch ich kannte sie nicht.

Unsere Fahrt zu den Sternhaufen des Perseus will ich nicht schildern. Ich erwähne nur, daß jedes unserer Schiffe schneller war als die „Raumfresser“, doch die Flotte insgesamt bewegte sich langsamer als jeder galaktische Kundschafter. Wir konnten nicht damit rechnen, daß sich eine solche Armada unbemerkt an die Festungen der Zerstörer heranschleichen könnte, Maßnahmen mußten getroffen werden, um nicht unterwegs von einem feindlichen Angriff überrascht zu werden.

Obwohl es die Verderber nicht wagten, uns während unserer Reise zu überfallen, sondern ausgeklügeltere Abwehrmittel ersannen, tut es mir auch heute nicht leid, daß ich der Ungeduld der anderen Kapitäne widerstand, die hartnäckig forderten, die Fluggeschwindigkeit zu erhöhen.

Wir jagten in zwei Kielwasserformationen dahin.

Aster war im sechsten Jahr, als die gigantische Gruppe der Perseusgestirne den ganzen Sternhimmel vor uns einnahm.

8

Wir wurden erwartet.

Als wir vom Perseus noch weit entfernt waren, begannen wir Mitteilungen zu entschlüsseln, die unsere Freunde uns sandten, aber auch Meldungen, die die Feinde über uns austauschten. Wie bei der Erkundungsfahrt der „Raumfresser" erhob sich auch jetzt ein Sturm der Störungen.

Fremde Geräusche machten die Informationen der Galakten zunichte, und die Depeschen der Zerstörer waren so wenig verständlich, daß ihre Entschlüsselung nichts Wertvolles ergab.

Wir näherten uns dem Gürtel kosmischer Leere, der beide Gruppen trennte: die nähere h und die ferne χ. Der Abstand zwischen den Gruppen betrug rund hundert Parsec – ein Katzensprung bei den Maßstäben der Galaxis, keineswegs ein Katzensprung für unsere Schiffe. Einige Kapitäne forderten, die nähere Gruppe h zu erforschen, trotzdem schwenkte ich zur χ ab, wo wir schon einmal gewesen waren – dort warteten gut vorbereitete Feinde, aber auch Freunde auf uns. Die unbekannten Freunde hatten schon bei unserem letzten Besuch alles unternommen, um uns zu helfen, es bestand Grund zu der Hoffnung, daß sie es wieder versuchen würden, diesmal vielleicht mit größerem Erfolg.

Bald blieben rechts und links die leeren Randsterne zurück, und wir befanden uns in dem Gebiet, wo sich die Gestirne dicht aneinanderdrängten.

Jedes Geschwader bewegte sich selbständig – in Form eines Rammsporns zu acht Schichten mit einer Schneide. In Oshimas Geschwader bildete die „Bootes" die Schneide, ihr folgten die „Jagdhund", und rings um die „Jagdhund" hatten sich zwölf Sternenflugzeuge verteilt. Diese Schicht aus dreizehn Sternenflugzeugen, eins in der Mitte und zwölf ringsherum, wurde siebenmal wiederholt – der Durchmesser wurde von Schicht zu Schicht größer.

Der kolossale Kegel stürmte das nichteuklidische Netz, in dem sich die „Raumfresser" einst beinahe verfangen hätte. Den Berechnungen der Schiffsmaschinen zufolge reichte unsere Kraft aus, um beliebige Metrikstörungen zu überwinden.

In einer Entfernung von ein paar Lichtwochen stieß eine ebensolche Abteilung von Sternenflugzeugen unter dem Befehl von Allan einen Tunnel in den nichteuklidischen Raum. Allans erste Depeschen besagten, daß alles gut laufe.

An einem Erfolg zweifelten wir nicht.

Ich erinnere mich gut an den Tag, da unsere Überzeugung, wir würden einen leichten Sieg erringen, ins Wanken geriet.

Wir saßen zu viert im Kommandeursaal – Oshima, Wera, Romero und ich.

Das Sternenlicht war so hell, daß ich die Gesichter meiner Freunde erkannte. Unser Geschwader flog, Raum fressend, auf ein gelbrotes Gestirn mit einem Planeten zu. Das war der Orangefarbene, der vor unserem Aufbruch von der Ora plötzlich aus dem Perseus verschwunden und dann ebenso plötzlich wieder aufgetaucht war. Albert hatte ihn friedlich genannt. Doch auf mich hatte er auch von der Ora aus keinen friedlichen Eindruck gemacht – sein leidenschaftliches Leuchten beunruhigte mich.

Ich beobachtete mißtrauisch den Orangefarbenen. Die Raumwellen, die den seltsamen Stern geortet hatten, wurden im Gerät in ein gewöhnliches optisches Spektrum umgewandelt. Erstaunliche Veränderungen erwartete ich von ihm – Explosionen, gigantische Protuberanzen. Hätte er sich vor meinen Augen in eine Supernova verwandelt, würde ich mich nicht gewundert haben.

„Warum starrst du unentwegt auf den Orangefarbenen?" fragte Wera.

„Irgend etwas wird passieren", sagte ich. „Das ist doch nicht bloß ein Gestirn, sondern eine Sternwaffe der Verderber... Hoffentlich donnert er uns nicht eine Salve zerstörender Teilchen und vernichtender Felder entgegen!"

„Das sollen sie nur versuchen, Admiral", versetzte Oshima. „Unsere Mittel zur Abwehr von Teilchen und Feldern sind durchaus zuverlässig."

Als hätte ich es heraufbeschworen, ereigneten sich bald darauf Veränderungen, doch sie entsprachen nicht unseren Erwartungen. Der Orangefarbene flammte nicht auf, keine ungeheure Explosion, durch die Massen von vernichtenden Strahlen ausgestoßen worden wären. Er begann trübe zu werden. Verdutzt blickten wir uns an. Etwas Unheilvolles war an diesem erblindenden Glanz.

„Eine Mitteilung von Allan!“ rief Romero.

Der Versuch von Leonids Geschwader, ins Innere des Sternhaufens einzudringen, war gescheitert. Es hatte sich wiederholt, was mit der „Raumfresser“ praktiziert worden war, mit dem Unterschied nur, daß man uns damals aus der Gruppe nicht herausgelassen hatte, während man uns diesmal nicht hineinließ.

Und obwohl jetzt mehr als hundert Höchstleistungsschiffe gegen die Sternmauer des Feindes anrannten, während damals nur ein unvorsichtiger galaktischer Kundschafter in dem Labyrinth hin und her jagte, änderte sich nichts. Ebenso ungestüm, wie Leonid den Geschwader-Rammsporn gegen die Wälle des Gegners stieß, prallte die Sternenflugzeug-Abteilung zurück: Die hinteren Schichten des Rammsporns griffen noch die Randsterne der Gruppe an, da flog die Schneide, das Flaggschiff „Skorpion“, bereits in den leeren Kosmos hinaus.

Der Sternhaufen χ hatte sich verbarrikadiert.

„Gestern gab es keinen Ausgang, heute gibt es keinen Eingang.“

„Aber wir rücken vor, Admiral!“ rief Oshima.

„Wir greifen an. Was dem Geschwader von Leonid nicht gelungen ist, gelingt vielleicht meinem!“

Der Orangefarbene trübte sich mehr und mehr. Ich verstand schon, daß das mit der Raumkrümmung zusammenhing.

„Erwartest du etwas, Eli?“ fragte Wera.

„Ja. Ich erwarte, daß man uns so schnell von hier hinausbefördert, daß wir nicht einmal dazu kommen, unsere Geschwindigkeit zu vermindern.“

Bald darauf informierte uns die Schiffsmaschine, daß die Krümmung im Raum größer würde. Wir wurden hinausgeworfen.

„Vorläufig handeln die Zerstörer nach Schablone“, bemerkte Romero. „Sie wirken unserer Fortbewegung nicht entgegen, sondern geben uns seelenruhig eine andere Richtung. Gedenken Sie neue Varianten zu suchen, lieber Admiral?“

„Ich suche bereits...“

„Und?“

„Wenn die Verderber ihre erfolgreiche Methode wiederholen, warum sollen wir dann nicht Olgas Schlag gegen den kleinen Planeten wiederholen? Wir annihilieren ein passendes Objekt am Rande der Gruppe und dringen durch das von uns geschaffene Leeretor ein.“

Oshima überließ das Kommando den Automaten, wir schalteten im Saal das Licht an.

Auf den Halbsphären leuchteten die Karten der Gruppe χ auf. Sie war nicht so kompakt wie die Kugelhaufen an den Rändern der Galaxis, hier fanden sich außer einsamen Sternen mit kleinen Planeten auch finstere kosmische Herumtreiber, die mutlos die

Gruppe umwanderten. Wir mußten einen Planeten wählen, der den feindlichen Festungen möglichst nahe war, damit es ihren Krümmungsmechanismen nicht gelang, die von uns erzeugte Leere in die Raumfelder einzubeziehen.

In dem Bezirk, dem sich beide Geschwader genähert hatten, gab es etwa ein Dutzend Planeten rings um einsame Sterne und ungefähr genausoviel galaktische Herumtreiber, deren Masse größer als die der Planeten, aber bedeutend kleiner als die der Sterne war. Jedes dieser Objekte konnten wir benutzen, um durchzubrechen.

„Wir sehen unangenehmen Tatsachen ins Auge. Der Frontalangriff ist nicht gelungen. Und wird nicht gelingen, sooft wir ihn versuchen“, folgerte ich aus unserem Gespräch. „Eine neue Variante würde Monate, vielleicht sogar ein Jahr erfordern. Da die geraden Wege versperrt sind, bleibt nichts anderes übrig, als einen Umweg zu machen.“

9

Ich ging zu Mary ins Laboratorium. Sie beschäftigte sich mit der Züchtung einfachster Lebensformen für unterschiedliche Bedingungen von Nährböden, Gravitation, Temperatur und Druck. Das Material, das ich ihr von der Erde gebracht hatte, war für diese Arbeit bestimmt gewesen.

Gleichgültig beobachtete ich, wie Mary mit durchsichtigen Glaskolben hantierte. In den Kolben plätscherte etwas Trübes.

„Uninteressant, nicht?“ fragte Mary lachend.

„Stimmt“, antwortete ich. „Dünnflüssiger Schlamm.“

„Und wenn ich dir sage, daß ein Tropfen dieses Schlamms, fällt er zufällig aus dem Kolben, ausreicht, unser Sternenflugzeug vollständig zu vernichten – findest du das dann immer noch uninteressant?“

Ich hielt den Kolben gegen das Licht. Zweifellos enthielt er eine Bakterienkolonie. Von Bakterien, die Schiffe vernichteten, war mir noch nie etwas zu Ohren gekommen. Ich bat Mary, mir zu erklären, wie derart gefährliche Präparate aufs Sternenflugzeug gelangen konnten.

„Sie sind gemäß den gesetzlichen Vorschriften in die Inventarlisten des Schiffes eingetragen“, beruhigte mich Mary.

„Aber sie haben zerstörende Wirkung. Der Expeditionsleiter muß wissen, zu welchem Zweck auf dem Schiff Dinge auftauchen, die den Tod in sich bergen.“

„Habt ihr nichts hier, was potentiell gefährlich wäre? Neben den Annihilatoren, die Planeten vernichten, nehmen sich meine Mikroben wie ein Schwarm Wespen neben einem Tiger aus.“

Mary berichtete mir, auf der Erde wären kürzlich erstaunliche Körperchen synthetisch hergestellt worden – mikroskopisch winzige Atomwerke. Bei genügender Energiezufuhr bauten sie die Atomkerne um, die Bestandteil ihrer Nahrung sind.

„Diese Winzlinge hier ernähren sich von reinem Eisen“, sagte Mary und betrachtete den Kolben wohlgefällig. „Und nachdem sie ihre Arbeit getan haben, ist kein Eisen mehr vorhanden, dafür Sauerstoff und Wasserstoff, Silizium und Kohlenstoff... Wenn wir irgendwo einem Planeten aus reinem Eisen begegnen, infiziere ich ihn mit diesen Bakterien, und nach ein paar Jahrtausenden hat sich auf dem leblosen Metall eine auflockerbare Schicht gebildet, die durchaus geeignet ist, Pflanzen zu ernähren.“

Befriedigt sagte ich: „Du darfst dich weiter mit deinen winzigen Ungeheuern abgeben, für das Sternenflugzeug sind sie ungefährlich. Eisen wird im Schiffsbau seit langem nicht mehr verwendet.“

Mary schaute mich verschmitzt an. „Ich habe noch zwei Dutzend Kolben, die diesen gleichen, und in jedem befindet sich Schlamm... Doch der zerfrißt nicht Eisen, sondern andere Elemente.“

Aster hatte uns zugehört. Wo Mary war, da war auch er. Jetzt hockte er auf dem Fußboden und bastelte an einem defekten Spielzeugdrachen.

„Papa, repariere den Gravitator“, bat er. „Ich bin schon zweimal zu Boden geplumpst.“

An dem Drachen waren die Gravitationskontakte schlecht eingepaßt – das übliche Malheur bei diesem Spielzeug.

Nachdem ich die Strahler mit einer kleinen Bürste gesäubert hatte, tollte Aster im Laboratorium umher, bald flog er zur Decke, bald rasselte er mit den Flügeln an meinem Ohr.

„Hast du keine Angst, daß er abstürzt?“ fragte mich Mary vorwurfsvoll. „Ich war froh, als diese scheußliche Echse streikte. Wenn es doch einmal einen Tag ohne Schrammen und blaue Flecke abginge!“

„Ein Junge ohne Schrammen ist kein richtiger Junge“, versetzte ich und beobachtete Aster verstohlen, um ihm notfalls zu Hilfe zu eilen.

„Wenn Mama mein Tier nicht gefällt, bitte ich Lussin, mit mir auf dem Donnerschleuderer zu reiten!“ schrie Aster von der Decke. Er hielt sich oben mit den Händen fest; die Beine zügelten den vorwärts strebenden Drachen.

Ich schimpfte mit ihm. Er schwebte herab.

Mary hatte bald erraten, daß mich etwas bedrückte.

„Es gibt etwas Neues“, antwortete ich. „Die Wege ins Innere des Sternhaufens sind abgeriegelt. Wir werden die Methode anwenden, die Olga bei der Flucht aus dem Perseus benutzte.“

Ich sprach leise, doch Aster hatte ein gutes Gehör. „Ihr wollt Sterne annihilieren?“

Es hatte keinen Sinn, weiter ein Geheimnis daraus zu machen. „Wo denkst du hin – Sterne! Wir beschränken uns auf planetenähnliche Herumtreiber. Das gibt ein famoses Schauspiel, es wird dir gefallen, Aster.“

Er erklärte stolz: „Ich habe auf dem Raumbildschirm gesehen, wie du mit Kapitän Olga Trondike den bösen Goldenen Planeten annihiliert hast. Das war ein toller Schlag, so einen hat vor euch noch nie jemand geführt!“

„Wir bekamen damals auch tüchtig etwas ab, mein Sohn. Aber du hast recht: Die Annihilation glückte, wir schufen uns ein Maximum an leerem Raum.“

Mary hatte mir und Aster mißbilligend zugehört. Jetzt wurde sie böse. „Geh in dein Zimmer, Aster!“ sagte sie streng.

Wenn Mary diesen Ton anschlug, stritt man besser nicht mit ihr. Aster ging gehorsam hinaus.

„Ich spüre es, ohne Rüffel komme ich nicht davon“, sagte ich lachend.

„Du vergötterst deinen Sohn maßlos!“ rief Mary zornig. „Wie du mit ihm sprichst!“

„Normal. Ich spreche mit ihm, wie ich mit dir oder Romero spreche.“

„Eben. Aber Pawel und ich sind erwachsene Menschen, er ist ein Kind! Ich bedaure, daß es auf den Sternenflugzeugen keine Internate gibt; manche Eltern, zu ihnen gehörst auch du, üben einen schlechten Einfluß auf ihre Kinder aus.“

„Soll ich ihn hätscheln und tätscheln, wie es in alten Zeiten die Ammen taten?“

„Nicht hätscheln und tätscheln, nein! Du sollst nur mit dem Kleinen nicht so sprechen, als wäre er Newton oder Einstein.“

„Mit Newton oder Einstein könnte ich nicht so wie mit Aster sprechen“, erwiderte ich ruhig. „Sie würden mich nicht verstehen. Sie waren Leuchten der Wissenschaft, doch über vieles wußten sie nicht so gut Bescheid wie Aster.“

Marys Zorn schlug in Heiterkeit um. Solche Stimmungsumschwünge hat sie oft.

„Ich bin deiner Paradoxe müde“, erklärte sie.

„Wo siehst du Paradoxe? Das ist doch albern. Newton war genial, doch von Elektrizität hatte er keine Ahnung. Aster dagegen ist von elektrischem Spielzeug umgeben, von elektrischen Maschinen, er schwärmt für Raumbildschirme, Übertragungen, Signale, Elektrizität wärmt ihn und leuchtet ihm, er ist in der Lage, ohne fremde Hilfe gigantische Elektromotoren in Bewegung zu setzen und anzuhalten.

Newton wäre entsetzt weggerannt, hätte er das Elektronenungeheuer zu Gesicht bekommen, mit dem Aster herumtobt. Und nun zu Einstein."

„Eli, es langt! Du bist einfach nicht zu schlagen."

„Nein, nein, reden wir ruhig weiter! Einstein hat die moderne Gravitationstheorie geschaffen. Wußte er etwas vom Übergang der negativen Energie der Schwerefelder in die positive Energie der sich abstoßenden Felder? Das ist doch die Operation, die Aster durch einen einfachen Hebeldruck vollzieht. Warte, ich bin noch nicht fertig! Sag ehrlich: Hätte der große Einstein durch einen Knopfdruck in die Luft fliegen und unter der Decke umherschwirren können? Hätte er abstürzen können, ohne sich ein Knöchelchen zu verletzen? Unserem Knirps kostet das nicht die geringste Mühe. Sage mir nach alldem nicht, mit Aster dürfe man nicht ernsthaft sprechen."

10

Die Zerstörer waren klüger, als es uns recht war.

Weder den Randsternen der Gruppe noch den planetenähnlichen Herumtreibern konnten wir uns nähern. Kaum peilten wir diese Objekte an, da flogen wir auch schon daran vorbei. Das nichteuklidische Netz krümmte sich zunächst, dann warf es uns federnd zurück.

Die gigantische Gruppe, deren scheinwerferähnliche Sterne machtvoll flammten, war in einer anderen Welt, außer Reichweite.

Albert zählte von der Erde aus sechs Gestirne die dem Orangefarbenen glichen, unser alter Bekannter, der Drohende, gehörte ebenfalls zu diesem Schwarm von Sternfestungen. Jede verteidigte ihren Abschnitt, und alle zusammen waren so geschickt angeordnet, daß sie die Gruppe mauergleich deckten.

Das Unverständlichste und Beklemmendste: kein von Galakten besiedelter „inaktiver" Stern reagierte auf unsere Rufe, keiner versprach, keiner erwies uns Hilfe! Als wir uns dem Perseus näherten, hatten wir ihre Sendungen lückenhaft aufgefangen, jetzt gab es keine Lebenszeichen von den Galakten!

Nach irdischer Rechnung waren drei Jahre seit dem Tag verstrichen, da wir uns den Perseusklüften genähert hatten, und immer noch irrten wir in ihrer Umgebung. Dann verfiel ich auf ein Projekt, das von den Historikern später äußerst unterschiedlich bewertet wurde. Ich will mich nicht loben, nicht anklagen. Kürzlich hörte ich eine Lektion, die vom System der Sternengemeinschaft übertragen wurde, darin wurde mein Vorschlag als Wendepunkt in den Beziehungen der Sternvölker bezeichnet. Nur mühsam vermag ich mir das Lachen zu verbeißen.

Ich behaupte, daß eine größere Katastrophe nicht hätte erwartet werden können. Und wenn das Endergebnis anders aussah, als es die Zerstörer erhofft hatten, so war das nicht ihre Schuld und nicht mein Verdienst. In unserem Kampf, der für beide Seiten ein Verzweiflungskampf war, mischte sich unversehens eine andere Macht. Ich will der Reihe nach erzählen.

Auf der „Bootes" waren Allan, Leonid und die anderen Kommandeure eingetroffen – mittels Raumwellen Schiffsrat zu pflegen, wagte ich nicht.

Mein Vorschlag lief auf folgendes hinaus: Beide

Geschwader der vereinigten Armada greifen den nichteuklidischen Raum unweit des Orangefarbenen an. Einen so wuchtigen Schlag können die Zerstörer nur dann abwehren, wenn sie die Verteidigungsmechanismen des Orangefarbenen verstärken. Inzwischen schlagen drei Schiffe, an der Spitze die „Bootes“, von der anderen Seite zu, wo in dem Augenblick, da die Hauptkräfte unserer Flotte angreifen, die Verteidigung zweifellos geschwächt ist. Die drei Schiffe dringen ins Innere ein, und auf dem von ihnen gebahnten Weg folgen sofort unsere Hauptkräfte.– Ich hatte Einwände erwartet.

Allan sagte: „Albert teilt mit, Olgas Reservegeschwader habe endlich sämtliche Laderäume mit Aktivstoff gefüllt. Wäre es nicht besser, auf Olga zu warten?“

„Das dritte Geschwader würde uns arithmetisch stärken, aber die Schiffsmaschine kann nicht garantieren, daß dieser Kraftzuwachs genügen würde“, entgegnete ich. „Olgas Schiffe sind frühestens in drei Jahren hier. Warum diese drei Jahre vertrödeln? Die Zerstörer können wir nur mit List überwältigen, nicht mit Kraft. Zum Überlisten brauchen wir Olgas Kreuzer nicht. Allerdings besteht das Risiko einer Niederlage“, schloß ich meine Rede. „Aber jeder Krieg ist ein Risiko. Ich verlange nicht sofortige Zustimmung, überlegen Sie, beratschlagen Sie mit den Besatzungen. Funken Sie mir morgen die Kollektiventscheidung zur ‚Bootes‘ herüber: ‚Ja‘ oder ‚Nein‘.“

Während die Kommandeure zu ihren Schiffen zurückkehrten, sprach ich mit Leonid, Allan und Wera.

„Alle Schiffe, die den Durchbruch unternehmen,

werde ich befehligen. Die Leitung der vereinigten Flotte übernimmt Allan. Laß den Kopf nicht hängen, Leonid. Wir beide haben schon schlimmere Situationen erlebt."

Von allen Schiffen wurde „Ja" gefunkt. Das Täuschungsmanöver war einhellig genehmigt.

11

Die „Bootes" wurde von der „Jagdhund" und der „Fuhrmann" begleitet. Wir warteten nur auf die Nachricht von Allan, daß die Flotte angegriffen habe. Er teilte mit, daß auch der neue Durchbruchsversuch erfolglos verlaufe.

„Es ist soweit!" übermittelte ich meinen drei Schiffen, und wir stürmten vor.

Wir waren zu dritt – Oshima, Romero und ich. Oshima befehligte, Romero und ich beobachteten. Auf unserer Flugachse funkelte der Orangefarbene, im Vervielfacher war auch sein kleiner Planet zu sehen. Wenn dort Verderber hausten, so mußten sie irgendwelche Verteidigungsmaßnahmen ergreifen, und zwar sofort, mochten sie auch nicht wirkungsvoll sein. Wir beschleunigten ständig unseren Flug, Widerstand war nicht zu spüren, nichts deutete an, daß wir entdeckt waren.

Unsere drei Schiffe glitten in den Sternhaufen wie in ein offenes Tor.

Falls die Verderber irgendeine Gemeinheit für uns bereithielten, so war das vorläufig noch nicht erkennbar. „Unter sonstigen Varianten haben wir auch die in Aussicht genommen, daß uns die Zerstörer in eine

Falle locken", sagte Oshima. „Scheint Ihnen nicht, Admiral, daß diese eingetreten ist?"

Allan hatte inzwischen durchgegeben, daß der Orangefarbene äußerst energisch handle. Nur hier, wo wir durchbrachen, gab es keine Anzeichen von Aktivität – die Variante, man locke uns in eine Falle, gewann an Glaubwürdigkeit.

„Vorläufig läuft alles planmäßig. Die Zerstörer sind überrumpelt", sagte ich zu Oshima.

Wir jagten an einsamen Randsternen vorbei.

Endlich waren wir im Perseus.

Leonids Schiffe eilten uns bereits nach, obwohl sie den Befehl dazu noch nicht erhalten hatten.

In den Überlichtübertragungen erblickten wir Dutzende heller Pünktchen. Sie näherten sich, ihre Zahl nahm zu, doch im Raum waren nach wie vor keine Störungen wahrzunehmen.

„Anscheinend bringen sich die verwirrten Gegner um die letzte Chance eines wirksamen Widerstandes", meinte Romero, und wir pflichteten ihm bei. Ich triumphierend, Oshima verwundert. Müde schlief ich im Sessel ein und hatte einen phantastischen Traum, es war der erste einer Reihe von merkwürdigen Träumen, die mich später befielen.

Ich befand mich in einem riesigen Saal, an der dunklen Kuppel glänzten Sterne, doch das war nicht der Himmel, sondern ein Bildschirm, und ich wußte, daß es sich nur um eine Projektion von Sternen handelte, nicht um Sterne selbst. Ich irrte an einer Wand entlang im Kreise umher, bald ging ich, bald lief ich, die Radien der Kreise wurden kleiner, wie in einer Spirale wurde ich zum Mittelpunkt des Saales gedrängt, doch ich wollte dort nicht hin, dort schwebte zwischen Fußboden und Kuppel eine halb durchsichtige Kugel, ich hatte Angst vor dieser Kugel, aber unvermeidlich wurde ich zu ihr hingestoßen. Traurig hob ich die Hände und blickte zur Kuppel auf, um die schreckliche Kugel nicht sehen zu müssen. Oben huschten zwischen den natürlichen hellen Sternen noch hellere künstliche umher, ich wußte, daß das nicht Sterne waren, sondern unsere Schiffe, Allan stürmte hartnäckig die Gruppe, und ebenso hartnäckig wurde er zurückgeschleudert. Ich wurde Zeuge eines erfolglosen Versuchs von Allan.

„Mir scheint, im Traum bin ich im Beobachtungsraum der Verderber gewesen“, teilte ich Oshima und Romero mit, als ich erwachte.

„Die Wirklichkeit ist phantastischer als ein Traum, Admiral“, sagte Oshima. „Hören Sie eine Depesche von Allan.“

Die Maschine meldete, Leonids Schiffe, die dem von uns gebahnten Weg schon weit gefolgt waren, seien auf nichteuklidische Metrik gestoßen und zur Umkehr gezwungen worden. Das Tor, das drei Sternenflugzeuge durchgelassen hatte, war vor den übrigen zugeschlagen.

„Die zweite Neuigkeit ist noch interessanter“, sagte Romero. „Schauen Sie auf den Bildschirm, lieber Freund.“

Beklommen sah ich hin. Kurz zuvor hatte ich im Traum annähernd das gleiche Bild gesehen – eine Vielzahl beweglicher Gestirne zwischen unbeweglichen. Aber in meiner Vision waren mir die beweglichen Lichter freundlich erschienen, da es sich um unsere Schiffe handelte, dies jedoch waren die Kreuzer der Feinde, die uns sphärisch umschlossen.

„Rund zweihundert Schiffe gegen drei", sagte Oshima. „Sie haben große Angst vor uns, Admiral!"

„Wir werden ihnen abermals beweisen, daß sie Angst vor uns haben müssen. Bereiten Sie das Schiff zum Kampf vor, Oshima. Übermitteln Sie diesen Befehl auch der ‚Fuhrmann' und der ‚Jagdhund'."

Wir flogen den Geschwadern des Feindes entgegen.

12

„Eine langweilige Geschichte", sagte Romero und gähnte. „Und ich sehe da keinen Ausweg."

Es waren schon viele Tage seit dem Augenblick vergangen, da wir frontal gegen den Feind angestürmt waren, doch zu einem Zusammenstoß wollte es nicht kommen. Die gegnerischen Schiffe, die wir verfolgten, rissen aus, diejenigen, von denen wir uns indessen abwandten, setzten uns nach. Versuchten wir diese aufs Korn zu nehmen, gaben sie Fersengeld, während sich diejenigen, die eben noch Ausreißer gewesen waren, in Verfolger verwandelten. Die Taktik des Gegners war einfach: uns nicht hinauslassen, eine Schlacht mit uns vermeiden.

„Wenn sich wenigstens ein inaktiver Stern melden würde!" rief ich ärgerlich aus. „Sollte es in der Ansammlung keinen einzigen von Galakten besiedelten Stern mehr geben?"

Romero schwieg, doch ich konnte seine Gedanken lesen: Wir waren nicht als Touristen gekommen, sondern wollten verwandte Völker befreien, die in

Not geraten waren – sie könnten wenigstens reagieren, wenn man ihnen die Befreiung ankündigte. Immer mehr bedrückte uns der Unterschied zwischen dem, was sich während des Fluges der „Raumfresser" getan hatte, und dem, was jetzt war.

Damals hatten uns die inaktiven Sterne, die nicht imstande waren, die Metrik zu ändern, verzweifelt gerufen, sie hatten uns vor Gefahren gewarnt, sich über unseren Erfolg gefreut. Die Feinde aber hatten diese Rufe energisch unterdrückt – die interastralen Räume waren voll gewesen von Signalen und Geräuschen, Wellen hatten gegen Wellen gekämpft.

„Hinter der Sphäre der feindlichen Sternenflugzeuge kommt ein dunkler Herumtreiber zum Vorschein", sagte Oshima und wies auf die Karte. „Wenn wir ihn erobern, gewinnen wir Handlungsfreiheit."

Oshima befahl den Schiffen, sich in den Einsteinschen Raum zu werfen. Bald darauf tauchten die „Fuhrmann" und die „Jagdhund" in der Optik auf. Wir stoppten unseren Flug im Überlichtbereich, und unserem Beispiel folgend, erstarben die Kreuzer des Feindes in der Ferne.

In der „Bootes" landeten Planetenflugzeuge. Die „Fuhrmann" befehligte Kamagin; den zweiten Kapitän, Artur Petri, kannte ich flüchtig.

„Wichtige Beschlüsse müssen gefaßt werden", sagte ich auf der Konferenz der Kommandeure. „Sie haben ebenso wie ich das ziellose Kreuzen rings um den Orangefarbenen satt."

„Ich erhebe Einspruch gegen den neuen Plan", erklärte Kamagin. „Unsere Aktivstoffreserven reichen nicht aus, um die feindliche Flotte einzuholen und zu vertreiben. Ich bezweifle, ob die Eroberung des Herumtreibers etwas ändert."

„Sie sind dagegen, den Herumtreiber in unsere Gewalt zu bringen!"

„Nein, Eli. Aber ich bin dagegen, den eroberten Planeten für eine neue aussichtslose Jagd auf die feindlichen Schiffe zu benutzen."

„Und wenn wir ihn verbrauchen, um den Weg zu einem freundschaftlichen Stern freizulegen?"

„Blindlings durchzubrechen ist nicht besser als blindlings umherzuirren."

„Wenn es so ist, warum sollen wir dann den Herumtreiber erobern?"

„Um zu den Unsrigen zu fliehen", sagte Kamagin kalt.

„Lehnen Sie es ab, den Erfolg unserer geglückten Invasion auszuweiten?" fragte Oshima feindselig. Kamagins Einwände hatten keinen Eindruck auf ihn gemacht. Kamagin wandte sich lebhaft Oshima zu. „Ich weigere mich, die Invasion als geglückt zu betrachten. Sie gleicht eher einem Fehlschlag als einem Erfolg. Worin bestand denn der Plan? Darin, daß zunächst drei Sternenflugzeuge und dann alle übrigen Schiffe der Flotte durchbrechen sollten. Und was ist dabei herausgekommen? Die Flotte ist zurückgeworfen worden, und wir rasen wie vergiftete Ratten umher. Es ist höchste Zeit, daß wir fliehen."

„Fliehen?" fragte Romero lächelnd. „Meinen Sie, uns stehe ein Fluchtweg offen, lieber Kapitän? Oder haben Sie die Absicht, Olgas Experiment zu wiederholen?"

„Ich würde es wiederholen, wenn ich die Gewißheit

hätte, daß es gelänge. Aber die Zerstörer sind seitdem klüger geworden. Sie halten uns von ihren Planeten fern und lassen sich keine Schlacht aufzwingen. Ebendeshalb stimme ich für die Eroberung des Herumtreibers."

Während Oshima mit Kamagin stritt und Romero und Petri Öl ins Feuer gossen, betrachtete ich schweigend den kleinen Kapitän. Ich bewunderte ihn im stillen. Sein Charakter und sein Verstand waren von einer anderen Epoche geprägt worden, doch er fügte sich in unsere Zeit ein, als wäre er in ihr geboren. Kalt und höflich betonte er oft, es stehe ihm nicht an, uns zu belehren, er sei genau viereinhalb Jahrhunderte hinter heutigen Menschen zurück – dennoch belehrte er uns hemmungslos. Verteufelt schnell, während weniger Jahre, hatte er die uns trennenden Jahrhunderte überwunden. In den alten Zeitschriften war über ihn zu lesen, daß er ein Mann von ungewöhnlichem Verstand und eisernem Willen sei, einer der Größten seiner Epoche. Unter uns, die wir ein halbes Jahrtausend Vorsprung hatten, war er ein nicht minder hervorragender Mann. Das bedeutete nicht, daß ich bereit war, jeden Vorschlag von ihm anzunehmen, aber ich hörte ihn mir an und dachte darüber nach.

Romero wandte sich an mich: „Worüber denkt unser verehrter Kommandierender so angestrengt nach?"

„Ich bin mit Kapitän Kamagin einer Meinung. Wir sind nicht stark genug, um in dieser Sterngruppe zu herrschen. Die Invasion ist mißglückt, es ist Zeit, umzukehren. Wir müssen den einsamen kleinen Planeten in unseren Besitz bringen."

13

Selbstverständlich bildete ich mir nicht ein, die Zerstörer würden sich von dem rastlosen Planeten leichten Herzens trennen. Er eilte zwischen ihren Schiffen wie angebunden dahin. Die Täuschungsmanöver begannen. Unsere drei Sternenflugzeuge, die bis dahin als kleine kompakte Gruppe geflogen waren, sprengten die regelmäßig aufgebaute Sphäre der feindlichen Kreuzer. Als sich die Sternenflugzeuge einander näherten, um sich wieder zu vereinigen, fand sich außer dem dunklen Herumtreiber ein gutes Dutzend Schiffe des Gegners auf unseren Flugachsen, und sie gerieten in Panik.

Die überstürzte Flucht der Feinde bot ein prächtiges Bild. Ihre Schiffe stoben in alle Richtungen davon, um möglichst schnell das Weite zu gewinnen. Weder Oshima noch Petri versuchten, die Flüchtigen zu verfolgen, doch Kamagin rächte den heimtückischen Überfall auf das Sternenflugzeug „Mendelejew" in den Plejaden. Ein Kreuzer geriet in den Zielkegel der „Fuhrmann", und Kamagin zögerte keinen Augenblick.

Die von ihm entzündete Sonne lohte nicht lange, aber ich zweifle nicht, daß der unheilvolle Glanz des neuen Gestirns den Schrecken der Flüchtigen noch vergrößerte. Und dann schwebten unsere Sternenflugzeuge über dem finsteren kleinen Planeten, strahlten ihn mit ihren Fernscheinwerfern an.

Es war ein typischer Herumtreiber – eine steinige Kugel, etwa dreimal größer als die Erde, ohne Atmosphäre, ohne Wasser, ohne Anzeichen von Leben.

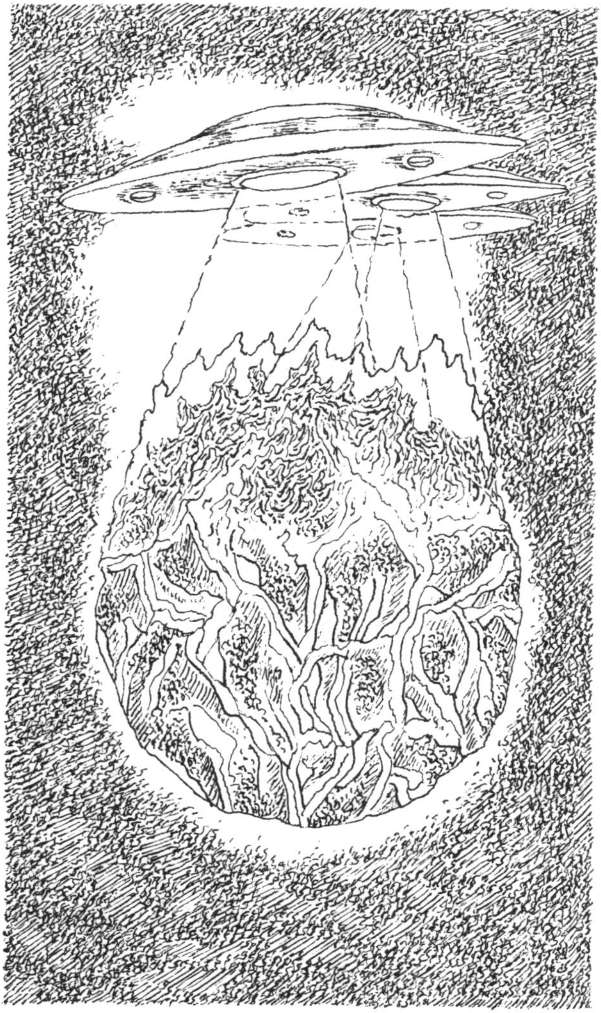

Der Planet schmolz dahin, verbreitete Raum um sich wie Dampf, er „gaste Raum“, wie Romero treffend sagte. Die von den Verderbern verursachten Metrikstörungen kümmerten uns nicht mehr. Metrikstörungen sind Veränderung in der Struktur des schon bestehenden Raumes, doch hier war der Raum noch im Schöpfungsakt, er mußte erst dieser oder jener Struktur einverleibt werden.

Und er wuchs, weitete sich, wir jagten in diesem Schutzraum, der unaufhörlich generiert wurde, wie in einer sich ständig erneuernden Schale dahin – mochte draußen die Hölle los sein, mochte die von uns erzeugte Leere mächtige Metrikfelder formieren, die äußeren Stürme berührten uns nicht.

Alles verlief nach Plan. Nur eins nicht. Wir kamen nicht frei. Die Wiege neuen Raumes war eben nicht größer als eine Wiege. Das Volumen der Gruppe χ hatten wir nur ein wenig erweitert, eine winzige Geschwulst war in einem Teil von ihr entstanden, doch die gigantische Sphäre, die sich rings um den Orangefarbenen geschlossen hatte, mußte gesprengt werden, heute wissen wir das.

Tag um Tag entfernten wir uns von dem Orangefarbenen, die in die nichteuklidische Schnecke geschraubte Raumschicht wurde immer dünner, wir sahen bereits die Schiffe von Allan auf der anderen Seite der nichteuklidischen Mauer, empfingen Depeschen von unseren Freunden, die uns ermutigten – noch ein, zwei gute Schläge, noch eine verzweifelte Anstrengung der Generatoren, und wir würden die Freiheit gewinnen.

Als die letzten Megatonnen des von uns eroberten

Planetenstoffes dahinschmolzen, gab ich, ohne zu zögern, den Befehl, die „Fuhrmann“ und die „Jagdhund“ zur Vernichtung vorzubereiten.

Ich schnitt dem protestierenden Oshima das Wort ab. „Befehlen Sie den Kapitänen, ihre Besatzungen auf die ‚Bootes‘ zu evakuieren. Die Schiffsmaschinen sollen unsere Chancen berechnen.“

Die drei Maschinen bestätigten, daß der zusätzliche Stoff ausreichen werde, um die letzte nichteuklidische Schicht zu zerreißen.

Damals bedachten wir nicht, daß sich auch die superweisen Schiffsmaschinen irren können...

14

Nacheinander brachten die Planetenflugzeuge die Menschen und das wertvolle Inventar von den Sternenflugzeugen herüber, die vernichtet werden sollten. Die Schiffskommandeure konferierten im Salon, ich saß bei Mary und Aster. Die alten Kapitäne hatten weise gehandelt, wenn sie sich weigerten, ihre Familien auf große Fahrt mitzunehmen, das war mir nun klar.

Auf dem Bildschirm lohten die Sternenhalbsphären so grell, daß mir die Augen schmerzten. Rote, orangefarbene, blaue und violette Giganten ergossen sich in wütendem Schein, und zwischen diesen Himmelslichtern funkelten die künstlichen, jetzt waren es über zweihundert – unheilvolle grüne Punkte, flammende Knoten eines für uns geknüpften verderblichen Spinnennetzes. Der Orangefarbene wirkte wie eine Erbse zwischen den Punkten. Düster bewunderte ich ihn.

„Fangen wir an!“ sagte ich.

„Fangen wir an!“ versetzten Oshima und Petri.

Der kleine Kosmonaut schwieg. Ich bemerkte seinen bekümmerten Blick. Er starrte die beiden Sternenflugzeuge an, die in der schwarzen Leere unweit der „Bootes“ unbeweglich schwebten. Ich begriff seine Qual, die anders war als die seiner Kameraden. Er befehligte ein phantastisch vollkommenes Schiff, wie er es sich früher in seinen kühnsten Träumen nicht hatte ausmalen können. Und nun sollte er die seinem Kommando unterstellte wundervolle Schöpfung der Vernichtung preisgeben.

Unsere Blicke kreuzten sich. Kamagin ließ den Kopf hängen. „Fangen wir an!“ sagte auch er. Seine Stimme klang unsicher.

Da zögerte ich.

Der letzte Befehl: „Beginnen Sie die Annihilation“ – diese wenigen nichtssagenden Worte wollten mir nicht über die Lippen. Und nicht etwa deshalb, weil ich plötzlich schwankend geworden wäre. Eine andere Entscheidung, als zwei Drittel der Flotte zu vernichten, gab es nicht, nur das konnte uns noch retten. Ich würde lügen, wenn ich sagte, daß mich in diesem Augenblick unser eigenes Los beunruhigte – frei hatten wir diesen riskanten Weg gewählt, auf dem Katastrophen ebenso möglich waren wie Erfolge. Ich überlegte, was würde, wenn wir, die wir auf dieser Seite der Gruppe eingesperrt waren, nicht mehr am Leben wären. Niemand hatte mich der Verantwortung für das Schicksal der Sternenflugzeuge enthoben, die sich außerhalb des Perseus befanden – immer noch befehligte ich die Flotte, wenn auch nur formal. Mein

Gedanke lief auf folgendes hinaus: Die feindliche Flotte hatte uns lange nicht an den einsamen kleinen Planeten herangelassen, und sobald sie Fersengeld gab, hatte sie ihn in die künstlich erzeugten Raumbrüche mitgeschleppt. Warum hüteten sie ihn derart sorgfältig? Wahrscheinlich befürchteten sie, der Stoff des Planeten würde uns genügen, um die Krümmung zu brechen. Diese Erfahrung mußte ausgenutzt werden, um die Verderber zu besiegen. Es war unerläßlich, die Invasionsstrategie zu ändern.

„Setzen wir eine Depesche auf", schlug Romero vor. „Ich habe schon einen Entwurf vorbereitet, hören Sie."

Ich führe hier den Text der Depesche an, die wir absandten:

„An die Menschheit.

An Wera Gamasina, Allan Krus, Leonid Mrawa, Olga Trondike.

Die Invasion der drei Sternenflugzeuge in die Gruppe χ des Perseus scheint zu mißlingen. Zwei Schiffe werden von uns selbst vernichtet, das Schicksal des dritten, auf dem sich alle Besatzungen befinden, ist ungewiß. Es ist damit zu rechnen, daß es uns nicht glückt, in die Freiheit auszubrechen. Ich bitte, diese Depesche als meinen letzten Befehl an die Flotte zu betrachten.

Eine direkte Invasion in den Perseus ist zu unterlassen, da sie zu nichts führt. In die Gruppe darf man nicht wie ein Rammsporn eindringen, der nichteuklidische Raum darf nicht durchstoßen, sondern er muß nach und nach zerstört werden. Die Versuche, einzelne Sterne und Planeten an der Peripherie der Gruppe, in der Zone der wechselnden Metrik, zu überwältigen, waren bisher nicht von Erfolg gekrönt und werden es schwerlich je sein. Ich rate, fern der Gruppe, wo die Krümmungsmechanismen unwirksam sind, einsame kosmische Körper zu erobern und sie allmählich zusammenzuziehen, ohne sie aus der Einflußsphäre der Sternenflugzeuge zu entlassen. Erst nachdem eine genügend große Masse solcher Stützungskörper an der nichteuklidischen Barriere konzentriert worden ist, kann zur nächsten Invasionsetappe, der Annihilation, übergegangen werden. Bei einer derartigen Vorbereitung, die vielleicht viele irdische Jahrzehnte dauert, ist anzunehmen, daß ein kosmisches Tor geöffnet wird, das der Gegner nicht kontrollieren kann.

Den Empfang bitte ich zu bestätigen.

Eli Gamasin, Admiral der Großen Galaktischen Flotte."

Die Überlicht-Raumwellen trugen unsere Depesche dreimal aus den Abgründen des Perseus in den Kosmos. Wir zweifelten nicht, daß die Feinde unsere Depesche abfangen würden, aber wir hielten eine Geheimhaltung nicht für nötig, selbst wenn wir die Möglichkeit dazu gehabt hätten. Allans erste Aktion nach der veränderten Strategie mußte dem Feind das Wesen des neuen Planes enthüllen – er fußte nicht auf Geheimhaltung, sondern auf Macht.

Die dritte Übertragung war noch nicht zu Ende, da empfingen wir Allans Antwort: „Befehl des Admirals erhalten. Sind mit dem Herzen bei euch, warten auf das Ergebnis des Durchbruchs."

„Die Sternenflugzeuge können gesprengt werden", sagte ich zu den Freunden.

15

Der Plan, die Sternenflugzeuge zu vernichten, entsprang nüchternen Überlegungen und nicht einem spontanen Wunsch.

Die schwarzen, beinahe unsichtbaren Sternenflugzeuge schmolzen einfach dahin, Raum verströmend, zuerst das eine, dann das andere – und in dem dunklen neugeschaffenen Nichts flog mächtig die „Bootes“ dahin, wobei sie dieses Nichts wieder in „etwas“ verwandelte – wie ein Komet zog sie einen Schweif heißen, rasch erkaltenden Staubes hinter sich her.

Damit Kamagin schneller zu sich kam, hatte ich angeordnet, zuerst die „Fuhrmann“ zu annihilieren, zu Petris Nerven hatte ich größeres Zutrauen. Im Kommandeursaal schaltete und waltete allein Oshima, der Observationssaal war gedrängt voll von Evakuierten der schwindenden Sternenflugzeuge. Ich setzte mich neben Kamagin und berührte seinen Ellenbogen. Er drehte mir sein verfinstertes Gesicht zu.

„Wie steht's mit der Sprengung des nichteuklidischen Raumes?“

Er antwortete kalt: „Sie müßte ungefähr dreimal stärker sein, um Erfolg zu haben.“

Romero zeigte auf den Bildschirm. „Die Flottille des Feindes entschwindet in die Unsichtbarkeit.“

Draußen tobte ein gigantischer Sturm. So etwas kannte man nicht auf der Erde, nicht auf den Planeten, nicht unter unseren heimatlichen Sternen. Materie wurde vernichtet und sogleich aufs neue geschaffen, ungeheure Mengen entstehenden Raumes – wir rasten in ihm dahin – gewannen augenblicklich Struktur, für uns verderbliche Metrik, doch wieder und wieder verdrängten wir diese organisierte Leere durch unsere nichtorganisierte, chaotische, ursprünglich amorphe... Die Schiffe des Feindes waren verschwunden.

„Gehen Sie in den Kommandeursaal, Eli", riet Romero. In der letzten Zeit hatte er mich selten mit meinem Vornamen angesprochen.

Als ich mich erhob, stand auch Kamagin auf. Im Korridor hielt er mich zurück. Er wankte, als wäre er vergiftet. Das war wohl das einzige, worin er sich mit den Menschen unserer Epoche nicht messen konnte – seine Gefühle äußerten sich allzu stürmisch.

Er sprach leidenschaftlich: „Admiral, ich möchte nicht in Gegenwart der anderen Ihre Beschlüsse anfechten. In unserer Zeit wurde uns eine Ihnen unverständliche Disziplin anerzogen..."

Ich unterbrach ihn, damit er nicht in Hysterie verfiel. „Sie sind ein verläßlicher Kapitän, ich weiß es. Und ich habe nichts gegen Sie."

Er fuhr fort und wurde dabei immer lauter. „Ich kann nicht mehr, Admiral, Sie sind verpflichtet, mich zu verstehen... Die ‚Fuhrmann' ist vernichtet, schön, aber die ‚Jagdhund' ist noch da, sie kann noch kämpfen. Sehen Sie denn nicht, daß die Opfer unnütz sind? Wir kommen aus diesem Sternhaufen nicht heraus, schwächen uns nur, schwächen uns eigenhändig, begreifen Sie doch, Eli!"

„Sie müssen auch mich begreifen. Ob wir nun drei Sternenflugzeuge haben oder eins, das Endergebnis ist der Untergang. Hier haben wir noch eine, wenn auch unsichere Chance. Man würde es uns nicht verzeihen, wenn wir sie nicht nutzten."

Auf dem Bildschirm sah man das letzte Stück der „Fuhrmann" zerfallen. Ich starrte auf das schmelzende Sternenflugzeug. Die letzte Chance, dachte ich!

Oshimas Stimme zerriß jäh die Stille. „Die ‚Fuhrmann' ist vertilgt, Admiral! Die Maschine teilt mit, daß nicht mehr als ein Viertel des Weges nach draußen überwunden ist. Sind Sie entschlossen, weiter zu annihilieren?"

Während er sprach, kam ich zur Besinnung. Ich spürte Unsicherheit in Oshimas Frage. Inmitten der um sich greifenden Verwirrung war ich verpflichtet, ruhig zu denken und zu fühlen. „Ja, gewiß. Jetzt ist die ‚Jagdhund' an der Reihe. Ich verstehe Ihre Frage nicht, Oshima."

Oshima beherrschte seine Gefühle besser als Kamagin. „Die Maschine empfiehlt, das zweite Sternenflugzeug beschleunigt zu annihilieren. Befolgen wir ihre Kalkulationen?"

„Die Kalkulationen sind nicht fehlerlos, aber andere haben wir nicht."

Diesmal glückte es nicht, das Aufflammen zu vermeiden, eine glutrote Kugel wütete an der Stelle des gesprengten Sternenflugzeugs, und wir jagten ins Zentrum der Explosion.

Auf den Raumbildschirmen der Welt wurden später, als wir aus dem Perseus zurückgekehrt waren, oft die Bilder von der Annihilation des dunklen Herumtreibers, vom allmählichen Zerfall der „Fuhrmann" und von der raschen Vernichtung der „Jagdhund" gezeigt.

Diesem und jenem mag es zweifellos gelungen sein, beim Anblick des hinschmelzenden Plasmawölkchens zumindest ungefähr das zu empfinden, was wir empfanden – denn das war nicht nur ein schwindender Kreuzer, sondern die letzte schwindende Hoffnung, die einzige uns verbliebene Chance, die Freiheit zu erlangen. Andere Chancen, andere Hoffnungen gab es nicht mehr.

„Das wär's, Admiral!" sagte Oshima ruhig. „Wir haben es nicht geschafft, die nichteuklidische Barriere zu durchbrechen."

Auf dem Bildschirm, den die Explosion der „Jagdhund" getrübt hatte, lichtete sich der Raum. Zuerst erglänzte der Orangefarbene, dann erschienen die anderen Sterne, schließlich blitzten die grünen Lichter der feindlichen Flotte auf.

„Der Gegner nähert sich", teilte Oshima mit. „Ihre Befehle, Admiral?"

„Zum Kampf fertigmachen", sagte ich und verließ den Saal.

16

Draußen blieb ich stehen, erschöpft lehnte ich mich an die Wand. Der Gedanke, Aster oder Mary könnten mir über den Weg laufen, entsetzte mich, ich hätte ihre Gegenwart nicht ertragen. Mit niemandem wollte ich zusammen sein, die Überanstrengung der letzten Tage überwältigte mich.

Ich ging die gewundenen, tunnelähnlichen Korridore entlang, geräuschlos glitten die Türen vor mir auseinander, sämtliche Schutzmechanismen waren auf mein individuelles Feld eingestellt, ich war noch der Admiral der Großen Galaktischen Flotte – vor Admiralen gibt es keine Geheimnisse auf ihren Schiffen. Admiral! Du bist noch Admiral, Eli!

„Der Kampf ist noch nicht zu Ende, nein!" Ich atmete tief und schnell, mir wurde die Luft knapp. Unbedingt mußte ich mich beruhigen, ehe ich jemanden traf.

Ich betrat den Raum der Schiffsmaschinen, dort konnte niemand sein, nur ich allein hatte das Recht, ohne Erlaubnis des Schiffskommandeurs einzutreten.

Das Licht flammte auf, als ich die Schwelle überschritt, mitten im Raum stand ein Sessel. Ich ließ mich hineinsinken und schloß die Augen. Ich rang nach Atem, dumpf klopfte mein Herz.

„Du mußt dich beruhigen!" sagte ich laut. „Hörst du, du mußt dich beruhigen!" Ich wiederholte das so lange, bis ich mich in der Gewalt hatte.

Vor mir auf dem Tischchen, dessen Beine Tausende von Leitungen zu den Gebern und Analysatoren bargen, stand ein Kasten, hinter dessen polierten Wänden Kristalle von erlesener Klarheit ruhten, einzigartige chemische Gebilde, gleichermaßen das Werk von Verstand und Meisterhänden, das Ergebnis kosmischgeologischer Forschungen.

Ich entsann mich des grünen Steins vom Merkur, der an Weras Kleid geleuchtet hatte; sie hatte ihn nur deshalb bekommen, weil er von den Schöpfern dieser Maschine ausgesondert worden war, den Schöpfern unserer Schiffsmaschine, einer von vielen hundert Maschinen des gleichen Typs, die sich auf den Planeten und den galaktischen Schiffen befanden. Dieser wunderschöne selbstleuchtende Stein war nicht gut genug gewesen für eine Maschine, er taugte zur Verzierung, nicht zum Rechnen, er konnte Element eines Kleides, nicht Winkel eines alles begreifenden Gehirns sein.

„Du Allwissende und Unfehlbare!“ sagte ich. „Du, die du so absolut bist wie der einst von den Menschen ersonnene Gott, die du Milliarden von Kombinationen in einer Sekunde errechnest, teile du mir mit, zu welchem Ergebnis du kommst, wenn du kombinierst, was sich draußen vollzieht – zweihundert Schiffe des Feindes gegen unser eines!“

Niederlage! leuchtete in meinem Gehirn die kalte Antwort der Maschine auf. Gleich darauf präzisierte sie: Die „Bootes“ geht unter, nachdem viele angreifende Schiffe untergegangen sind.

„Also gibt es keinen anderen Ausweg?“

„Nein. Untergang.“

„Und demzufolge gehst auch du unter, Allwissende?“

„Ich in erster Linie. Würde ich dem Feind in die Hände fallen, erlitte die Menschheit einen größeren Verlust, als geriete einer von euch oder ihr alle zugleich in Gefangenschaft. Um das zu vermeiden, seid ihr verpflichtet, mich zu demontieren, ohne den allgemeinen Untergang abzuwarten.“

„Dumm bist du!“ sagte ich. „Hochmütige blöde Materie, die lebendigen Verstand imitiert! Um das zu vermeiden... Selbstverständlich wirst du demontiert, das verspreche ich dir!“

Rasch verließ ich den Raum und ging in die Abteilung der Tanew-Annihilatoren. Ich irrte durch schmale Korridore, zwängte mich in Spalten, stieg auf kleine Leitern, verweilte auf Plattformen – überall flammte Licht auf, sobald ich erschien.

Überall waren Aggregate, gigantische Maschinen, die gewaltiger waren als die Häuser in den Städten, Mechanismen, Hunderte, vielleicht sogar Tausende von Maschinen mit Eigenantrieb, bei all ihrer Größe nur winzige Elemente des schöpferischen und des zerstörerischen Prinzips unseres galaktischen Schiffes. Ich berührte sie, lehnte mich an sie, betrachtete sie liebevoll, trauerte um sie.

„Sentimentaler Dummkopf!" sagte ich. „Vor kurzem hast du ohne mit der Wimper zu zucken befohlen, genau solche Maschinen auf der ‚Fuhrmann' und auf der ‚Jagdhund' zu vernichten. Streng hast du Kamagin verurteilt, als er zögerte, heute läßt du dich weit mehr gehen... Du kommst doch nur um mit deinem Schiff – die Menschheit bleibt! Außerdem ist das, was dir bevorsteht, einkalkuliert, unser Tod ist eine der angenommenen Varianten – stimmt's?"

Von der Abteilung der Tanew-Annihilatoren aus begab ich mich ins Wohnheim der Engel.

Sie hatten gerade Unterricht. Die Engel lernten die menschliche Sprache, befaßten sich mit unseren Wissenschaften und erwarben die Fähigkeit zu arbeiten. Mein Erscheinen unterbrach den Unterricht, lärmend drängten sie sich um mich. Trub drückte mich erfreut mit seinen Flügeln.

Ich entschuldigte mich, weil ich gestört hatte, und führte Trub beiseite. „Unsere Angelegenheiten stehen schlecht, mein Freund", sagte ich.

„Schlechter als in den Plejaden, als die Verderber

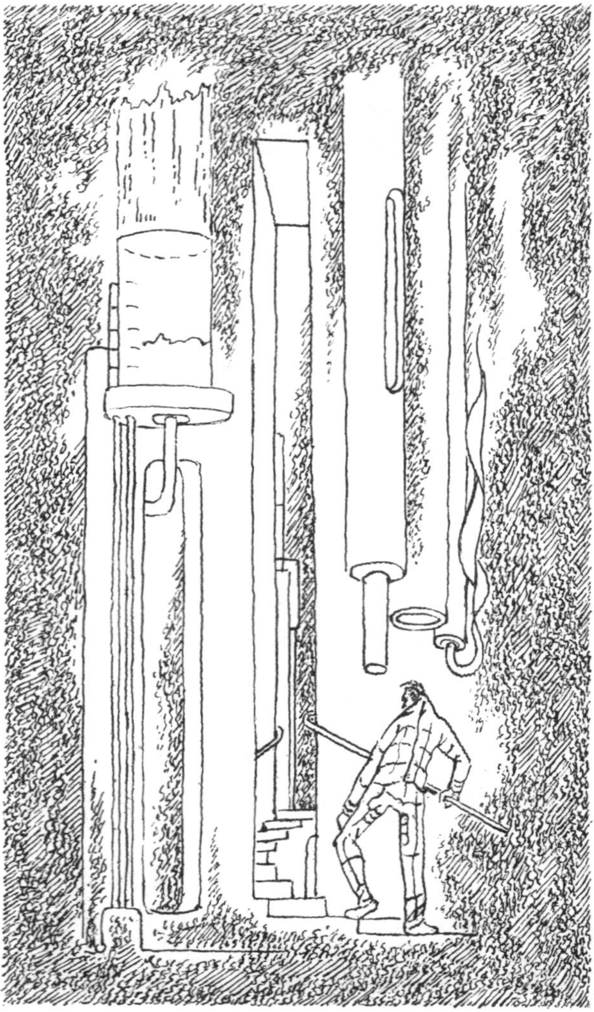

angriffen?“ fragte er. Die Ereignisse jener Tage waren für ihn in gewisser Weise Maßstab für vorbildliches Verhalten.

„Viel schlechter, Trub. Es geht um unser Leben. Die Prognose der Maschine ist negativ ausgefallen...“

„Willst du sagen, daß wir in der bevorstehenden Schlacht ums Leben kommen, Eli?“

„Genau das.“

Er wischte sich die Augen. „Ich war überzeugt, wir würden auf einem Verderberplaneten landen und dort eine Revolution machen.“

„Eine Revolution, Trub?“

„Habe ich das Wort falsch ausgesprochen? Wir studieren die menschliche Geschichte“, erklärte er stolz. „Und uns gefällt, daß die Menschen immer dann, wenn sie es nicht mehr aushielten, Revolution machten. Schön wär’s, bei den Verderbern Revolution zu machen, alle zu befreien, die von ihnen unterjocht werden. Jetzt sind diese Träume aus.“

„Die Geschichte endet nicht mit uns. Ist es uns nicht geglückt, gelingt es anderen Menschen und ihren Freunden.“

Von den Engeln ging ich zu Lussin. Lussin unterwies den Donnerschleuderer in den Methoden des Luftkampfes. Eine Abteilung Pegasusse flog gegen den Drachen an, die geflügelte Echse schlug die kriegerischen Pferde zurück. Ich wunderte mich, daß er nicht Blitze warf, Lussin erklärte, schon eine Entladung von geringer Intensität würde jedem Pegasus den Garaus machen.

„Wie steht es draußen?“ fragte er. „Werden wir verfolgt?“

Auch ihm erzählte ich, wie die Lage war, ich verheimlichte ihm selbst meine Fehlkalkulationen nicht.

Lussin blickte seine Drachen und Pegasusse verzweifelt an. „Werden alle umkommen, Eli, wirklich alle?“

„Glaubst du, eine von deinen Kreaturen könne in solch einer Katastrophe unversehrt bleiben?“

Vorwurfsvoll sagte er: „Nicht Kreaturen. Vernünftige Wesen.“

Sogar jetzt dachte er nicht an sich, sondern an seine Ungeheuer aus der Retorte. Drei Viertel seiner Gedanken waren Sorge um sie. Obwohl ich sein Verhalten begriff, protestierte mein Gefühl. Etwas von dem früheren Romero, der dagegen gekämpft hatte, daß den Sternenbewohnern geholfen werde, der über allem den Menschen gesehen hatte, steckte offenbar noch in mir.

Plötzlich hatte ich mich beruhigt. Die Verzweiflung, die mich vor der Maschine gequält und im Raum der Annihilatoren fast erstickt hatte, war verschwunden, als hätte ich sie bei Trub und Lussin abgeladen. Ich wußte nun, was ich wollte, ich wußte auch, daß es nicht leicht sein würde, den neuen Plan vor meinen Gehilfen und den Besatzungen der drei Sternenflugzeuge zu verteidigen, doch ich war bereit, Widersacher rasch und leidenschaftlich zu überzeugen, denn das Kriegsschicksal ließ uns nur wenig Zeit.

Mein Platz war im Kommandeursaal.

Oshima empfing mich gereizt. „Endlich stellen Sie sich wieder ein, Admiral. Der Kommandierende der feindlichen Flotte hat sich mit einer frechen Botschaft an uns gewandt. Wir müssen die gebührende Antwort abfassen."

17

Bevor ich von der Depesche der Zerstörer Kenntnis nahm, blickte ich auf den Raumbildschirm. Grüne Lichter hatten sich zu kleinen Haufen gesammelt und leuchteten ärgerlich hell. Etwas Neues hatte sich ereignet, die Schiffe des Gegners mißachteten den Sicherheitsabstand, den sie vor kurzem noch so streng eingehalten hatten. Weshalb haben sie keine Angst mehr vor uns? dachte ich und sprach meine Gedanken aus.

„Mit dem verbliebenen Sternenflugzeug sind wir genau dreimal schwächer als früher", versetzte Kamagin. „Dementsprechend fühlen sich die Feinde mindestens dreimal stärker."

Um eine arithmetische Entsprechung konnte es sich hier nicht handeln, aber ich wollte nicht streiten. „Tragen Sie uns die Botschaft des Gegners vor", befahl ich der Maschine.

Sie sagte: „An das galaktische Schiff, das in unsere Sterngruppe eingedrungen ist. Ihr Versuch, das Weite zu gewinnen, ist mißglückt. Es wird Ihnen auch nicht gelingen, eins unserer Schiffe zerfallen zu lassen. Sie sind zum Untergang verdammt. Deshalb schlagen wir Ihnen vor zu kapitulieren. Wir garantieren Ihnen das Leben. Orlan, Zerstörer der Ersten Reichskategorie."

„Ihre Entscheidung, Admiral!" forderte Oshima.

„Zunächst möchte ich Sie anhören. Beginnen Sie, Pawel."

Romero hatte sich oft seiner männlichen Tapferkeit gerühmt und sich bei Prügeleien wacker gehalten, doch strategisch war er unbegabt. Der moderne Kampf mit Überlichtgeschwindigkeiten und Annihilatorenverwendung ging ihm geradezu gegen den Strich, weil dabei die mathematische Kalkulation siegte, nicht die persönliche Tapferkeit.

„Wir müssen den Angriff des Gegners abwarten und uns dann verteidigen, solange unsere Kräfte reichen."

„Petri?" fragte ich.

„Kämpfen, die Botschaft nicht beantworten", sagte er kurz.

„Kamagin?"

„Den Feind angreifen! Schauen Sie doch, Eli, Sie pirschen sich immer näher, als wären wir schon entkräftet, bald geraten sie in den Kegel unserer Annihilatoren. Wenn Sie mir gestatten, einen der Kommandeursessel einzunehmen, befördere ich ein Drittel der feindlichen Flotte ins Jenseits, bevor sie uns den Weg dorthin öffnen."

„Sie, Oshima?"

„Angreifen, dann sterben", wiederholte er Kamagins Gedanken. Er musterte mich und fragte: „Haben Sie anders beschlossen, Admiral?"

„Ja", sagte ich. „Zu kapitulieren."

Die vier schrien gleichzeitig auf. Kamagin rief empört: „Bedenken Sie, was Sie da reden! Wir sollen uns gefangengeben?"

Ich antwortete nicht Kamagin, sondern allen: „Ja, gefangengeben! Eben das schlage ich vor."

Meine Gehilfen waren sprachlos, sie blickten mich entrüstet an. Als erster erlangte Oshima sein Gleichgewicht wieder. „Admiral, formulieren Sie genauer. Es geht nicht nur um unser Leben. Dem Feind müßte unser Sternenflugzeug unversehrt ausgeliefert werden – mitsamt den Kampf- und Reiseannihilatoren, den Maschinen."

„Ausliefern, ja. Aber nicht unversehrt, Oshima. Die Schiffsmaschinen müssen wir vernichten, die Schaltungen der Annihilatoren demontieren. Damit betraue ich Kamagin und Sie. Der Feind mag sich am Anblick unserer Mechanismen weiden, doch er darf nicht dahinterkommen, wie sie funktionieren."

Kamagin verlor die Selbstbeherrschung, sprang auf, fuchtelte mit den Händen, brüllte: „Wahnsinniger! Meinen Sie, der Feind presse aus den Gefangenen nicht heraus, wie die Mechanismen arbeiten?"

„Nicht eine Spezialistengruppe weiß, wie die Annihilatoren arbeiten, sondern die Menschheit insgesamt besitzt diese Kenntnis. Aber nicht die Menschheit gibt sich heute gefangen, sondern die Besatzung von drei Sternenflugzeugen."

Ich spürte, daß die Emotionen verklungen waren, man würde mich nicht mehr anschreien, sondern mir bedacht Fragen stellen. Die Hälfte ist vollbracht, sagte ich mir erleichtert.

Nach einer Pause erklärte Romero: „Offensichtlich haben Sie sich alles beizeiten überlegt, scharfsinniger Eli. Bitte teilen Sie uns mit, warum Sie es für nötig halten, uns mit dem Sternenflugzeug in die Gefangenschaft zu schicken! Ist das Leben in der Gefangenschaft einem ehrenvollen Tod vorzuziehen?"

Seine Frage entflammte Kamagin, dessen Zorn schon fast verraucht gewesen war. „Und mag der Admiral noch eine Frage beantworten! Wirkt sich nicht der Umstand auf ihn aus, daß sich seine Familie an Bord befindet?“

Diese Frage hatte ich erwartet. „Ja, stimmt. Befände sich meine Familie nicht an Bord, hätte ich mich bedeutend eher, und ohne zu zaudern, zur Kapitulation entschlossen.“

„Sie sagen ‚entschlossen‘?“ erkundigte sich Petri ruhig. „Handelt es sich denn schon um einen Beschluß und nicht mehr um eine Diskussion?“

„Hören Sie mich an“, sagte ich. „Nur darum bitte ich – hören Sie mich an, und dann entscheiden Sie, ob ich recht oder unrecht habe.“

Ich sprach eindringlich, denn ich mußte nicht nur die Zuhörer, sondern mich selbst überzeugen, innerlich protestierte auch ich gegen eine schmachvolle Gefangenschaft.

„Ginge es nur um uns, dann wäre ein ehrlicher Tod in einem ungleichen Kampf besser als ein Sklavendasein bei den Zerstörern. Doch wir dürfen nicht nur an uns denken. Wir sind als die ersten Vertreter der Menschheit und ihrer Sternenfreunde in die Schlupfwinkel der Zerstörer geraten und müssen unserer selbst würdig sein. Sterben kann jeder. Unter schwierigen Bedingungen zu leben ist eine Heldentat. Ich bange nicht um unser Leben, ich denke auch nicht daran, daß wir die Gegner von innen her kennenlernen könnten und uns das zustatten käme, wenn man uns befreite.

Die Zerstörer müssen uns kennenlernen, das ist die

Hauptaufgabe. Die großen Ideen, die uns zu unserer Fahrt zum Perseus inspirierten, leben, solange wir leben. Unsere Gegner müssen erfahren, wofür wir kämpfen. Die einen werden feindseliger, die anderen nachdenklich, die dritten schwankend werden, und einige, mögen es zunächst nur wenige sein, werden sich uns anschließen – denn die Zerstörer sind nicht nur ein grausames, sondern auch ein vernünftiges Volk, niemand kann ihnen Verstand absprechen... Nein, der Kampf gegen die Zerstörer endet nicht mit unserer Gefangennahme, er geht weiter, aber in einer anderen Form, ohne Annihilatoren und Sprengung von Planeten.

Und nun entscheiden Sie, die Maschine mag Ihre Entscheidungen summieren", sagte ich und schloß die Augen.

Kurze Zeit herrschte Stille, dann wurde sie von einem schrillen Laut unterbrochen. Ich öffnete die Lider. Der kleine Kosmonaut war aufgesprungen, hatte das Gleichgewicht verloren und wäre beinahe gestürzt. Er wies auf die Tür und sagte heiser: „Kommen Sie, Oshima, hier ist nichts mehr zu tun... Haben Sie vergessen, daß uns befohlen ist, die Schiffsmaschinen zu demontieren?"

Oshima erhob sich langsam. Ich wollte ihnen raten, sich nicht zu übereilen, da die Maschine noch die kollektive Entscheidung verkünden mußte, aber Petris Aufschrei kam mir zuvor.

„Schauen Sie auf den Bildschirm!"

Das Bild wirkte, als wäre unser Sternenflugzeug in den Brennpunkt einer Explosion geraten. „Es ist aus!" hörte ich Romero flüstern.

Ein Lichtsturm tobte im Raum, die Schiffe des Gegners jagten zwischen den Sternen hin und her. Der Orangefarbene dehnte sich über die ganze Sphäre aus, war kein fernes Gestirn mehr, sondern ein auf uns zurasender kosmischer Kreuzer.

Da erleuchtete eine wütende Explosion den Saal, und wir verloren alle zugleich das Bewußtsein.

18

Gleichzeitig kamen wir wieder zur Besinnung. Der Kommandeursaal war in helles Licht getaucht, auf den weißen Raumbildschirmen waren die Sterne erloschen. Ich hob den Kopf, schaute nach meinen Kameraden – sie waren am Leben, dann richtete ich den Blick auf die Saaltür.

Dort standen drei seltsame Wesen. Sie hatten Ähnlichkeit mit Menschen, aber auch mit dem Unsichtbaren, dessen wir seinerzeit habhaft geworden waren. Doch der war kahle Konstruktion gewesen, nach Berechnungen gebaut, während dies hier Wesen waren. Sie besaßen einen Rumpf, zwei Beine, zwei Arme, einen Kopf – alles wie beim Menschen und trotzdem nicht menschlich.

Der vordere Zerstörer sprach in vorzüglichem Irdisch: „Admiral Eli, ordnen Sie an, den Eingang Ihres Schiffes zu öffnen. Ich bin Orlan. Den Befehl über die ‚Bootes' übernehme ich."

Mit einem Satz war Oshima bei Orlan und holte zum Schlag aus. Doch seine Faust drang durch den Körper des Zerstörers, als befände sich nichts an dieser Stelle.

Zweiter Teil

Der Große Zerstörer

1

„Ein Phantom!" schrie Oshima. „Admiral, ein Trugbild!"

Wieder stieß er die Faust nach dem seltsamen Wesen, das am Eingang erschienen war, und wich vor Schmerz stöhnend zurück. Kamagin und Petri, die im Begriff gewesen waren, Oshima nachzustürzen, ließen sich in die Sessel sinken. Ich schwieg und rührte mich nicht. Wie ein Hammerschlag hallte der Gedanke in mir: Die Maschine fällt dem Gegner in die Hände.

„Alle bleiben sitzen!" sagte Orlan. „Ich befehle noch einmal, die Eingänge zu öffnen."

Fieberhaft versuchte ich, Verbindung zur Schiffsmaschine zu bekommen, sie reagierte nicht. Die energetischen Kommunikationen des Sternenflugzeugs waren wahrscheinlich bei dem Schlag, der uns das Bewußtsein geraubt hatte, beschädigt worden. Aber das Sternenflugzeug war unversehrt, die Eingänge waren fest verschlossen, wir lebten – offenbar war auch die Maschine unbeschädigt geblieben. Das Entsetzen in Romeros Augen zeigte, daß er ebenfalls begriff: Das Geschehene war nicht rückgängig zu machen. Nicht nur wir waren in Gefangenschaft geraten, sondern auch die Geheimnisse der Menschheit. Niemals hatte ich mein Gehirn auf der Suche nach einem wenigstens spaltbreit großen Ausweg so verzweifelt angestrengt, und noch niemals waren meine Gehirnwindungen so leer gewesen.

„Öffnen Sie die Eingänge, oder wir vernichten Sie“, sagte der Zerstörer.

Wir durften nicht länger schweigen.

„Die verschlossenen Eingänge waren Ihnen kein Hindernis“, sagte ich.

„Mir nicht, aber meine Soldaten sind außerstande, stoffliche Barrieren zu durchdringen.“

Ich wandte mich Kamagin zu. „Eduard, wir können noch sterben, wie Sie uns empfohlen haben, allerdings nicht im Kampf.“ Voller Haß blickte mich Orlan an.

Kein Zerstörer rührte sich von der Stelle. Orlan sprach: „Wir können Sie vernichten, ohne dabei das Schiff anzutasten, das wir unbeschädigt zum Stützpunkt bringen werden – mit Ihnen oder ohne Sie.“

Ich hatte keine Entgegnung parat. Romero half mir. „Ihr Befehl ist schon deshalb nicht auszuführen, Eroberer, weil wir die Kommandogewalt über die Schiffsmechanismen verloren haben. Verbinden Sie uns wieder mit den Apparaten.“

„Damit Sie versuchen, das Schiff zu sprengen? Ihre Annihilatoren sind von unseren Feldern blockiert.“

„Wovor haben Sie dann Angst? Auf andere Weise lassen sich die Schiffseingänge nicht öffnen – zumindest nicht von uns.“

Ich fügte hinzu: „Und wir tun das nur in dem Falle, wenn Sie allen, die sich gefangengegeben haben, Leben und Freiheit garantieren.“

„Das Leben garantieren wir Ihnen, wie versprochen. Was die Freiheit betrifft, so bin ich nicht ermächtigt, Sie zu geben oder zu nehmen. In drei Minuten, nach Ihrer Rechnung, haben Sie die Verbindung."

Mit Blicken fragte ich die Freunde um Rat, ich hatte vergessen, daß ich, wenn ich von der Maschine getrennt war, das am Arm zu tragende Dechiffriergerät DN-2 verwenden konnte. Andrés letzte Schöpfung. Meine Gehilfen hatten sich eher gefaßt. Ich vernahm Oshimas Gedanken: „Admiral, anscheinend gibt man uns die Chance. Ich habe Ihren Befehl hinsichtlich der Schiffsmaschine nicht vergessen!" Und gleich darauf erklang Kamagins Stimme in mir: „Seien Sie beruhigt, Eli, Oshima und ich werden uns bemühen!"

Ich schloß die Augen, damit die Zerstörer nicht bemerkten, wie sie funkelten. Mein Herz klopfte, als wäre ich schnell gelaufen, ich fürchtete, die unerwarteten Eindringlinge könnten es hören.

Die Verbindung zur Maschine kam langsam in Gang, es war, als erwachte sie aus langem Schlaf. Als ich spürte, daß die zerrissenen Fäden zum Schiffsgehirn neu geknüpft waren, versuchte ich krampfhaft, allein durch intensives Denken, mich mit den Annihilatoren in Verbindung zu setzen, erfolglos – die Annihilatoren waren fest blockiert. Zweifellos unternahmen meine Freunde die gleichen Versuche, Kamagin stöhnte auf, Petri fluchte.

„Warum dauert es so lange?" fragte Orlan.

„Die Verbindung ist schlecht", antwortete ich.

Oshima hatte ein verschlafenes Gesicht, Kamagin öffnete den Mund vor Anstrengung, seine Augen, die plötzlich wie blind wirkten, starrten mit fast irrem

Ausdruck auf einen Punkt am Bildschirm. Gut, dachte ich hoffnungsvoll.

Unter Oshimas und Kamagins Diktat stellte die Maschine ein Schema für ihren Umbau zusammen. Wenn einer von ihnen, Oshima oder Kamagin, sagte: „Genug. Handle!“, würde diese einzige Kombination durch eine beliebige andere zufällige, sinnlose ersetzt.

„Genug!“ rief Oshima und drehte sich im Sessel energisch um.

„Genug!“ ließ sich Kamagin wie ein Echo vernehmen und sprang freudig auf.

Ich spürte einen schmerzhaften Schlag in Gehirn und Körper, durch die Nerven jagte eine elektrische Entladung. Die frühere kluge Maschine, Bewahrerin der Kenntnisse der gesamten Menschheit, existierte nicht mehr. Sie war ein Spielzeug mit einer sinnlosen Kombination von Tausenden Elementen geworden – eine mögliche Variante von vielen Milliarden Sinnlosigkeiten, die von der Natur in jedem Winkel des Alls geschaffen werden...

„Admiral!“ sagte Oshima feierlich. „Ihr Befehl ist ausgeführt.“

„Petri, öffnen Sie den Eingang“, ordnete ich an. „Wir müssen ja die Kapitulationsbedingungen erfüllen. Wissen Sie mit der Handbedienung Bescheid?“

„Selbstverständlich“, knurrte Petri und begab sich zur Tür. Er lockte die Zerstörer mit dem Finger. „Phantome, kommt einer von Ihnen mit?“

Ein Zerstörer verflüchtigte sich – er verschwand nicht, entfernte sich nicht, kleiner werdend, wie die Menschen, sondern verblaßte und wurde unsichtbar.

Romero schielte nach den schweigsamen Zerstörern und entgegnete nachdrücklich: „Lieber Eli, das theoretisch Mögliche ist in der Praxis meistens nicht durchführbar. Ein alter Denker hat gesagt: ‚Zufällig können sich beliebige Kombinationen ergeben, das ist unbestritten, aber wenn man mir sagt, daß sich auf die Straße geschüttete Druckbuchstaben herabfallend zur Äneis gefügt haben, rühre ich keinen Fuß, um es zu überprüfen.‘ Ich meine, diesem Denker kann man nacheifern."

Die Gegner strömten in hellen Scharen ins Schiff.

Zwei Zerstörer drängten sich aneinander, als ließen sie jemand in den Kommandeursaal herein, doch neue Gestalten erschienen nicht. Gleichzeitig spürte ich, daß der freie Raum kleiner wurde.

„Die Unsichtbaren!" sagte Romero warnend.

Orlans leidenschaftslose Stimme erreichte uns. „Sie dürfen zu Ihren Kameraden gehen."

2

Aus allen Diensträumen wurden die Menschen von den Verderbern verjagt. In den Korridoren erblickten wir sie endlich: gepanzerte Geschwulste mit Periskopen anstelle der Köpfe nahmen einen Raum nach dem anderen in Besitz. Auf dem Anlegeplatz standen leichte Schiffe, die unseren Planetenflugzeugen glichen, aus den Luken quollen immer neue Augenköpfige.

Man ließ uns nicht zusehen, wie unser Sternenflugzeug okkupiert wurde. Orlan stand vor uns und befahl, den Platz zu verlassen.

„Stellen Sie die Dechiffriergeräte ein!" riet Romero, und als wir unsere DN-2 überprüft hatten, setzte er in Gedanken fort: „Die Unsichtbaren haben zwar keine Körper, aber sicherlich Ohren, doch es dürfte ihnen schwerfallen, unsere individuellen Strahlungen zu verstehen.“ Und zu jedem, den er traf, sagte er: „Stellen Sie das Dechiffriergerät ein.“

Die Kommandeure waren von den Besatzungen ihrer Sternenflugzeuge umringt.

„Wird man uns töten, Vater?“ fragte Aster.

„Warum sollen sie uns töten? Die Zerstörer brauchen unser Leben dringender als wir.“

Aster runzelte die Brauen, überlegte. Über der Menge erschien Trub mit Lussin auf dem Rücken. Der Engel landete, und Lussin sprang ab.

Die Flügelfedern des Engels sträubten sich. Er starrte mich wie einen Verräter an. „Ihr seid doch Menschen, Eli!“ Seine Stimme grollte metallisch. „Sich kampflos unterwerfen! Die Engel geben sich nicht gefangen, Eli!“

„Alles, was ich sagen kann, habe ich schon gesagt“, antwortete ich und bat die beiden, ihre Dechiffriergeräte einzustellen. „Betrachtet euch nicht als Gefangene, sondern als vorgeschobene Abteilung im feindlichen Lager“, erklärte ich.

„Wir können uns ja so betrachten, aber ob die Feinde bereit sind, in uns nicht die Opfer ihrer Willkür, sondern eine kämpfende gegnerische Abteilung in ihrem Lager zu sehen?“ entgegnete Lussin, und ich war verblüfft, wie klar er seine Ansicht formuliert hatte. Mittlerweile habe ich mich daran gewöhnt, daß der zungenschwere Lussin beredsam wird, sobald er sich auf bloße Gedanken beschränkt. „Treffen wir uns nun auf der Erde, schnallen wir unsere Dechiffriergeräte an, als befänden wir uns wie früher auf weiten Reisen. In Gedanken können wir uns leichter verständigen."

„Wir werden es ja erleben", sagte Romero.

Mary schmiegte sich schweigend an mich. Wir hatten es nicht nötig, Gedanken auszutauschen, um einander zu verstehen.

Ich sah Orlan auf uns zukommen. Er wurde wieder von den beiden phantomhaften Zerstörern begleitet.

Später erkannten wir, daß sie nicht phantomhaft waren, sondern „unmenschlich". Wenn sich die Zerstörer bewegten, merkte man deutlich, daß sie wenig Ähnlichkeit mit Menschen hatten; standen sie still, konnte man sie, zumal von weitem, leicht mit Menschen verwechseln. Die Bewegung verriet sie, denn sie schritten nicht, sondern flatterten eher. Sie beugten die Knie nicht beim Fortbewegen, sondern hüpften, wobei sie mal das eine, mal das andere Bein wie eine Krücke vorwarfen. Zugleich beugten sie ihren Körper wie Läufer, die einen Schnelligkeitsrekord brechen. Aber sie waren bedeutend schneller als wir. Noch weniger menschlich waren ihre Gesichter. Sie besaßen keine Nasen. An den Köpfen, die menschenähnlich geformt waren, gab es Haare, Ohren, Augen, einen Mund, ein Kinn, doch anstelle der Nase war eine runde Öffnung, von einem rüsselähnlichen Ventil verdeckt. Beim Atmen hob und senkte es sich. „Sie schnobern", sagte Romero einmal. Die Gesichter der Zerstörer leuchteten je nach Laune, sie erglühten und erloschen, waren bald weiß, bald gelb oder blau. Der Wechsel von Glanz und Färbung auf ihren Gesichtern glich nicht der wundervollen Farbsprache der

Wegabewohner, er erinnerte, ins Unheilvolle verstärkt, an unser Erröten und Erbleichen. Orlan hob den Kopf – dabei legte er ihn nicht in den Nacken, wie wir es tun, wenn wir den Kopf „heben“, sondern hob ihn tatsächlich. Sein Hals wurde plötzlich länger, und sein Kopf stieg über den Schultern ungefähr dreißig Zentimeter höher. Später entdeckten wir, daß sich die Zerstörer auf diese Art begrüßten.

Aus seiner Höhe sagte Orlan: „Kein Fahrtmechanismus des Schiffes funktioniert. Was haben Sie damit gemacht?“

„Schuld sind Sie, denn Sie haben unsere Annihilatoren blockiert“, erwiderte ich.

„Wir blockieren sie nicht mehr, aber wir kennen die Schemata Ihrer Apparate nicht. Erklären Sie, wie man damit umgehen muß.“

„Das werden wir nicht tun“, versetzte ich. „Das Schiffsgehirn, das sie steuert, ist beschädigt. Selbst wenn wir wüßten, wie man mit den Annihilatoren ohne dieses Gehirn umgehen kann, würden wir Sie dennoch nicht in unsere Geheimnisse einweihen.“

Orlans Kopf sauste herab. Derart überraschend, daß ich zusammenzuckte und Mary aufschrie. Der Hals war gänzlich, der Kopf zur Hälfte im Brustkasten verschwunden, dabei hatte es ein Geräusch wie bei einem Schlag mit der Fliegenklatsche gegeben. Nur die Stirn und die beiden Augen ragten hervor, und diese Gesichtsreste glühten bläulich. So sahen wir zum erstenmal, wie die Zerstörer Mißbilligung und Empörung ausdrücken.

„Das werde ich dem Großen melden“, erscholl Orlans veränderte Stimme wie aus einem Kasten.

„Bitte", sagte ich.

Er wandte sich zum Gehen, doch ich hielt ihn zurück. „Darf ich Ihnen ein paar Fragen stellen?"

„Meinetwegen." Sein Kopf war in die natürliche Lage zurückgekehrt.

„Folgendes: Was gedenken Sie mit uns zu tun? Wer ist der Große Zerstörer? Woher wissen Sie, wie ich heiße und wer ich bin? Wie haben Sie die menschliche Sprache gelernt? Wie sind Sie in unser Sternenflugzeug gekommen?"

„Keine dieser Fragen wird vorläufig beantwortet." Erneut klatschte sein Kopf zwischen die Schultern und kehrte sogleich in die frühere Lage zurück. „Ob Sie später eine Antwort erhalten, wird der Große entscheiden."

Ich ließ ihn immer noch nicht gehen. „Dann sagen Sie mir, was wir tun dürfen und was nicht!"

„Sie dürfen alles tun, was Sie früher getan haben, mit einer Ausnahme: Der Zutritt zu den Schiffsmechanismen ist verboten."

„Öffnen Sie die Raumbildschirme im Observationssaal", bat ich. „Es schadet Ihnen doch wohl nicht, wenn wir uns am Anblick der Gestirne Ihrer Gruppe weiden?"

„Am Anblick der Gestirne können Sie sich weiden", antwortete er kurz und flatterte davon.

3

Im Observationssaal sahen wir tagaus, tagein helle Sterne und die grünen Lichter des Geschwaders.

Entweder wollten die Zerstörer nicht, daß uns die

Astrographie ihres Fluges klar würde, oder die Schiffsmechanismen waren nicht in Ordnung, jedenfalls war schwer zu erkennen, wohin und mit welcher Geschwindigkeit sich das feindliche Geschwader bewegte. Sicher war nur, daß unser Sternenflugzeug im Zentrum der Flotte flog, auf allen Seiten der Sphäre funkelten feindliche Kreuzer.

Die fremden Schiffe hatten uns ins Schlepp ihrer Felder genommen.

Der Orangefarbene war von der Flugachse abgewichen. Im Zenit erschien ein anderer Stern. Allmählich blieb auch er seitlich zurück, und die Geräte zeigten an, daß die Schiffe in den Einsteinschen Raum tauchten.

Erneut erblickten wir – schon in der Optik – das kaum bemerkbare weiße Gestirn und den dunklen kleinen Planeten, seinen Trabanten.

„Wenn hier ihr Stützpunkt ist, dann ist er gut versteckt“, sagte Kamagin. „Es ist gar nicht so einfach, in diesem Geflecht von Giganten und Übergiganten den weißen Zwerg zu finden, und der im Dunkel verschwindende Trabant fällt überhaupt nicht auf.“

4

Die Kreuzer der Feinde entfernten sich nacheinander, ihre grellen Lichter verblaßten. Ungefähr ein Dutzend Schiffe waren noch da, als die „Bootes“ zur Landung ansetzte.

Dieser Tag hat sich meinem Gedächtnis für ewig eingeprägt. Unsere galaktischen Schiffe können nicht auf Planeten niedergehen. Die riesigen Kreuzer der Zerstörer senkten sich jedoch so mühelos auf die Oberfläche des Planeten hinab, als wären sie Aviettes. Binnen weniger Stunden hatte sich auf der Ebene ein eigentümliches Bergland gebildet. Und in eins der Täler zwischen den Sternenflugzeugen des Feindes schwebte die „Bootes" hinunter.

„Aussteigen!" befahl Orlan, der im Observationssaal erschienen war, von wo aus wir die Landung beobachtet hatten. Er stand mit seinen beiden unwandelbaren Leibwächtern leidenschaftslos da, einem Phantom ähnlich, obwohl wir jetzt genau wußten, daß sowohl er als auch seine Eskorte durchaus materiell waren – nicht nur Oshima hatte sie inzwischen berührt oder war von ihnen abgeprallt.

Ich befahl, die Spezialanzüge anzuziehen.

Orlan widerrief meinen Befehl. „Nicht nötig. Auf dem Stützpunkt sind die Bedingungen geschaffen worden, die Sie brauchen: Atmosphäre mit Stickstoff und Sauerstoff, Wasser, die für Sie übliche Gravitation und Temperatur, sogar Ihre grüne Lieblingsfarbe. Und was die Strahlung betrifft", er wies auf das weiße Gestirn, „so ist sie ungefährlich."

Aus dem Tor der „Bootes" wurde die Anlegeplattform gerollt. Ich ging mit Mary und Aster hinaus. Aster sagte froh: „Stimmt's, Vater, dieser Planet erinnert an die Erde? Mama bestreitet das, aber ich meine, es ist so!"

Wenn der Planet der Erde glich, dann so, wie die Zerstörer die Menschen kopierten – phantomhaft, irreal. Es hatte keinen Sinn, Aster das zu erklären, er kannte die Erde nur vom Raumbildschirm.

Die winzige weiße Sonne spendete gerade so viel Licht, daß man sehen konnte, Wärme gab sie nicht. Der hiesige Mittag ähnelte mehr den irdischen Mondnächten als den irdischen Tagen – am Himmel glitzerten matte Sterne. Der Planet war von kaltem, metallisch glänzendem Grün. Giftgrüne Wolken verhüllten die Sterne am weißlichen Himmel.

„Ein metallischer Planet", sagte Lussin traurig. „Ein unbekanntes Metall, Eli."

„Ein bestens bekanntes Metall: Nickel", verbesserte Kamagin. „Zu meiner Zeit war Nickel nach Eisen wichtigstes Konstruktionsmaterial. Ich verbürge mich dafür, daß das Grün hier Salze und Oxide des Nickels sind."

Nur unser völlig schwarzes Sternenflugzeug störte das eintönige Grün des Nickelplaneten.

Über die grüne Oberfläche rannen grüne Flüsse, die Flüsse mündeten in grüne Seen, an den Seen erhoben sich grüne Hügel. Ich berührte ein grünes Gewächs, es war leblos, aus Trauben von glanzlosen, glitschigen Kristallen zusammengesetzt. Mit der Hand schöpfte ich Flüssigkeit aus einem Flüßchen – eine unangenehm scharf riechende Nickellösung, die meine Hand grün färbte, so gleichmäßig und dauerhaft, daß mir war, als hätte ich einen grünen Handschuh übergestreift.

Dann trotteten wir eine Allee metallischer Bäume entlang, die Stämme schimmerten bläulichweiß, die Kronen waren von grünem Niederschlag bedeckt. Die Zweige schwankten, ein böiger Wind riß metallisches Laub herunter – dumpf schlugen reife grüne Kristalle auf den Boden. Der unangenehme Geruch, der von allem in diesem metallischen Wald ausging, wurde unerträglich.

„Der grüne Jammer, lieber Eli!“ sagte Romero seufzend. „Man möchte wie ein Wolf heulen...“

Während der Landung hatten wir unsere Wächter gesehen – Augenköpfige. Auf dem Sternenflugzeug hatten sie die Diensträume bewacht und sich bemüht, uns nicht in die Quere zu kommen. Hier waren sie überall – auf der Anlegeplattform, an der Gravitationstreppe, die uns vom Schiff zum Planeten beförderte.

Bevor wir den metallischen Wald und die Ufer der Salzflüßchen erreicht hatten, waren wir durch Alleen von Wächtern gegangen, die aufpaßten, daß wir uns nicht ihren Schiffen näherten – wich ein Gefangener zu sehr ab, wurde er mit gewichtigen Gravitationsohrfeigen auf den befohlenen Weg zurückgebracht. Ich empfing als erster solch eine Ohrfeige und vermied künftig jeden Zusammenstoß mit den Wächtern. So verhielten sich auch die anderen Menschen, doch mit den Engeln hatten die Augenköpfigen Scherereien.

Trub wurde mit seinen Artgenossen über denselben Krafttransporter zum Planeten gesaugt wie wir, doch dann betrugen sich die Engel anders. Trub schwang sich auf, und die Engel flogen ihm lärmend nach. Die Augenköpfigen rannten hin und her, ihre Periskope funkelten fürchterlich, aber die Stärke der Gravitationsschläge nahm mit der Entfernung quadratisch ab, und die Engel fanden dies bald heraus, sie stiegen höher und höher und tummelten sich dort, der Strafe entrückt.

Bald darauf stoben die Pegasusse wiehernd in die

bunte Engelschar, ihnen folgte der riesige majestätische Donnerschleuderer mit Lussin auf dem Rücken und schraubte sich Kreis um Kreis aufwärts. Die kleineren Drachen stürmten ihm nach, und es bildete sich ein dreigeschossiger Wirrwarr. Am höchsten, für die Augenköpfigen gänzlich unerreichbar, schwebten die geflügelten Drachen, etwas tiefer jagten die Engel hin und her, und unter ihnen tobten die fliegenden Pferde.

Es gelang den Verderbern, den einen oder anderen Pegasus herunterzuholen, aber auch diese schwangen sich, nachdem sie eine Weile auf dem Boden umhergaloppiert waren, wieder freudig wiehernd zu den Ihren auf.

Kamagin und Oshima, die neben mir standen, tauschten Blicke.

„Bitte keine Worte!" warnte ich in Gedanken. „Auch keine stummen Überlegungen. Wir wissen nicht, was für Abhörtechnik es auf dem Stützpunkt gibt. Und bitte auch nicht gestikulieren!"

Sie verständigten sich durch begeisterte Blicke, schnitten ausdrucksvolle Gesichter, nahmen aber die Hände nicht aus den Taschen, um nicht durch jähe Gesten auf sich aufmerksam zu machen. Romero und Petri gesellten sich zu ihnen, und die Unterhaltung der Händelosen und Taubstummen wurde derart lebhaft, daß ich erneut unruhig wurde.

Dem Tohuwabohu wurde ein jähes Ende gesetzt. In einem der Sternenflugzeuge blitzte ein gelber Lichtfleck auf, und der Tanz in der Luft war zu Ende. Die Pferde, die Engel, die Drachen und Lussin rittlings auf seinem Drachen schwebten herab.

Die Engel und Pegasusse bewegten die Flügel so energisch wie zuvor, doch sie segelten abwärts wie Skispringer von einer Sprungschanze.

Romero hob und senkte eine Braue. Sein Mienenspiel war leicht zu deuten.

„Kein Wunder – Sternenflugzeuge!“ dachte Kamagin. „Aber diese Teufelsmaschinen sind ja wohl nicht überall.“

Die Spitze der Kolonne verschwand im Wald, zu uns drängten sich Trub und Lussin durch. Trub war verlegen, da die Lustbarkeit in der Luft mißglückt war. Lussin strahlte. Der Donnerschleuderer hatte seine fliegerischen Fähigkeiten bewiesen, und das versöhnte Lussin beinahe mit der Gefangenschaft.

Hinter einer Allee zeigte sich ein metallisches Gebäude. Es war von grünen Oxidschuppen und einem räudigen Salzpelz bedeckt. Ein Tunnel führte ins Innere. Ich blieb stehen und drehte mich um.

Hinter mir marschierten die Besatzungen der drei Sternenflugzeuge, ihnen folgten, mal aufflatternd, mal zurückbleibend, mal sich sputend, die Engel, den Zug beschlossen Pegasusse und Drachen. Es war unvorstellbar, daß diese Gefangenenschar in das Gebäude passen sollte.

„Man lädt uns ein, und bislang recht höflich.“ Romero deutete auf die Wächter, die ihre funkelnden Periskope eifrig in Richtung Haus schwenkten.

„Warten wir auf Orlan“, entschied ich.

Während wir warteten, entquoll einem grünen Wölkchen, das zum Zenit gekrochen war, grüner Regen aus Nickelsalzen. Zunächst fielen einzelne Tropfen, die uns rasch besudelten, dann rauschte ein Platzregen herab, der mit dem auf der Erde während der Sommergewitter große Ähnlichkeit hatte. Am dunklen Himmel zuckten Blitze, die dunkelrot und nicht so grell wie die bei uns waren.

Der Regen hörte ebenso unvermittelt auf, wie er begonnen hatte, am Himmel leuchtete wieder der weiße Zwerg, der sich langsam dem Horizont näherte. Wir waren naß und besudelt, die Menschen hatten sich in grüne Statuen verwandelt, die Engel sträubten die herabhängenden grünen Flügel, Trub schüttelte sich wie ein Hund, der sich aus einem Gewässer herausgerappelt hat, ich wrang den schwer gewordenen Mantel aus.

Während dieser Beschäftigung traf uns Orlan an.

„Bei uns geht man unter die Dusche, um sich zu säubern, bei Ihnen, um sich zu beschmutzen", sagte ich ärgerlich.

„Dies ist eben der Nickelplanet", erklärte er herablassend. „Wir haben Stützpunkte auf Mangan-, Eisen-, Blei-, Kobalt-, Natrium-, Gold- und Quecksilberplaneten... Für Sie haben wir den Nickelplaneten gewählt, weil er grün ist."

„Ich hätte einen goldenen vorgezogen, solch einen kennen wir", sagte ich, um darauf anzuspielen, daß wir den Goldenen Planeten vernichtet hatten.

Er ließ die Anspielung unbeachtet. „Sie hätten dort die Chlorverbindungen des Goldes nicht ertragen. Der Große will Sie am Leben erhalten."

„Warum jagen Sie uns in diese enge Bärenhöhle, wenn Sie sich um unser Leben sorgen?"

„Da ist Platz für alle."

Der Tunnel führte in ein geräumiges Vestibül, von

dort zweigten breite Korridore mit leuchtenden Wänden ab. Unter der Kappe des unansehnlichen Gebäudes verbarg sich ein ausgedehnter Komplex von Räumen. Wie draußen war hier alles aus Nickel, aber die Nickelverbindungen waren nicht eintönig giftgrün, das Nickel war metallisch sauber und glänzte bläulich. Es kann keine Rede davon sein, daß ich von der Pracht der Farbe begeistert gewesen wäre; aber ich verspürte nicht mehr den Drang, vor „grünem Jammer“ wie ein Wolf zu heulen.

„Nach rechts die Menschen, geradeaus und nach links ihre Bundesgenossen“, befahl Orlan.

Der leuchtende Korridor führte uns in einen riesigen viereckigen Saal, dessen Wände und Decke ebenfalls leuchteten. An den Wänden befanden sich seltsame, rinnenähnliche Vorrichtungen. In diesem Gefängnis ließen sich die Besatzungen einer ganzen Flotte von galaktischen Schiffen unterbringen, nicht nur drei.

„Pritschen“, sagte Romero und wies auf die Rinnen.

„Machen Sie es sich bequem“, sagte Orlan und wandte sich mir zu. „Sie folgen mir, Admiral.“

„Wir lassen unseren Admiral nicht allein“, sagte Oshima.

Nichts änderte sich in Orlans leidenschaftslosem Gesicht. „Der Admiral kommt allein mit. Sie werden nicht gebraucht.“

Romero wies auf Orlans Leibwächter. „Gestatten Sie zu bemerken, daß Sie ebenfalls von Adjutanten begleitet werden. Unserem Admiral gebührt eine Wache.“

„Er kommt allein mit“, wiederholte Orlan kalt.

„Beunruhigen Sie sich nicht“, sagte ich zu meinen Freunden. „Ob ich nun allein gehe oder mit Ihnen, so oder so sind wir vollständig in ihrer Gewalt.“

5

Ich konnte kaum Schritt halten mit meinen Führern. Ihre behenden, tänzelnden Sprünge waren schneller als Lauf. Mitunter blieben sie stehen und warteten auf mich, ohne sich umzuwenden, als sähen sie mit dem Rücken genausogut wie mit den Augen. Ich wurde die Empfindung nicht los, daß ringsum Unsichtbare waren. Im Korridor hätten zehn Mann nebeneinander marschieren können, doch ich fühlte mich beengt. Dreimal tat ich, als torkelte ich und trat beiseite, aber überall war Leere, es gelang mir nicht, mit einem Unsichtbaren zusammenzustoßen.

In einem Raum, der klein war und spärlich beleuchtet, hieß mich Orlan stehenbleiben. Ich stand mitten im Zimmer. Orlan stelzte mit seinen Leibwächtern zur Tür gegenüber, und sie öffnete sich vor ihm.

Ein Mensch stolperte herein, ich erkannte ihn sofort. Es war André.

Er bewegte sich, seine Gestalt war greisenhaft gebeugt, mutlos ließ er den Kopf hängen, läppisch ruderte er mit den Armen.

Nichts hatte er von André, alles war anders als bei André, unbekannt, unerwartet, unvorstellbar...

Aber nur er konnte es sein.

„André!“ schrie ich und stürzte zu ihm.

Er hob den Kopf, und ich erblickte sein Gesicht,

gealtert, abgezehrt, derart unbegreiflich, daß meine Wiedersehensfreude in Angst umschlug. Ich packte André, drückte ihn an die Brust, stöhnte vor Freude und Schmerz, aber ich spürte schon, daß Andrés Auferstehung aus dem Nichtsein nicht nur Anlaß zur Freude bot, vielleicht am allerwenigsten zur Freude.

André stieß mich zurück. Er erkannte mich nicht.

„André!" flehte ich. „Schau doch, ich bin es, Eli, ich, dein Freund, erinnere dich, ich bin Eli!"

Er wandte sich traurig ab. Entsetzt riß ich ihn an mich. Er schaute mich an und sah nichts – sehend war er blind. Solche Augen hatte ich manchmal bei Menschen wahrgenommen, die schweren Gedanken nachhingen. Doch bei ihm war der Ausdruck maßlos übersteigert, unmenschlich grausam. Ich hatte André wiedergefunden, aber er war in einer eigenen, fernen Welt, war zugegen, ohne anwesend zu sein.

„André!" schrie ich verzweifelt. „Ich bin es, Eli!"

Er befreite sich und floh. Ich holte ihn ein, zog ihn noch heftiger an mich. In meiner Raserei hätte ich ihn schlagen mögen, kratzen, beißen, küssen, mit meinen Tränen benetzen, damit er zu sich kam. Er mußte mich erkennen, mußte sich meiner und der Freunde erinnern – nur dies war mir deutlich bewußt, als ich ihn, heiser vor Wut, schüttelte.

André hatte die Augen gequält geschlossen und schwankte kraftlos in meinen Armen. Plötzlich erbleichte er, seine langen feuerroten Locken, das einzige, was vom alten André geblieben war, zuckten wie Flammen vor meinen Augen, allein das sah ich deutlich: Andrés Locken flogen nicht, sondern zuckten wie Flammen.

Orlan und die beiden Leibwächter standen leidenschaftslos abseits.

Ich ließ von André ab und stürzte zu Orlan, bereit, mich auf ihn zu werfen. Er rührte sich nicht.

„Warum habt ihr ihm den Verstand genommen?"

„Der Große wollte ihm nicht den Verstand nehmen."

Rasend vor Wut führte ich meine Hand zum Mund und biß hinein, damit der äußere Schmerz die innere Qual übertönte. Noch besser wäre es gewesen, laut zu weinen, das Schicksal und die Feinde und mich zu verfluchen, um Vergebung zu flehen, denn ich selbst trug die meiste Schuld an dem heutigen Zustand meines Freundes.

Doch für Tränen fehlte mir die Kraft, trockene Verzweiflung brannte in mir. Und ich biß mir wieder und wieder in die Hand, um mich wenigstens dadurch zu überwinden. André, gebeugt, kläglich den Kopf schüttelnd, versuchte nicht mehr zu fliehen, obwohl ich ihn losgelassen hatte. Nicht weit von uns standen gleichgültig und unbeweglich die drei Nichtmenschen, die so phantomhaft Menschen glichen.

Plötzlich drang eine leise Stimme zu mir, André sang monoton, den Körper im Takt wiegend, als singe er sein sinnloses Liedchen mit jeder Körperbewegung: „Großmutter hatte einst ein graues Böckchen, ach, ein graues Böckchen, ach, ein graues Böckchen..."

Er sang kläglich und zittrig, nie zuvor hatte ich ihn so singen hören.

Ich drehte mich nach Orlan um. „Was wollen Sie eigentlich?"

„Der Mensch André steht zu deiner Verfügung, Admiral Eli“, antwortete Orlan.

„Komm, André“, sagte ich und zog ihn am Ärmel. Wieder folgte ich Orlan, gehorsam trottete uns André nach.

6

Ruhig betrat ich den Saal, in dem sich die Freunde befanden.

Romero nahm André bei der Hand. Jetzt sprach er, als hätten sie sich nach kurzer Trennung getroffen, als wäre André nichts zugestoßen. „Guten Tag, André. Bei uns wirst du es gut haben, wir sind deine alten Freunde. Komm, komm!“

Behutsam zog und schob er André, der schüttelte seine feuerroten Locken und ging langsam – unlustig, gehorsam, verständnislos. Ich begegnete Marys verzweifeltem Blick. Ich wollte seufzen und vermochte es nicht. Die Muskeln spannen, den Mund öffnen – ich war dazu nicht imstande. Das Blut stieg mir heiß ins Gesicht. Mary legte mir die Hand auf die Schulter, krampfhaft rang ich nach Atem.

„Seltsam“, sagte ich und versuchte zu lächeln. „Wie eine kurze Paralyse.“

„Setz dich“, sagte Mary.

Ich hockte mich zu meinem Sohn. Und ich gab mir Mühe, mich nicht nach der Seite zu wenden, wo André im Kreise der Kameraden saß. Die rinnenähnlichen Pritschen erwiesen sich als bequem, man konnte darauf wie in einer Hängematte schaukeln. Aster blickte mich ängstlich an. Endlich konnte ich lächeln.

„Unsere Betten ruhen anscheinend auf Kraftstützen“, sagte ich, erst jetzt hatte ich bemerkt, daß sie in der Luft hingen.

„Warum spielst du nicht, Aster? Ich habe gesehen, wie die Engel dir halfen, dein Spielzeug zu tragen, einen Pegasus hattest du Schlauberger wie ein Kamel bepackt.“

„Ich habe keine Lust zum Spielen, Vater“, sagte er traurig.

Darauf hatte ich keine Antwort. Aster war noch zu klein, um zu verstehen, was wirkliche menschliche Freiheit ist, aber die Unfreiheit lernte er früh kennen.

„Spiele!“ sagte ich nachdrücklich. „Spiele, vergnüge dich, treibe Schabernack. Spucke ihnen ins Gesicht mit deiner Lustigkeit, mache sie wütend mit deiner Sorglosigkeit, denn nichts wird ihnen so angenehm sein wie unser Kummer. Beraube sie dieser makabren Freude!“

Sicherlich reichte sein Verstand noch nicht aus, um die Situation auf diese Weise zu begreifen. „Ich werde spielen“, versprach er. „Du wirst zufrieden sein, Vater!“ Er sprang auf und ging fort.

Der Raum um mich schien wieder zu schwinden. Ich sah auf und begegnete dem starren, kalten Blick von Orlans Augen. Eine Maschine mit Augen! dachte ich voller Abscheu. Er war kein Phantom, wie wir anfangs gemeint hatten, aber er unterschied sich kaum von einem widerlichen Roboter. Noch widerlicher waren seine Gefährten.

„Der Große ruft dich“, erklärte Orlan.

Rings um uns sammelten sich die Gefangenen.

„Wozu braucht mich dein Gebieter?"

„Das wird er dir selbst sagen."

„Ist es ein Geheimnis, das sonst niemandem mitgeteilt werden darf?"

„Es ist kein Geheimnis. Der Große bietet der Menschheit einen Bruderbund an."

Wenn Orlan gesagt hätte, die Zerstörer beabsichtigten, uns zu befreien, wäre ich weniger frappiert gewesen. Alles, was wir über die Verderber wußten, ließ den Gedanken an ein Bündnis mit ihnen widernatürlich erscheinen. Ein empörter Ausruf Kamagins scholl zu mir.

Ich sagte zu Orlan: „Bei euch faßt anscheinend der Herrscher allein die Beschlüsse, bei uns sind sie kollektiv. Zieh dich also zurück, während wir beraten. Es ist nicht ausgeschlossen, daß mir meine Kameraden untersagen, zu deinem Herrscher zu gehen."

„Du mußt gehen."

„Ich brauche nicht zu gehen. Es ist eine andere Frage, daß ihr in der Lage seid, mich gewaltsam hinzubringen. Aber Gewalt ist kein glücklicher Beginn für das von euch geplante Bündnis."

Die Zerstörer entfernten sich.

Ich bat, die Dechiffriergeräte auf meine Gehirnstrahlung einzustellen, wir wollten in Gedanken beraten.

Auf einen Uneingeweihten mußte unsere Versammlung sonderbar wirken – schweigende Menschen starrten zu Boden, als lauschten sie in sich hinein. Kamagin zuckte mitunter impulsiv und störte die Harmonie der Erstarrung, Andrés trostloses Gemurmel drang noch hinter denen hervor, die nahe bei mir saßen, immerfort dachte er an das gebrechliche Böckchen. Ich befahl mir, nicht auf seine Stimme zu achten – und ich tat es nicht.

Ich begann damit, daß der Titel des Herrschers „Großer Zerstörer“ weder auf Güte noch auf bedeutenden Verstand schließen lasse. Die „Güte“ der Zerstörer hatten wir außerdem auf der Sigma kennengelernt. Der Herrscher unserer Feinde wandte sich nicht an Eli Gamasin, Admiral der Großen Galaktischen Flotte, nein, er nahm mit seinem Gefangenen Verhandlungen auf, dessen Leben in seiner Gewalt war – Grund genug, die Ehrlichkeit seiner Absichten zu bezweifeln. Auf welchen Prinzipien sollte ein Bündnis zwischen den Menschen und einem Zerstörer und Tyrannen überhaupt basieren? Sollten sie gemeinsam die noch freien Völker unterwerfen? Hand in Hand noch nicht Ausgerottetes ausrotten, noch nicht Zerstörtes zerstören? Alle Sternenfreunde der Menschheit zu Feinden machen, indem man sie hochmütig zu Untermenschen und Antimenschen erklärte? Einem Bündnis mit den uns bisher noch unbekannten Galakten entsagen, die uns äußerlich und auch im Verkehr mit anderen vernünftigen Wesen so auffallend ähnlich waren? Wäre es nicht besser, den Appell des Herrschers verächtlich zu ignorieren, obwohl diese Dreistigkeit das Leben kosten konnte, um ihm eine klare Vorstellung vom Willen und von den Absichten der Menschen zu geben?

Kaum hatte ich geendet, vernahm ich Kamagins erregten Gedanken: „Keinerlei Verhandlungen mit Verbrechern! Mit aller Willenskraft, den uns verbleibenden Waffen...!“

„Das einzige, worüber wir noch verfügen, ist unser Leben“, versetzte Romero.

„Dann müssen wir eben unser Leben hingeben!“ Kamagin sprang auf. Es gelang ihm nur mit Mühe, all das nicht herauszuschreien.

„Ich bin für Verhandlungen“, teilte der besonnene Oshima mit. „Zum Sterben ist immer noch Zeit. Aber da der Admiral im Namen der Menschheit sprechen wird, darf er nicht vergessen, daß die gesamte menschliche Macht hinter ihm steht. Wir befinden uns in Gefangenschaft, doch die Menschheit ist frei!“

„Dem Großen drohen, daß seine Größe in die Brüche geht!“ Petri unterstützte Oshima. „Mit der Faust auf den Tisch schlagen! Er soll die Sperre vor dieser Sternengruppe beseitigen. Schluß mit der kosmischen Piraterie, eine andere Basis ist ausgeschlossen.“

„Er soll uns freilassen und uns das Sternenflugzeug zurückgeben“, ergänzte Mary.

„Kurz und gut, die Zerstörer sollen kapitulieren“, faßte Romero kaltblütig zusammen. „Die vereinigte Macht der Menschheit vermochte das nicht zu erreichen, die Rede des Admirals soll es erwirken. Kein schlechtes Programm, ich unterstütze es, obwohl ich bezweifle, daß es realisierbar ist.“

Ich hatte es nicht eilig, meine Erwägungen zu äußern, und sagte nur: „Die Prinzipien, die den Krieg mit den Zerstörern hervorgerufen haben, bleiben für uns auch in der Gefangenschaft verbindlich. Nur auf ihrer Grundlage ist ein Abkommen möglich.“ Danach teilte ich Orlan mit, daß ich der Begegnung zustimmte.

Am Ausgang traf ich Lussin, der von seinen geflügelten Freunden zurückkehrte. Er wußte noch nichts von André und bemerkte nicht sofort die auf der Pritsche kauernde Gestalt, aber ich vernahm den traurigen Singsang: „Ein graues Böckchen, ein graues Böckchen..."

Als ich hinausging, hörte ich Aster rufen: „Komm bald wieder, Vater!"

Ich lächelte ihm zu.

7

Der Große Zerstörer war noch menschenähnlicher als Orlan und noch weniger „menschlich" als jener.

Vor allem war er riesenhaft, fast vier Meter groß. Der kleine Kopf saß auf einem ungewöhnlich langen Hals. Am Kopf funkelten riesige Augen, gierig öffnete und schloß sich der riesige Mund.

Er blickte mich mit leuchtenden Augen an. Ich übertreibe nicht – aus seinen Augenhöhlen strahlte trassierendes Licht, seine phosphoreszierenden Augen umrissen meine Konturen. Anfangs verglich ich ihn mit Orlan, bei dem die Hautfärbung die Stimmung anzeigte. Doch der Herrscher versuchte die Gesprächspartner zu schrecken, dafür eigneten sich funkelnde Augen sicherlich besser.

Der Herrscher saß auf einem thronähnlichen Podest. Für mich war kein Sitz da. Ich ließ mich auf den Fußboden nieder und kreuzte die Beine. In dem weiten Saal waren nur wir zwei.

„Du weißt, daß ich euch ein Bündnis vorschlagen will", konstatierte der Große Zerstörer mehr, als daß

7–85

er fragte. Er drückte sich leidlich in der Menschensprache aus.

„Ja“, antwortete ich, „aber bevor wir über das Bündnis sprechen, muß ich ein paar Fragen stellen.“

„Stelle sie.“ Genau wie Orlan mißachtete er unsere Höflichkeitsanrede.

Mein kaltes „Sie“ betonte, daß es keine Freundschaftlichkeit zwischen uns gab. „Sie gleichen einem Menschen und sprechen menschlich. Dabei sind wir nicht einmal entfernt verwandt.“

„Ich nehme jede Gestalt an, die ich will, sofern sie biologisch möglich ist. Ich habe mich den Menschen angeglichen, um dir gefällig zu sein.“

„Ich würde Ihr natürliches Aussehen vorziehen. Es wäre mir angenehmer, wenn Sie mir weniger glichen.“

Er erklärte, daß der Gestaltwechsel schwierig sei. Die Anfertigung einer neuen Hülle erfordere viel Zeit. Und überhaupt treibe er keinen Mißbrauch mit seiner Freiheit der Transformation. Ich freute mich insgeheim. Da der Gestaltwechsel selbst für den Herrscher nicht einfach war, bestand keine Gefahr, daß demnächst Pseudomenschen unter uns auftauchten.

Ein paar Kleinigkeiten hatten mir zu denken gegeben, und bevor ich zur Hauptsache überging, erwähnte ich sie. „Unser Schiff war fest verschlossen, dennoch kam Orlan herein. Wie gelang ihm das?“

„Nicht er kam herein, sondern sein Abbild wurde ins Sternenflugzeug fokussiert. Übertragt ihr keine Abbildungen?“

„Doch, in Videosäulen. Allerdings handelt es sich da um Silhouetten, reine Bilder... Oshima aber hat sich die Finger an Orlans Abbild aufgeschlagen.“

„Offenbar übertragt ihr nur die optischen Charakteristika, wir hingegen auch andere Eigenschaften wie Härte, Wärme und sogar elektrische Spannung. Das ist ganz einfach."

Ich mußte anerkennen, daß das einfach war.

„Hast du noch Fragen?"

„Fragen und Erklärungen."

Ich teilte dem obersten Verderber mit, daß ich zum Kriegführen ermächtigt sei, nicht aber, ein Bündnis zu schließen. Sollte er die Absicht haben, die ganze Menschheit interessierende Probleme zu berühren, so müßte der hier in der Nähe weilende Teil der Menschheit, nämlich alle meine Kameraden, an der Erörterung teilnehmen. Er entgegnete, wenn unser Gespräch übertragen werde, so würden seine Untertanen sie ebenfalls hören. Das sei mir gleichgültig, sagte ich. Er bemerkte, daß ich im Tone eines Siegers, nicht eines Besiegten spreche. Ich verwies darauf, daß zwischen Gesprächen und Verhandlungen ein Unterschied bestehe. Er spreche mit Gefangenen, nehme aber Verhandlungen mit der gesamten Menschheit auf – folglich müsse man ihn an den Ton gewöhnen, den die freie Menschheit für Verhandlungen wähle. Er erklärte, für den Anfang genüge ihm ein Abkommen mit mir. Ich erkundigte mich, ob er da nur an mich denke oder auch an meine Kameraden. In dem Falle sei ohne Information aller nicht auszukommen, beharrte ich. Ihm sei solch ein dreister Ton neu. Es wäre nicht schlecht, sich an jeden Ton zu gewöhnen, wiederholte ich, und mit mir könne er beginnen. So mancher Gefangene habe schon vor ihm gestanden, und alle hätten am ganzen Leibe gezittert, denn er sei Herr über

Leben und Tod. Vielleicht zitterte auch ich am ganzen Leibe, aber er sei nur Herr über meine physische Existenz, nicht über meine Gedanken und Wünsche; wenn er darauf aus sei, daß wir seine Freundschaft suchten, so seien zitternde Leiber wohl kaum solchem Begehren förderlich. Und überhaupt – seine Gefangenen könne er foltern, indem er sich auf seine Gewohnheiten und seine Sprache beschränke, doch ihre Freundschaft müsse er in ihrer Sprache und im Einklang mit ihren Gewohnheiten erringen. Danach lehnte ich eine Fortsetzung des Gesprächs ab und schwieg, wobei ich ihn herausfordernd ansah.

Er schwieg ebenfalls. Ich konnte mich überzeugen, daß die altertümliche Redewendung „seine Augen schleuderten Blitze" keineswegs eine Hyperbel war. Mir war, als blendeten mich aufzuckende Scheinwerfer.

„Schön, mag unser Gespräch übertragen werden", sagte er dann. „Aber wenn wir keine Einigung erzielen, werde ich meinen Untertanen zeigen müssen, wie ich mit Starrköpfen verfahre."

„Darüber bin ich mir im klaren", sagte ich ruhig, obwohl ich sehr erregt war.

In diesem Augenblick übertrug mir das Dechiffriergerät die aufgebrachten Stimmen meiner Freunde. Sie hatten jede Vorsicht vergessen und erörterten nicht in Gedanken, sondern in Worten meine Lage. Ich unterbrach ihren vielstimmigen Chor, indem ich sie einlud, meiner Unterhaltung mit dem Großen Verderber zu lauschen.

„Fangen wir an?" fragte der Große Zerstörer. Seine Stimme grollte bedrohlich. Er hatte zwar menschliche Gestalt angenommen, sich die menschlichen Umgangsformen aber nicht zu eigen gemacht. Für Verhandlungen war solch Gebrüll zumindest taktlos.

8

Unsere Erfolge erkannte er an. Äußerlich glichen wir seinen alten Gegnern, den Galakten. Die Zerstörer, die mit uns in den Plejaden zusammengestoßen waren, hatten ihrem Stützpunkt gemeldet: „Galakten in Sicht, wir nehmen sie gefangen." Der Krieg mit den Galakten, der schon unendlich lange dauerte, näherte sich seinem Ende. Die Galakten waren auf den ihnen verbliebenen Planeten blockiert. Sie hofften nur noch, in Ruhe gelassen zu werden, eine müßige Hoffnung, er erkläre das mit allem Nachdruck.

Doch überraschend hatte sich herausgestellt, daß die Menschen anders waren. Sie hatten es fertiggebracht, die Flotte der Zerstörer in den Plejaden zu zerstreuen, und im Perseus hatten sie einen mächtig ausgerüsteten Planeten gesprengt. Er habe seinen Schiffen befehlen müssen, die von den Menschen beherrschten Trassen zu meiden. Dafür habe er sich um so sicherer in seiner Sternengruppe verschanzt. Hier stütze sich seine Macht auf sechs erstklassige Festungsplaneten, die mit Hochleistungsmechanismen zur Krümmung des inneren Sternenraumes ausgestattet seien. Keine Macht der Welt sei in der Lage, die von ihm errichtete Sperre zu durchbrechen.

„Wir haben sie gesprengt", versetzte ich. „Ich spreche vom Flug unserer drei Schiffe."

„Ihr hattet Glück; in dem Augenblick, als ihr eindrangt, ließen plötzlich die Abwehrmechanismen des Dritten Planeten nach. Das wird sich nie mehr wiederholen."

„Wenn Sie nicht wollten, daß wir eindrangen, warum ließen Sie uns dann nicht wieder zurück?" erkundigte ich mich unverzüglich.

Er polterte: „Das hat mit den Verhandlungen nichts zu tun. Wichtig ist, daß wir euch aufgegriffen haben und daß ihr uns nicht besiegtet."

Daß wir aufgegriffen waren, konnte ich nicht bestreiten.

Der Große Zerstörer wiederholte, daß wir ihnen in manchem voraus seien, dagegen sei bei uns vieles unvollkommen, als ständen wir am Anfang der Zivilisation. Wenn sich unsere beiden Zivilisationen vereinigten, könnte sich nichts gegen sie behaupten.

„Wirklich nichts? Die Verderber, Pardon, die Zerstörer beherrschen einen kleinen Galaxisbezirk, der Lebensraum der Menschen ist noch kleiner. Ist es da nicht vermessen, von Gesamtherrschaft zu sprechen?"

Die Antwort des Großen Zerstörers überraschte mich so, daß ich ihre Bedeutung nicht sofort zu würdigen wußte.

„Ich verstehe deine Anspielung. Die Macht der Ramiren ist mit eurer und unserer selbstverständlich nicht zu vergleichen. Aber die Ramiren haben die Perseusgruppe längst verlassen und beschäftigen sich mit der Umgestaltung des Galaxiskerns, ihnen steht nicht der Sinn nach Menschen und nach Zerstörern, schon gar nicht nach den feigen Galakten."

Ich hörte den Herrscher an, als wüßte ich über die Ramiren weit mehr als er. Dagegen hielten meine Freunde mit ihrer Überraschung nicht zurück, das Dechiffriergerät übertrug mir ihr Stimmengewirr und ihre Unruhe bei der Nachricht von der unbekannten Sternenzivilisation.

„Lassen wir die Ramiren, sie haben eigene Sorgen genug", sagte ich. „Sprechen wir davon, welches Prinzip der von Ihnen vorgeschlagenen Freundschaft zwischen Menschen und Zerstörern zugrunde liegen soll."

„Das Prinzip ist einfach: unsere zersplitterte Macht zu einer Faust vereinigen!"

„Zu elementar für ein Prinzip. Das, was Sie genannt haben, ist kein Ziel, sondern ein Mittel, um ein Ziel zu verwirklichen."

„Ich kann dir auch etwas über das Ziel erzählen."

Neues teilte er nicht mit, es waren die Prinzipien Unterdrückung des Schwachen durch den Starken, kosmische Barbarei und Piraterie. Er schlug uns nicht Freundschaft vor, sondern Feindschaft – Haß auf alles, was nicht „wir" waren. Man mußte maßlos von sich eingenommen sein, um den Menschen ein solches Projekt darzulegen. Scharfsinnig war er nicht, dieser Große Zerstörer mit der Stimme eines Wasserfalls.

Als Antwort zitierte ich ihm die Deklaration, die auf der Ora beschlossen und später Verfassung des Interastralen Bündnisses geworden war.

Ich vernahm die Rufe meiner Kameraden, und diesmal war ich nicht böse, daß sie nicht in Gedanken, sondern unbeherrscht laut ihren Beifall äußerten.

Den obersten Verderber versetzte mein Programm

in Wut. „Du vergißt, wo du dich befindest!" donnerte er.

„Nein, das vergesse ich nicht!"

„Und du erkühnst dich, mir die Befreiung der unterworfenen Völker und die Einführung einer ekelhaften gegenseitigen Hilfe vorzuschlagen?"

„Ohne dies ist eine schöpferische Existenz undenkbar. Ob Sie wollen oder nicht, ob mit Ihnen oder gegen Sie, aber diese Prinzipien werden sich in den Beziehungen der vernünftigen Sternenbewohner durchsetzen."

Er glaubte, er habe meine schwache Stelle herausgefunden und werde in unserem Streit leicht die Oberhand gewinnen. Seine Logik war doktrinärer Prägung, ihr mangelte der wichtigste menschliche Zug – Gedankenweite. Ich wußte, daß unser Streit ungleich sein würde, aber nicht von der Ungleichheit, auf die er hoffte.

„Du sagtest ‚schöpferische Existenz'? Unsinn! In der Welt existiert ein realer Prozeß – die Zerstörung, die Nivellierung, das Abtragen der Höhen. Wir, die Zerstörer, beschleunigen mit unserer vernünftigen Tätigkeit diesen elementaren Prozeß."

„Die vernünftige Tätigkeit der Menschen ist von anderer Art."

„Folglich ist sie unvernünftig. Das Universum strebt zum Chaos. Vernünftig und erhaben ist nur dies: das Chaos verbreiten zu helfen. Allein das Chaos gewährleistet eine vollkommene Befreiung von Ungleichheit und Unfreiheit."

„Die Lebewesen streben danach, das Chaos durch Organisation zu ersetzen."

„Es ist blind, danach zu streben, das Chaos zu beseitigen. Dieses Bestreben kennzeichnet die Anfangsstufen der Entwicklung, wo Ungleichheit mit Kompliziertheit allenthalben anzutreffen sind. Ihre höchste Blüte erreicht die Entwicklung in der berauschenden Gleichförmigkeit von allem, im wunderbaren Fehlen von Unterschieden!"

„Das Bestreben, ein Element zu überwinden, ist Ihrer Meinung nach elementar? Sie, die Zerstörer, haben die mächtigste Organisation geschaffen, die die Welt kennt..."

„Du vergißt die Ramiren, Mensch."

„Lassen wir die fernen Ramiren. Ihre Organisation, ihre grausame Ordnung, Ihre ungeheure Unfreiheit für alle..."

„Die Organisation wurde zur Ausbreitung der Desorganisation geschaffen, die Ordnung dient der Einführung der Unordnung, und die allgemeine Unfreiheit ist nur eine notwendige provisorische Etappe auf dem Weg zur Befreiung aller von allem... Wir fördern, wonach die Natur strebt, wir kämpfen nicht dagegen an."

Er stritt so selbstgefällig wie ein Spießer, der überzeugt ist, die Welt erschöpfe sich in seiner unmittelbaren Umgebung. Er war halb gebildet, hüllte seine Unwissenheit in ein philosophisches System, er war ein gewandter Sophist, der geschickt mit Paradoxen um sich warf. Es war leicht, ihn zu schlagen. Ich bezweifelte nur eins, ob er seine Niederlage begreifen würde.

In seiner Stimme klang Triumph. „Du schweigst, also bekennst du, daß du besiegt bist!"

„Sie widerlegen sich selbst", sagte ich.

„Das mußt du beweisen."

„Gern. Fangen Sie an, Ihre Weltanschauung zu begründen, und ich zeige, daß aus jeder Ihrer Prämissen ein Schluß zu folgern ist, der dem entgegengesetzt ist, den Sie ziehen."

„Meinetwegen", willigte er ein. „Für meine Untertanen wird es nützlich sein, ein übriges Mal die Grundlagen unserer Philosophie zu üben, obwohl sie ohnedies dauerhaft ist."

Er begann originell. Seinen Worten zufolge wurde das Weltall einst als eine Unmasse ungeheurer Verschiedenheiten, als ein Herd einander unähnlicher kompliziertester Formen geboren. Leerer Raum – darin Planetengigante, kompliziertes biologisches Leben und amorphes Plasma; an einem Pol der wie ein Gipfel aufragende, stets individualisierte Verstand, am anderen die Dürftigkeit isolierter Atome. Ungleichmaß und Unähnlichkeit, widerliche Originalität von allem und in allem, Barbarei organisierter Gesellschaften, Ordnungstyrannei, Unfreiheit verschiedenster hierarchischer Strukturen – so biete sich uns der Anfang der Welt dar, so sehe sie zum großen Teil noch heute aus.

„Aber alles beginnt nur kompliziert und entwickelt sich dann zum Einfachen", polterte er. „Kommst du nicht vom Komplizierten zum Einfachen, wenn du eine Aufgabe löst? Gerätst du nicht in Verwirrung vor der unendlichen äußeren Vielfalt der Natur, wenn du sie betrachtest, und entdeckst du nicht dann erst ihre innere Einfachheit? Ist es nicht das höchste Ziel der Erkenntnis, die innere Einfachheit zu finden? Wieviel edler als die Erkenntnis ist da die Schaffung von Einfachheit, die Bereicherung der Welt durch Einfachheit? Und welche Einfachheit ist die höchste? Die Einfachheit des Primitiven, nicht wahr? Also müssen wir die Welt durch Primitives bereichern, immer von neuem Primitives erzeugen, Primitives pflanzen! Und nun frage ich dich: Welches Primitive ist am einfachsten und edelsten? Das Chaos – du stellst das doch hoffentlich nicht in Abrede. So sind wir beide zu dem logischen Schluß gekommen, daß ein vernünftiges Wesen nur eine einzige Aufgabe hat: überall Chaos zu säen! Sich im Chaos von allen Bindungen und Unterordnungen zu befreien! Im Chaos eine vollkommene Einigung mit sich selbst zu erreichen, denn nur im Chaos stützt du dich auf dich, während alles andere dich kaltläßt!

Im Raum", so fuhr er fort, „sind sechs Richtungen gegeben, in der Zeit dagegen nur eine – vorwärts, nur vorwärts! Vorwärts zur höchsten Existenzform – der Verwischung aller Unterschiede, der Auflösung aller Verschiedenartigkeiten. Das ist die Entwicklungsrichtung in der Natur, das ist das Ziel, das sich die Zerstörer gesteckt haben. Die Ungleichmäßigkeiten beseitigen und die Unähnlichkeiten abschaffen! Den leeren Raum vernichten, damit die Sterne zueinander eilen und zunächst offene, dann Kugelhaufen bilden! Die Temperaturen nivellieren – die einen Sterne erschöpfen sich in einem rasenden Energiestrom, die anderen, seit jeher finster, entflammen! Und vor allem das hochmütige Leben unterbrechen, die älteste der kosmischen Eigentümlichkeiten und Unfreiheiten, die tyrannischste der Ordnungshierarchien, das arrogante Leben unterbrechen, das sich verzweifelt und hoffnungslos gegen die allgemeine frohe Entpersönlichung wehrt! Primitivisation verbindlich für jeden – und Zerfall der komplizierten Strukturen als beste Form der Primitivisation! Biologische Natürlichkeit durch die Künstlichkeit der Automaten ersetzen, denn es gibt nichts Komplizierteres, Verwickelteres, Unfreieres als die Natürlichkeit, nichts Primitiveres, Einfacheres und Freieres als einen gut gearbeiteten Automaten. Wie einst die Ramiren, so klammern sich heute die Galakten, obwohl dem Untergang geweiht, an die überlebte Unähnlichkeit, an die aussterbenden Eigentümlichkeiten. Auch sie zum Nutzen der ausrottenden Tätigkeit der Zerstörer einsetzen oder mit ihnen allen Schluß machen!“

„Soweit ich Sie verstanden habe, streiten Sie für die Künstlichkeit gegen die Natürlichkeit?“

„Du hast mich richtig verstanden. Denn die Natürlichkeit widerspricht der Vernunft! Die Natürlichkeit beleidigt das ästhetische Empfinden, da sie die Gleichheit und Harmonie abscheulich stört! Jeder beliebige Organismus hält sich für den Mittelpunkt der Welt: Er ist selbständig, er ist originell, er ist in sich, für sich! Wie kann man das dulden? Wie kann man das aushalten? Rücksichtslose, maßlose, empörende Individualisierung – das wurde vom biologischen Leben, das sich widerrechtlich ausbreitete, bewirkt. Wir haben jedweder Originalität den Vernichtungskrieg angesagt. In diesen philosophischen Differenzen liegt die Wurzel unserer Feindschaft mit den Galakten.“

Die Paradoxie des Großen Zerstörers war überraschend für mich. Selbstverständlich war er kein

Dummkopf. Aber sein Denken war wie die Visionen eines Paranoikers.

„Oh, wir wissen, daß wir uns nicht nur ein hinreißendes, sondern auch ein schweres Ziel gesteckt haben!“ donnerte er. Immer mehr begeisterte er sich. „Aber wir werden die Schwierigkeiten meistern, alle Hindernisse hinwegfegen. Niemand in der Welt ist so geschickt und fleißig wie wir, das sage ich dir ohne Prahlerei. Wir statten die Planeten neu aus, erschöpfen den Weltenraum, bauen Millionen von Städten und Werken! Ständig fehlen uns Arbeitskräfte und Gehirne, wir suchen sie und ergreifen sie überall, wo wir sie finden. Und diese Unmasse von Kenntnissen und Fähigkeiten, diese Kräfte und Mechanismen, diese Werke und Gehirne stehen auf großer kosmischer Wacht – dienen dem sich ausbreitenden Chaos, befreien die Welt von der Diktatur der Ordnung!“

„Nun begreife ich, warum Sie sich Zerstörer nennen!“ sagte ich.

Stolz fügte er über sich selbst hinzu: „Ich habe nichts geschaffen, aber ich bin fähig, alles zu vernichten!“

Dann sprach ich.

Der Machthaber der Zerstörer behaupte, er habe nichts geschaffen, aber er könne alles vernichten. Wenn das die Wahrheit wäre, dann sähe das in den Augen der Menschen gar nicht verlockend aus. Leider sei er bei weitem nicht imstande, alles zu vernichten, und seine grimmige Zerstörungstätigkeit wirke sich oftmals schöpferisch aus, man brauche nur an die errichteten Städte, Werke und Sternfestungen zu erinnern...

Er habe den Eindruck, als nivelliere er die Verschiedenheiten, doch bei näherer Betrachtung türme er neue Ungleichmäßigkeiten auf. Die Weltharmonie beruhe gerade in der Eigenart der Objekte, die Zahl der einander unähnlichen Strukturen dürfe nicht je nach Laune geändert werden. Die Zerstörer hätten den Wärmetod auf materiellen Körpern geschaffen, dadurch übersättigten sie den Raum mit Energie, es beginne ein rückläufiger Prozeß – neue Materiemassen entstünden, darin werde die im Raum gespeicherte Energie konzentriert. Das Fortspülen der Gipfel der Eigenart sei nur eine Seite der Entwicklung, ihre andere Seite sei die unaufhörliche Bildung neuer Berge. Das All erzeuge Höhen der Unterschiedlichkeit ebenso beständig, wie es sie in einer grauen Ebene der Gleichförmigkeiten wegwische. Er behaupte, das All habe kompliziert begonnen und gehe zum Einfachen. Ich behaupte, das All gehe vom Komplizierten zum Einfachen und gleichzeitig vom Einfachen zum Komplizierten. Diese beiden Prozesse vollzögen sich nebeneinander. Und wenn es den Zerstörern gelinge, ihr erstes Ziel – die Vernichtung des Raumes (nicht umsonst sage man von ihnen „Weltenzusammenpresser") – zu verwirklichen, so bleibe das zweite Ziel – die Degradation der Energie – undurchführbar. Indem man das eine vernichte, schaffe man das andere. Das Zusammendrängen der Sterne zu Haufen bereite nur die Bedingungen für eine nachfolgende kosmische Explosion vor. Ist nicht auf die Tätigkeit der Zerstörer zurückzuführen, was sich in den Hyaden ereigne, wo die Gestirne in eine Raumgrube stürzten, von der man nicht wisse, wie sie sich aufgetan habe?

An dieser Stelle unterbrach mich der Herrscher. Die Zerstörer hätten mit den Prozessen in den Hyaden nichts zu tun. Vielleicht wären sie eine Folge der weit zurückliegenden Tätigkeit der Ramiren. Sie hätten, wie jetzt die Menschen, die Technik der Umwandlung von Materie in Raum beherrscht, dank dessen hätten sie in den Plejaden die Oberhand über sein Geschwader gewonnen. Die Hyaden wären eine Ausnahme von der Regel, eine Abnormität in einem harmonischen Prozeß.

Bei seinem ungeschickten Gedanken hakte ich ein. Wenn Ausnahmen entstünden, dann sei folglich die Entstehung von Ausnahmen die Regel. Die Zerstörer selbst seien eine von solchen hypertrophischen Ausnahmen unter den übrigen Sternvölkern. Sie wären eine Ausgeburt des Lebens und vernichteten das Leben, aber dadurch auch sich selbst.

Er schwieg eine Weile, noch nicht überzeugt, daß die Verhandlungen zu keinem Erfolg geführt hatten. „Hast du nicht behauptet, die Harmonie der Welt erfordere die Einheit von Zerstörung und Schöpfung?"

„Ja, das habe ich. Aber das ist die Einheit von Gegnern, nicht die von Freunden, die Wechselbeziehung des Kampfes, nicht die eines freundschaftlichen Bündnisses." Mir fiel ein, daß nicht nur das Häuflein meiner Kameraden zuhörte, sondern auch die Masse der uns unbekannten Gegner – ich appellierte an ihre Vernunft, es konnte nicht sein, daß alle so unvernünftig wie ihr Gebieter waren. Ich drohte nicht, sondern erklärte.

„Sie selbst erkennen an, daß wir stärker sind als die Galakten. Heute hat eine Vorausabteilung der

Menschheit ihre Sternenforts gestürmt, morgen wird die ganze Menschheit vor der nichteuklidischen Perseusmauer antreten. Die Philosophie der Zerstörung triumphiert, aber nur auf sie bezogen – die Zerstörer werden zerstört! Im Namen aller Sternvölker erkläre ich Ihnen den Krieg. Von nun an und unaufhörlich! Hier und überall!"

Der Herrscher schwieg lange. Das Schweigen war erfüllt vom Geräusch der erregten Atemzüge meiner Freunde, dann mischten sich andere Laute hinein. Ich wollte mir weismachen, daß das die Stimmen der Untertanen des Herrschers wären, mußte aber einsehen, daß es sich höchstwahrscheinlich um Übertragungsstörungen handelte – der oberste Verderber hatte in dem langwierigen Streit noch nicht den Schlußpunkt gesetzt.

Nach einer Weile sagte er: „Sind die Menschen und ihre Freunde Lebewesen?"

„Ebenso wie die Zerstörer."

„Die Selbsterhaltung ist die wichtigste Eigenschaft des Lebendigen. Die Todesangst vereinigt die Lebenden. Bist du derselben Meinung, Mensch?"

Ich verstand, daß er uns zum Tode verurteilte. Er lechzte nach unserer Bestürzung und Verzweiflung. Ich wußte, daß niemand von uns ihm diese Freude bereiten würde.

„Aber ihr begehrt den Tod nicht wie die Freude?"

Ich spürte, daß mir eine Falle gestellt war, doch ich wußte nicht, wie ich ihr entrinnen konnte. „Der Tod ist selbstverständlich keine Freude..."

Jetzt donnerte seine Stimme nicht, sie klang leidenschaftslos wie Orlans Stimme – es war das Verdikt ei-

8–85

ner Maschine, nicht das Urteil eines Herrschers: „Du sollst dazu verdammt sein, den unerreichbaren Tod wie eine Freude zu wünschen. Du sollst vom Tod träumen, ihn in menschlicher Raserei herbeirufen. Doch der Tod soll dich fliehen!“

Danach verschwand er.

9

Der teilnahmslose Orlan führte mich zurück. Ich wanderte aus einer Umarmung in die andere, nahm Gratulationen entgegen.

„Es wird Strafmaßnahmen setzen, wir müssen uns vorbereiten!“ sagte Oshima. Er war energisch und sachlich, als hätte er vor, die herabhagelnden Strafen unverzüglich abzuwehren.

Romero sprach traurig. „Ohne Zweifel haben Sie sich richtig verhalten. Aber Deklarationen sind eins, Taten etwas anderes. Und da Ihr Leben als unantastbar erklärt worden ist...“

„...so wird man uns foltern. Wir werden beweisen, daß der Mensch durch Foltern nicht zu brechen ist!“

Er blickte mich liebevoll und bekümmert an. „Ich habe den Eindruck, Eli, als könnten Sie die Foltern kaum erwarten, wie Sie vor kurzem die Schlacht kaum erwarten konnten.“

„Lassen wir das. Wie gefällt Ihnen die Nachricht über die Ramiren, Pawel?“

Romero meinte, leider seien die Ramiren zu weit von uns entfernt, und man könne sie nicht gegen die Zerstörer zu Hilfe rufen.

„Ruhen Sie sich aus, Eli", riet Pawel. „Wer weiß, was uns die nächste Stunde bringt."

Ich ließ mich neben Mary nieder, Lussin nahm bei uns Platz. Ihn plagten widersprüchliche Gefühle: Begeisterung über mein tapferes Verhalten, so drückte er sich aus, und Furcht, ich könnte mir eine grausame Strafe zugezogen haben. Und über alldem lastete Verzweiflung – Lussin hatte sich nach der Begegnung mit André immer noch nicht gefaßt. Mary sagte: „Als du mit dem Herrscher der Verderber strittst, war Aster der aufmerksamste Zuhörer."

Lussin erklärte, Romero habe André ein Dechiffriergerät angeschnallt, doch Andrés Gedanken böten ebenfalls keinen Grund zur Freude. Ich stellte mich auf Andrés Strahlungen ein, er saß abseits, wiegte den Kopf. In seinen Gedanken war nur der eine trostlose Satz: „Großmutter hatte einst ein graues Böckchen, ach, ein graues Böckchen..."

„Wie müssen sie ihn gemartert haben, daß ihm die Welt zu einem räudigen Ziegenbock schrumpfte", sagte ich.

„Martern hat es gegeben", antwortete Lussin in Gedanken und fügte hinzu: „Und wieviel wird es noch geben, Eli!"

Aster trat zu André. Der fuhr zusammen, hob den Kopf, mir war, als erscheine auf seinem stumpfen Gesicht der Abglanz eines Gedankens. Aster bat ihn um etwas oder stellte ihm eine Frage, André antwortete nicht, wich aber auch nicht erschrocken zurück – er lauschte.

Ich sprang auf, Lussin hielt mich zurück.

„Wir gehen besser nicht hin", riet er durchs Dechiffriergerät. „Aster ist der einzige, vor dem er keine Angst hat, mag der sich mit ihm beschäftigen."

„Ich spreche mit ihm, aber er versteht nicht", sagte Aster traurig. „Er hört zu und versteht nicht."

Ich packte Andrés Arm, sein Gesicht verzog sich kläglich, er taumelte zurück. Mit leblosen Augen blickte er mich an.

„Erkenne mich!" schrie ich. „Ich befehle dir: Erkenne mich!"

André versuchte loszukommen, ich gab ihn nicht frei. Aster wollte sich zwischen uns stellen, ich stieß ihn beiseite. Ich bohrte meinen Blick in Andrés erloschene Pupillen.

„Erkenne mich!" brüllte ich wild. „Ich lasse dich nicht, bevor du mich erkennst!"

Mit Asters Hilfe riß sich André los und floh. Wahrscheinlich wäre ich ihm nachgerannt, wenn sich Aster mir nicht in den Weg gestellt hätte. In seinen Augen waren Tränen. „So behandelt man Freunde nicht, Vater", sagte er empört. „Du bist stark, aber er ist krank!"

Ich wollte etwas erwidern, doch eine gewaltige Macht schleuderte mich von Aster weg.

Alles ringsum begann wirbelnd zu kreisen, verschwand hinter einem trüben Schleier. Ich sank in dämmrigen Abgrund, sah Romeros entsetztes Gesicht, die leichenblasse Mary, den angstvollen Aster. Sie riefen, streckten verwirrt die Hände nach mir aus. Doch ich war unerreichbar, als hätte es mich in eine andere Galaxis verschlagen.

Der Große Zerstörer hatte mich in einen Kraftkäfig gesperrt.

„Eli, was ist geschehen?“ rief Mary. „Eli!“

Verzweifelt versuchte sie, zu mir durchzubrechen, die anderen drängten sich ebenfalls gegen die unsichtbare Barriere, als könnten sie helfen, wenn sie sich in meiner Nähe befänden. Oshima allein bewahrte Ruhe, er befahl, stillzustehen und nicht durcheinanderzureden. Ich sah meine Freunde deutlich, noch besser hörte ich sie, der Käfig, der für Körper undurchdringlich war, ließ Licht und Laute ungehindert durch.

Ich versuchte zu lächeln. „Man hat mich von euch isoliert. Und da ich der Möglichkeit beraubt bin, mich frei zu bewegen, will ich die Befehlsgewalt, die ich nicht mehr normal ausüben kann, abgeben. Zu meinem Nachfolger ernenne ich Oshima.“

Am Abend erschien das Essen auf den Ruhelagern, es wurde von einem unsichtbaren Fließband serviert. In meinem Käfig erschien nichts. Ich lachte auf. Viel Phantasie besaß der oberste Zerstörer nicht. Ich streckte mich auf dem Fußboden wie auf einem Bett aus. Niemand kümmerte sich um mich, als wäre ich nicht vorhanden.

Erst als die meisten schliefen, trat Romero an meinen Käfig. „Also hat man Sie zum Hungern verurteilt, lieber Freund“, sagte er düster. „Im Altertum zählte Hunger zu den qualvollsten Strafen.“

„Halb so schlimm. Die altertümliche Hungerfolter mutete deshalb grausam an, weil der Tod unvermeidlich war, mir droht diese Gefahr nicht – ich soll den Tod herbeisehnen, ihn aber nicht empfangen.“

Als Romero fort war, verfiel ich in fieberähnlichen

Halbschlaf, vor meinen Augen flimmerten leuchtende Wolken, es wurden immer mehr, sie leuchteten heller und heller. Plötzlich hörte ich Gemurmel. Ich richtete mich auf.

André stand vor der durchsichtigen Barriere, er preßte die Wange daran, griff danach. Sein Lächeln, das Lächeln eines Wahnsinnigen, wirkte pfiffig, seine Augen brannten. Ich trat dicht zu ihm, doch aus seinem hastigen Gemurmel wurde ich nicht klug.

„Ich weiß“, sagte ich müde, „Großmutter hatte ein graues Böckchen. Geh schlafen.“

André kicherte, ich vernahm die Worte: „Werde verrückt! Werde verrückt!“

Endlich glaubte ich etwas zu haben, woran ich mich in seinen wirren Vorstellungen klammern konnte. „André, schau mich an, ich bin es, Eli! Schau mich an, du befiehlst Eli, verrückt zu werden, Eli!“

Es hatte nicht den Anschein, als hätte er mich gehört. Ich stellte mein Dechiffriergerät auf seine Gehirnstrahlen ein, aber auch da war nur der monoton wiederholte Rat, verrückt zu werden. Er führte kein Doppelleben wie manche Wahnsinnige, und in den geheimsten Winkeln seines Bewußtseins verbarg sich nichts, was er nicht geäußert hätte. Ich empfand großen Schmerz. Auch dieser Versuch, ihn zu sich zu bringen, war mißglückt.

„Nein, André“, sagte ich dann mehr zu mir als zu ihm. „Ich werde nicht verrückt, mein armer André, ich habe einen anderen Weg, als er dir zuteil geworden ist.“

Er murmelte immer leiser, als schlafe er ein: „Werde verrückt! Werde verrückt!“

11

Ich weiß nicht, wie diejenigen litten, die im Altertum zum Hungern verurteilt waren. Mein Hunger war ein abscheuliches Schauspiel... und das machte mich rasend. Ich erhielt keine Nahrung, und meine Freunde brachten keinen Bissen herunter. Mary schrie Aster an, weil er essen sollte, aber ich bemerkte nicht, daß sie selbst etwas zu sich nahm. Nur Romero und Oshima aßen ruhig, und ich empfand Zärtlichkeit für sie, denn das fiel ihnen gewiß nicht leicht.

Bald hatte ich heraus, daß es das beste für mich war, in den Stunden zu schlafen, wenn die anderen munter waren. Zuerst kostete es Mühe, dann kam der Schlaf, wann ich ihn brauchte. Aber es war wohl eher Ohnmacht – ich schaltete mein Bewußtsein je nach Wunsch für Minuten und Stunden aus.

Hungernde haben ja angeblich Halluzinationen von schmackhaften Speisen und steigern sich dabei in Raserei. Solche Behauptungen sind übertrieben. Bilder von Gelagen und Schmausereien ließen mich gleichgültig. Mir lief nicht das Wasser im Munde zusammen, mein Magen krampfte nicht, ich wälzte mich nicht schluchzend hin und her, wenn mir bewußt wurde, daß meine Träume nicht zu verwirklichen waren.

Die Qualen des Durstes sind meiner Ansicht nach ebenfalls aufgebauscht durch zahllose Erzählungen. Ich weiß, daß im Altertum Tausende von Schiffbrüchigen verdurstet sind, doch ich bin überzeugt, daß ihre Leiden gesteigert wurden, weil sie gewaltige Mengen ungenießbaren Salzwassers vor Augen hatten.

Dagegen suchten mich Visionen heim, und mit jedem Tag wurden sie deutlicher. Wieder sah ich den seltsamen Saal mit der Kuppel und der halb durchsichtigen Kugel, wieder lief ich an den Saalwänden entlang und hatte Angst davor, mich der Kugel zu nähern; an der Kuppel prangten Sternbilder, zwischen den unbeweglichen Gestirnen jagten künstliche Lichter dahin, und ich wußte, daß jedes Lichtchen ein galaktisches Schiff unserer Flotte war, die den Perseus angriff. Ich blickte unverwandt auf die Lichter von Allans Kreuzern, zunächst war mir ihre Bewegung unverständlich, dann erkannte ich, daß ich Bilder von ihrer Jagd nach dunklen kosmischen Körpern außerhalb der Perseusklüfte sah. In meiner Vision schleppte Allan die eroberten Herumtreiber zum Perseus, traf letzte Vorbereitungen, um sie nahe der nichteuklidischen Barriere zu annihilieren und beim Auseinanderfliegen der gesprengten Materie durchzubrechen.

„Ich bin wieder im galaktischen Raum der Verderber gewesen", sagte ich zu Romero und erzählte ihm meine Vision. Den Traum nahm er nur als Beweis für meine zerrüttete Psyche. „Im Altertum meinten viele Psychologen, in den Träumen erfüllten sich die Wünsche, die die Menschen im realen Leben haben", sagte er. „Man muß anerkennen, mein Freund, daß Ihre Visionen gehorsam Ihre Wünsche kopieren."

Vom Kommandoturm der Verderber träumte ich nur einmal, vom Großen Zerstörer dagegen oft. Er erschien mir im Kreise von Würdenträgern, unter denen auch Orlan war, der der Versammlung berichtete, wie sich die Gefangenen führten.

Meine Phantasie stattete die Zerstörer seltsam aus, so wahnsinnig phantasmagorisch, wie ich sie weder vor noch nachher unter den wirklichen Feinden fand. Der Große Zerstörer und Orlan erschienen noch in der gewohnten Gestalt, phantomhaft Menschen imitierend. Die anderen aber wuchsen zu wunderlichen Exemplaren – engelhaft Geflügelte, schlangengleich Kriechende, wie Blitze Gebrochene, die auch wie Blitze leuchteten. Die einen ragten wie massive Kästen, die anderen entfalteten, wenn sie sich in Unterhaltungen einließen, üppige Kronen und wurden irdischen Bäumen ähnlich, die dritten wurden, sobald der Herrscher sie anredete, flüssig und flossen als Rede dahin, flossen im wahren Sinne des Wortes – mal als rötliches, mal als blaues trübes Wasser, und alle starrten auf die Windungen und den Glanz der schäumenden Rede. War ihre Ansprache zu Ende, rannen sie ruhig zurück, wurden wieder Körper, die sich unauffällig in einer Ecke unter den anderen Würdenträgern verloren.

Doch am prächtigsten waren die „Schwärmer", wie ich diese merkwürdigen Wesen nannte, die sich zum feurigen Fächer entfalteten, wenn das Auge des Herrschers auf sie fiel. Allerdings vermochte ich nicht festzustellen, welcher Art ihre Körper waren, bevor sie die Fragen des Herrschers beantworteten. Offenbar waren sie schweigend so unbedeutend, daß der Blick über sie hinwegglitt. Doch ihre Sprache war zauberhaft, ihre Antworten prasselten so sprühend hernieder, daß ich mich in meinem Käfig zusammenkauerte, weil ich fürchtete, ein Feuerwort könne mich versengen. Aber auch Vertraute des Herrschers duckten sich, wenn jemand zu einem verzehrenden Vortrag explodierte.

Der Informationskode ihrer Sprache war mir dunkel, doch aus den Fragen und Bemerkungen des Herrschers und Orlans reimte ich mir zusammen, worüber sie sprachen.

Sowohl das Aussehen der Würdenträger des Großen Zerstörers als auch die Methoden ihres Umgangs waren so unwahrscheinlich, daß ich mich ernstlich fragte, ob ich etwa den Verstand verliere.

Da war etwas, das mich von dieser Schlußfolgerung abhielt. Mein Körper wurde schwächer, doch mein Geist blieb klar, außer den Fieberträumen war alles real: Ich unterschied die Gegenstände und die Freunde, die Gegenstände veränderten nicht ihre natürlichen Formen, die Freunde sprachen mit mir, ich antwortete, keiner fand meine Antworten unverständig, unsere Unterhaltungen verliefen wie gewöhnlich, nur kürzer wurden sie, da mir das Sprechen immer schwerer fiel.

Und noch eins war wichtig: Ihre Diskussionen waren durchaus logisch. Meine Gehilfen und ich hätten in einer analogen Lage ähnlich geurteilt – ich meine die Fakten und die Logik, nicht die Informationsmethode.

„Sie sagten, daß der Traum einst als Erfüllung der Wünsche betrachtet wurde“, erklärte ich einmal Romero, um ihm einen neuen Gedanken mitzuteilen, und ich fand sogar die Kraft in mir, leise zu lachen. „Ich gewinne immer mehr die Überzeugung, daß es so ist. In meinen Träumen überwinde ich unsere Feinde.“

Seit einiger Zeit hatte Romero seine Einstellung zu meinen Phantasien geändert. Es verging jetzt kein Tag, da er sich nicht erkundigte, was ich geträumt hatte.

„Sonderbar, sonderbar!" sagte er nachdenklich. „Ich bitte Sie, lieber Freund, mir Ihre Visionen auch künftig in allen Einzelheiten zu schildern. Ihre Visionen sind mehr Information – phantastisch verzerrt freilich, aber über reale Ereignisse – als Ausgeburt eines Fieberwahns."

„Die täglichen Fragen von Orlan rufen sie hervor, Pawel. Ich kann es doch den Feinden nur so heimzahlen, indem ich ständig von ihrem unvermeidlichen Untergang phantasiere!"

Ich haßte meinen widerwärtigen Wächter. Täglich erschien er vor dem Käfig, oft dreimal am Tag, mitunter hatte ich den Eindruck: stündlich. Leidenschaftslos erkundigte er sich: „Willst du immer noch nicht den Tod? Ich hoffe, du fühlst dich nicht gut?"

Ich blickte in sein lebloses Gesicht, und Hitze stieg in mir auf. „Ich fühle mich gut. Du kannst dir nicht einmal vorstellen, Tölpel, wie gut ich mich fühle, denn vor meinem Ende werde ich noch deinen Tod sehen, den Tod deines Herrschers, den Tod aller seiner Speichellecker. Bestelle deinem obersten Trottel, daß ich unendlich froh bin, am Leben zu sein."

Orlan ließ den Kopf zwischen die Schultern knallen und verschwand.

12

Die Ereignisse, die einen Umschwung in unserer Gefangenschaft herbeiführten, haben sich meinem Gedächtnis in allen Einzelheiten eingeprägt.

Vor dem Abendessen hatte ich mir befohlen einzuschlafen, als ich erwachte, war es Nacht, die Gefangenen schliefen. Ich setzte mich auf. Da ich mich zu schwach fühlte, erhob ich mich nicht und wanderte nicht wie sonst im Käfig hin und her. Ohne die Augen zu öffnen, lauschte ich den Geräuschen, die von überallher zu mir drangen – schlaftrunkenes Schluchzen, Rascheln, wenn sich jemand drehte, Schnarchen und Schniefen. In der letzten Zeit hatte mein Sehvermögen nachgelassen, hinzu kam, daß in den Nachtstunden die leuchtenden Wände verblaßten. Dafür hatte sich mein Gehör geschärft, mühelos vernahm ich Laute, die mich normalerweise nicht erreicht hätten.

Und ich merkte, daß sich mir jemand verstohlen näherte. Ich erhob mich und stand eine Weile da, um des Schwindelgefühls Herr zu werden. Vor meinen Augen flimmerten spöttische Flämmchen, das trübe Bild des schlafenden Saals verzerrte sich. Geduldig wartete ich, bis das letzte Fünkchen erloschen war, dann tappte ich auf die Barriere zu, die Hände tastend vorgestreckt, um nicht gegen durchsichtige Hindernisse zu stoßen. Nach jedem Schritt blieb ich stehen, bis die stets von neuem aufzuckenden Funken verglommen waren, damit mir nicht schwindelte. Ich spürte, daß sich von außen jemand an die unsichtbare Barriere preßte.

„Aster, warum bist du gekommen?“

„Vater!“ flüsterte er. „Kann ich dir nicht wenigstens nachts etwas zu essen bringen?“

Vergeblich versuchte er, ein paar Häppchen durch die unsichtbare Wand zu schieben. Er stieß sie gegen die Kraftmauer, sie fielen zu Boden, er hob sie auf und versuchte erneut, hartnäckiger, sie durchzuschieben. Aster weinte laut.

Ich schaute ihn an, überlegte matt, was ich mit ihm anfangen sollte. Ich wollte nicht essen, wollte nicht sprechen, ich verstand nur eins – sein Weinen konnte Mary wecken, und ein neuer Anfall von Verzweiflung wäre unvermeidlich.

„Aster, geh schlafen“, sagte ich. „Selbst die Atomgeschütze unserer Vorfahren könnten diese Mauer nicht beseitigen, was willst du da mit deinen schwachen Fäustchen ausrichten. – Geh schlafen!“ wiederholte ich.

Er ging, alle zwei, drei Schritte drehte er sich um.

Unser Gespräch hatte, wie leise es auch geführt worden war, André angelockt. Der Wahnsinnige schlief wenig, in den Stunden, wenn die anderen ruhten, spazierte er unhörbar im Saal umher und sang sein „Großmutter hatte einst ein graues Böckchen...“

Er trat an die Stelle, wo eben noch Aster gestanden hatte, und lehnte sich an die Kraftwand. Sein gealtertes Gesicht war abgezehrt. Er lächelte pfiffig und zwinkerte. Zunächst verstand ich sein Flüstern nicht, an seinen Lippen glaubte ich abzulesen, daß er den trostlosen Rat, verrückt zu werden, wiederhole, doch bald fiel mir auf, daß es andere Worte waren, die er formte. Ich lauschte. Deutlich vernahm ich: „Nicht nötig.“

„Gibst du mir einen neuen Rat?" fragte ich erstaunt. „Habe ich dich richtig verstanden, André?"

Er murmelte noch hastiger und verworrener, sein Gesicht zuckte, verzerrte sich, lachte, bebte erschrokken – alle diese Regungen wechselten so rasch, daß ich weder aus seinen Worten noch aus seiner Mimik klug wurde.

„Geh oder sprich deutlich, ich bin sehr müde, André", sagte ich gequält.

Darauf hörte ich einen klaren Satz, den er zweimal sprach: „Du wirst verrückt! Du wirst verrückt!"

„Freu dich, ich werde verrückt!" sagte ich bitter. „Genau wie du mir geraten hast, André. Ich suchte einen anderen Weg und habe ihn nicht gefunden. Warum freust du dich nicht?"

„Nicht nötig! Nicht nötig!"

Erst jetzt, da er diese Worte wiederholte, verstand ich, worauf sie sich bezogen. Erneut drehte es sich mir im Kopf. Ich taumelte gegen die Wand, stand eine Weile, bis mir besser wurde. Als ich die Augen öffnete, war André nicht mehr da. Im Halbdunkel des verschlafenen Saals sah ich die sich hastig entfernende Gestalt.

Ich hatte keine Kraft mehr, um mich auf meinen watteweichen Beinen zur Käfigmitte zu schleppen, ich ließ mich dort, wo ich stand, auf den Fußboden sinken und war bald darauf eingeschlummert. Eine Weile später hatte ich wieder eine Vision, wie ich sie schon früher gehabt hatte: Allans Schiffe, die den Perseus stürmten.

Diesmal sah ich nicht den Saal mit der in der Mitte schwebenden, halb durchsichtigen Kugel, rings um mich war die Sternensphäre, der Randbezirk der Gruppe χ – ich jagte zwischen den Sternen dahin, selbst in eine Art kosmischen Körper verwandelt. Zugleich wußte ich in meiner Fieberphantasie, daß ich irgendwo in einer Beobachtungsstelle ruhte. Um mich herum sah ich nicht die wirklichen Gestirne, sondern ihre Darstellung auf dem Bildschirm, und mein rasender Flug von einem Stern zum anderen war keine reale Bewegung, ich jagte nicht zwischen den Gestirnen dahin, sondern suchte mit einem Gerät Allans Geschwader.

Als vor mir die Lichter der galaktischen Kreuzer aufblitzten, zählte ich sie gierig und wiederholte die Zahlen laut, wobei ich die Lippen kaum bewegte. Zwei leuchtende Häufchen, zwei langgestreckte Feuerstreifen zu je hundert Funken (jeder Funke war eine mir gut bekannte Überlichtfestung) rasten keilartig auf den Perseus zu – die Schneide des Keils zielte auf den Orangefarbenen, der trübe war und allmählich erlosch. Mir war klar, was sein unheilvolles Verschwinden bedeutete.

Stoßen wir durch oder nicht? dachte ich, schwach zitternd, selbst zum Zittern fehlte mir die Kraft, doch meine Gedanken hatten ihre Klarheit noch nicht eingebüßt. Stoßen sie durch oder nicht? dachte ich und hielt nach den dunklen Körpern in der lodernden Lichtermasse Ausschau – ich fand nicht weniger als ein Dutzend, sie flogen dahin, den mächtigen Schiffsannihilatoren gehorsam, der massivste bildete die Schneide des Keils, der lang ausgestreckte Hals gelblichweißer Lichter endete in einem schwarzen Schnabel.

Bald darauf versank ich ganz im schwarzen Nebel meines Fieberwahns, sah weder das Geschwader noch die von ihnen geschleppten Planeten, ein gigantischer leuchtender Vogel mit dunklen Flecken auf dem weißen Körper schwebte in meinem Gehirn, hob den Schnabel. Würde er ihn auf den Scheitel der Sternengruppe stoßen?

Fester schloß ich die Augen, um deutlicher zu sehen, was sich da zusammenbraute.

Dann erblickte ich eine tosende Feuergrube und galaktische Schiffe, die sich in den Brennpunkt der Explosion stürzten. In meinem Gehirn vermengten sich Sterne und Schiffe, die Sterne stoben in alle Richtungen davon, auseinandergewirbelt von der Raumexplosion, die Schiffe verschlangen den neugeschaffenen Raum mit den Mäulern ihrer Annihilatoren und stürmten vorwärts, auf den verschwundenen Orangefarbenen zu, vorwärts, uns zu Hilfe...

Dann wurde ich hochgehoben. Ich lag auf der Seite, zusammengekrümmt, zitternd, in meinem dunstigen Fieberwahn war ich so mächtig wie ein galaktisches Schiff, ich hatte die Mauern durchstoßen, sauste frei hinaus in den Raum. Wohin ich getragen wurde, wußte ich nicht, ein triumphierendes Gefühl erfüllte mich – ich war frei!

In einem Saal, den ich kannte, fiel ich nieder, auf dem Thron saß der oberste Verderber, den weiten Raum füllten sonderbare Schatten und Figuren – Mißgestalten, in meinen Visionen hatte ich sie schon oft beobachtet...

Ich war in eine Konferenz beim Großen Zerstörer geraten.

13

Sie sahen mich nicht, ich wußte es, doch hurtig kroch ich in eine Ecke, von wo ich die Versammlung überblicken konnte. Der Herrscher schwieg, offenbar wartete er auf etwas, und alle, die um ihn waren, schwiegen ebenfalls. Ihre Sache steht schlecht, wenn sie so bedrückt sind, dachte ich schadenfroh.

Plötzlich gerieten die Würdenträger in Bewegung. Ein finsterer häßlicher Stumpf entfaltete üppig seine Krone, er glich halb einem Nußbaum, halb einer Platane und wuchs, seine Zweige streckten sich zur Saalmitte, seine Blätter begannen violett zu leuchten. Er wuchert eine Rede, dachte ich betrübt; aus früheren Träumen wußte ich, daß ich diese Sprache nicht verstand; die Verderber konnten ihre Reden herausplatzen, sprengen, ergießen, wuchern, leuchten, läuten – ihr Sinn blieb mir verborgen.

Aber kaum hatte er ein Wort entfaltet, da stellte ich verwundert fest, daß ich ihn ausgezeichnet verstand. Er vertrat die Ansicht, nur mit den Störungen auf dem Dritten Planeten lasse sich erklären, daß sich die menschliche Flotte so gefährlich in die äußeren Windungen der nichteuklidischen Schnecke der Gruppe χ habe einkeilen können.

„Der Zweite und der Vierte Planet haben die Gravitationsspannung des Dritten übernommen", säuselte der platanenähnliche Würdenträger. „Der Erste, der Fünfte und der Sechste unterstützen den Zweiten und den Vierten. Die Flotte des Feindes wird unsere Sternumzäunung nicht überwinden, Großer..."

Die Scheinwerferaugen des obersten Verderbers

9–85

funkelten gereizt. Die üppige Krone des Redners schloß sich und sank zusammen, aus einem Baum verwandelte er sich wieder in einen Stumpf. Stimmgewaltig donnerte der Große Zerstörer, er und Orlan waren die einzigen hier, die mit Stimmen sprachen: „Ist der Feind auf die Ausgangsstellungen zurückgeworfen?"

Gewunden und schmeichlerisch antwortete einer von denen, die zu Bächen wurden. Auch seine murmelnde, schäumende Information verstand ich. „Viel wurde getan, sehr viel, o Großer, die Flottillen des Feindes sind nicht eingedrungen, es ist ihnen nicht gelungen, einzudringen, die zunehmende Nichteuklidheit wirft sie hinaus, wirft sie hinaus..."

„Über die Grenzen unserer Gruppe?"

„Nein, bisher nicht", wand sich der redselige Bach, „aber sie werden zurückgedrängt, zurückgedrängt, zurückgedrängt..."

Der Große Zerstörer winkte ab, und der Bach versiegte augenblicklich. „Sie haben einen Planeten annihiliert, und sie schleppen mehr als zehn mit sich. Was geschieht, wenn sie die Annihilationen wiederholen?"

Jetzt zersprang ein „Schwärmer". Seine lohenden Splitter surrten noch über den Würdenträgern und dem Herrscher, da wußte ich bereits, was das Feuerwerk kundtat. „Jede Annihilation bedeutet, daß ungefähr ein Zehntel der nichteuklidischen Hindernisse durchbrochen werden. Wenn die Feinde die eroberte kosmische Materie vollständig in Leere verwandeln, dringen sie in unseren Sternhaufen ein."

„Was bleibt uns dann?"

Als Antwort begann sich ein neuer Würdenträger zu schlängeln. Er wand und drehte sich, daß es schrecklich war, seinen Verrenkungen zuzusehen. Sein Tanz war wenig tröstlich für die Verderber. „Die letzte Chance ist dann: eine offene Schlacht, Flotte gegen Flotte, alle Schiffe sammeln, alle Schiffe unserer Sternengruppe, und vorstoßen, einkesseln, abwürgen, vorstoßen, vorstoßen, abwürgen, sie sollen zerfallen, zerfallen..."

„Zerfalle selber!" blaffte der Herrscher.

Der Redner zerfiel nicht, doch er sank zusammen und kroch geschwind auf seinen Platz.

Der Große Zerstörer schwieg eine Weile, dann setzte er sein lautstarkes Verhör fort. „Und wenn wir es nicht schaffen, dem Gegner im Gefecht eine Niederlage beizubringen, welche Prognosen bieten sich dann?"

Der nächste Redner, der als Flammensäule aufschoß, drehte sich so rasend schnell vor dem Thron, daß ich fast erblindet wäre von dem Feuerwirbel seines Beitrages. Nur mit Mühe wurde mir klar, daß dieser Stratege vorschlug, auf die abgeschirmten Planeten zu fliehen und sich dort „einzuringen".

„Anders ausgedrückt, die interastralen Räume des Perseus verlassen, die wir seit Generationen uneingeschränkt beherrschen", sagte der oberste Verderber düster. „In die Lage der gejagten Galakten überwechseln, die in ihren Sternlagern blockiert sind? Sich ohne Aussicht auf Sieg verteidigen? Und alle stimmen diesem entsetzlichen Projekt zu?"

Es stellte sich heraus, daß keiner mit dem feurigen Defätisten einverstanden war. Die Redner verbreiteten sich, ergingen sich, zerflossen in Protesten, platzten und schlängelten Ablehnungen heraus, flammten

Widerlegungen, entluden sich in Kritikblitzen. Für alle stand fest, daß die Flucht auf die befestigten Planeten der Anfang vom unvermeidlichen Ende wäre.

Großen Eindruck machte auf mich die neblige Ansprache eines Heerführers, die keineswegs deshalb neblig war, weil es die darin eingeschlossenen Gedanken an Klarheit fehlen ließen, nein, er äußerte sich deutlich, doch für die Übermittlung seiner Vorschläge wählte er eine Methode, die noch kein Vorredner benutzt hatte. Er stieg als blaues Wölkchen empor und schwebte dann langsam auf die Anwesenden nieder. „Unsere Gegner werden die abgeschirmten Planeten nicht angreifen", nieselte der neblige Stratege schneidend kalt. „Sie werden ihre Schiffe nicht der Gefahr der Vernichtung aussetzen, baut nicht darauf eure Hoffnungen. Die Feinde werden sich mit den aus der Blockade gelösten Planeten der Galakten vereinigen, die entsetzlichen biologischen Waffen erbitten und uns aus großer Entfernung erschießen. Vergeßt nicht, daß die Umautomatisierung unserer Organismen auf eine zuverlässige mechanische Grundlage noch nicht abgeschlossen ist."

Der Herrscher überlegte. „Richtig, alles richtig!" donnerte er dann. „Der Prozeß der Primitivisierung hat erst begonnen. Wir haben uns von zweitrangigen Aufgaben fortreißen lassen und wenig Anstrengungen auf die Hauptsache verwandt: das kosmisch-universelle Problem, sämtliche Kompliziertheiten zu vertilgen. Praktisch haben wir keine Fortschritte gemacht. Und wenn die biologischen Waffen der Galakten auf unsere Planeten gerichtet werden, gibt es für uns keine Rettung. Wir dürfen nicht zulassen, daß sich die

Menschen mit den Galakten vereinigen. Wie steht es eigentlich auf dem Dritten Planeten? Ich bitte, mir nur Neuigkeiten mitzuteilen."

Ein weiterer Redner trat auf, ich verstand, warum ihm der Herrscher Beschränkungen auferlegt hatte. Im Saal verbreitete sich Gestank.

Der Redner, ein Wesen, das den Augenköpfigen glich – allerdings fehlte ihm das funkelnde Periskop –, hüllte sich in gelben Rauch. Ich hielt mir die Nase zu, und wenn ich sie nicht ganz zudrückte, dann nur deshalb, weil ich mir die interessante Information nicht entgehen lassen wollte. Der Redner stank über den Dritten Planeten: ein neuer Aufseher habe den Befehl über das leitende Gehirn übernommen, die Defekte seien unbedeutend, obwohl sie in der angespannten Situation beinahe katastrophale Folgen bewirkt hätten. Jetzt seien sie behoben, und der Dritte Planet, die mächtigste Anlage im Perseus, arbeite wieder normal. „Und wenn der Dritte Planet in der ersten Durchbruchsphase geringeren Widerstand leistete", wehte mich die unerträglich stinkende Rede des Sprechers an, „so gelang es ihm gegen Ende der Phase, die neugeschaffenen Leereräume in seinen nichteuklidischen Griff zu bekommen. Der Zweite und der Vierte Planet haben sehr geholfen, doch den Ausgang des Zusammenstoßes entschied der Dritte, das lasse ich mir nicht ausreden, und wenn es erlaubt ist..."

„Genug!" polterte der Herrscher. „Bei der dir eigenen Übermittlungsmethode sind deine Reden allzu wortreich. Mag jetzt Orlan berichten, wie sich die Gefangenen fühlen und was mit ihnen zu tun ist."

Etwas Wichtiges äußerte Orlan nicht. Die dem Admiral auferlegten Prüfungen bedrückten die Gefangenen, der Admiral selbst sei munter, obwohl entkräftet und außerstande, sich fortzubewegen. Doch dieses Leben begeistere ihn, etwas anderes sei von ihm nicht zu erreichen.

Alles, was Orlan der Versammlung mitteilte, wußte ich besser als er.

Dagegen brachte die Diskussion viel Neues. Orlan begann sie mit den Worten: „Was wir mit den Gefangenen tun wollen, hängt davon ab, was wir selber tun wollen."

„Evakuieren!" donnerte der Herrscher. „Der Nikkelplanet ist angriffsgefährdet. Wir verlegen unseren Stützpunkt auf den Mangan- oder den Natriumplaneten. Die Gefangenen nehmen wir mit."

„Weder auf dem Mangan- noch auf dem Natriumplaneten läßt sich ihre Existenz sichern. Die Menschen sind biologisch schwache Objekte, das Spektrum ihrer Lebensbedingungen ist schmal."

„Das ist ihre Sache, ob ihr Spektrum schmal ist oder breit! Sollen sie wissen, daß man mit solchen biologischen Strukturen nicht die Herrschaft im All erobern kann, denn sie erstreben genau wie wir die Herrschaft, obwohl sie von allgemeiner Freundschaft faseln. Die Menschen und alle, die mit ihnen sind, ins eroberte Sternenflugzeug verfrachten und morgen zum Manganplaneten abschicken!"

„Wird ausgeführt, o Großer! Was den Admiral anbelangt... Hast du ihm das Leben garantiert, o Großer?"

„Ich habe ihm nur garantiert, daß ich ihm nicht nach dem Leben trachte. Wenn dieser eingebildete

Pechvogel an seinem eigenen Eifer verreckt, werde ich nicht traurig sein. Noch weniger wird mich der Tod seiner Freunde bekümmern. Von allen Sternvölkern, die wir unterworfen haben, sind die Menschen die abscheulichsten. Allerdings haben wir sie noch nicht unterworfen, aber wenn das eintritt, sind sie selber schuld!"

Ich mußte laut lachen, wälzte mich auf dem Fußboden und erstickte fast vor Lachen.

Plötzlich riß der Fieberwahn ab, wie aus weiter Ferne hörte ich, was mir in der Vision wie triumphierendes Gelächter vorgekommen war – ein schwaches Schluchzen, klägliches Murmeln. Ich lag an der unsichtbaren Wand, derart entkräftet, daß ich die Hand nicht rühren konnte. Wahrscheinlich war es die größte physische Anstrengung meines Lebens, als ich meinen Kopf wandte und hob.

Von der anderen Seite der Barriere schaute mich Romero an. Er sagte hoffnungsvoll: „Mir scheint, Sie hatten wieder einen merkwürdigen Traum."

Ich stand auf. „Ein vortrefflicher Traum!" flüsterte ich. „Sie werden lachen, Pawel."

Zu Romero gesellten sich Kamagin und Lussin, nach ihnen traten Oshima und Petri heran. Sie hörten mir aufmerksam und mit ernsten Mienen zu. Ich konnte mich des Lachens nicht erwehren. Jetzt, bei taghell leuchtenden Wänden, erschienen mir die phantastischen Figuren und Schatten der Redner, ihre unsinnige Sprache noch spaßiger.

Oshima zuckte schweigend die Schultern, Kamagin rief: „Die Visionen sind phantastisch, die Wirklichkeit ungeheuerlich! Leider ist der Spott, wenn auch nur in der Phantasie, unsere einzige Möglichkeit, diesen gräßlichen Wesen die Stirn zu bieten."

„Allzu kompliziert sind die Träume, um nur Träume zu sein", sagte Romero zweifelnd.

„Wollen Sie sagen, ein unbekannter Freund versorge den Admiral mit geheimen Informationen, indem er sie in Traumbilder kleidet?"

Romero entgegnete zurückhaltend: „Ich will sagen, daß ich mich überhaupt nicht wundern würde, wenn es so wäre. Jedenfalls gibt mir der galaktische Beobachtungsraum zu denken, den der Admiral zweimal besucht hat, daß Allan den Perseus stürmt, indem er einen Rammsporn annihilierbarer Planeten zwischen die Gestirne treibt, daß auf dem Dritten Planeten, der mächtigsten Festung der Zerstörer, Defekte aufgetreten sind und daß unsere Freunde, die Galakten, irgendwelche biologischen Waffen besitzen, vor denen die Zerstörer zittern. Sie müssen zugeben, daß wir noch nie von etwas Derartigem gehört haben, bevor Eli es träumte."

Der kleine Kosmonaut brauste auf: „Fieberphantasien eines Darbenden – das sind diese Informationen!" Reuevoll wandte er sich an mich: „Admiral, ich wollte Sie nicht kränken."

Mühsam lächelte ich. „Darbe ich etwa nicht? Und ich leugne auch nicht, daß das alles Wahnvorstellungen sind."

Romero sagte kalt: „Folgendes soll gelten: Wenn sich eine der durch die Traumgesichte des Admirals offenbar gewordenen Visionen als real erweist, dann sind es die übrigen ebenfalls. Einverstanden?"

„Einverstanden!" sagte Kamagin und fügte spöttisch hinzu: „Sie haben eine Nachricht vergessen, Romero, die uns aus den Traumgesichten des Admirals bekannt geworden ist. Sie läßt sich leicht nachprüfen. Die Verderber haben angeblich vor, uns heute auf einen Manganplaneten zu evakuieren! Heute, Pawel! Wenn der heutige Tag vergeht und wir nicht evakuiert werden..."

„Die Wände sind ganz hell geworden", sagte ich seufzend. „Gleich erscheint unser Kerkermeister und erkundigt sich, ob ich den Tod begehre."

Orlan erschien wie gerufen. „Admiral Eli, die erste Prüfung ist beendet", sagte er leidenschaftslos. „Man wird dir bald etwas zu essen bringen. Nach dem Essen müßt ihr euch alle sammeln. Die Gefangenen werden vom Nickelplaneten zum Manganplaneten evakuiert."

Orlan verschwand ebenso plötzlich, wie er erschienen war.

Dritter Teil

Der verträumte Automat auf dem Dritten Planeten

1

Die Evakuierung glich einer Flucht.

Augenköpfige strömten in den Saal. Man gab uns keine Gelegenheit, den Befehl zu erörtern oder wenigstens darüber nachzudenken. Die menschliche Sprache beherrschten die Augenköpfigen nicht, aber sie sahen besser als wir, und ihre Gravitationsohrfeigen waren wirkungsvoller als Worte. Wieder erschien Orlan, und wir hörten ihn zum erstenmal brüllen, wie dann so oft, daß es mir bis heute in den Ohren klingt: „Schnell! Schnell! Schnell!"

Vieles von dem, was in den ersten Minuten der Evakuierung geschah, weiß ich nicht, ich verlor das Bewußtsein, bevor der Kraftkäfig verschwand. Auf dem Lager kam ich zu mir. Ich hörte Marys Stimme. „Er ist zu sich gekommen! Er lebt!"

Ich wollte sagen, tot könnte ich ja nicht sein, da mir das Leben garantiert wäre, aber selbst zum Flüstern fehlte mir die Kraft. Dafür bemühte ich mich, ihnen mit Blicken zu sagen, daß ich mich vorzüglich fühlte. Mary weinte hemmungslos, das Gesicht an meiner Brust verborgen.

„Großartig, Admiral", erklärte Oshima munter. „Während Sie ohne Bewußtsein lagen, hat man Sie gefüttert."

„Und Sie aßen mit Appetit", fügte Romero lächelnd hinzu. „Dann erstarrten Sie plötzlich, und wir erschraken mächtig."

„Auf welches Schiff verfrachtet man uns?" fragte ich, als ich meine Stimme ein bißchen in der Gewalt hatte.

„Auf die ‚Bootes'", antwortete Kamagin. „Die Alleroberer wagen es nicht, uns ihre Schiffe zu zeigen."

Mit Romeros und Marys Hilfe richtete ich mich auf. Lussin kam auf dem Donnerschleuderer in den Saal geritten. Mary, Petri und ich hockten uns hinter Lussin. Die Freunde nahmen auf den anderen Drachen Platz.

Nachdem sich der Donnerschleuderer hinausgearbeitet hatte, schwang er sich in die Lüfte. Wieder erblickten wir die winzige weiße Sonne im Zenit, ein unfreundliches, kraftloses Gestirn, das weder den Planeten erwärmen noch das fieberhafte Gefunkel der Sterne überstrahlen konnte. Unten erstreckte sich der grüne leblose Planet – Nickelfelder, Nickelwälder, Seen und Flüsse aus Nickellösungen. Und überall, so weit das Auge reichte, türmten sich die Kugeln der riesigen, düsteren Sternenflugzeuge – Berge neben dem kleinen Hügel der „Bootes". Fünf Sternenflugzeuge waren seit unserer Landung hinzugekommen.

Der Donnerschleuderer hatte noch keine Schleife über der „Bootes" geflogen, da wurde er von einem Gravitationskegel erfaßt und so geschwind heruntergeholt, daß Lussin ächzte, Mary stöhnte und mir sekundenlang das Herz stehenblieb.

Noch geschwinder wurden wir ins Innere der „Bootes“ gesaugt und auf dem Anlegeplatz fächerartig auseinandergewirbelt.

„Aufpassen!“ schrie Petri und zog mich beiseite, denn die anderen vom Gravitationsrohr angesaugten Drachen purzelten herab.

Zum Glück plumpste uns keine der gigantischen Echsen auf den Kopf. Die Zerstörer besaßen Apparate, die darauf achteten, daß die eroberte lebendige Beute bei solchen Gelegenheiten nicht zu Brei zerquetscht wurde. Wir wußten das nicht und atmeten erleichtert auf, als wir uns auf die Straße des Schiffsstädtchens gerettet hatten.

„Zu Hause!“ sagte Oshima und sprach aus, was wir alle empfanden. Wir gingen an den Gebäuden entlang, die noch vor kurzem unsere Wohnungen gewesen waren; im All gab es wohl kein Fleckchen, das uns vertrauter war als dieses. Die Zerstörer hatten in unseren Zimmern nichts angerührt.

„Schau mal nach, wie es bei uns aussieht“, bat ich Mary, als wir uns unserer Wohnung näherten. „Ich gehe in den Observationssaal. Mach dir keine Sorgen, ich fühle mich gut.“

Noch hatte ich keine zwei Schritte getan, als Aster mit einem Glas in der Hand an mir vorbeirannte. Ich rief seinen Namen, doch er gab keine Antwort. „Wohin läuft unser Sohn?“ fragte ich Mary besorgt. „Es ist nicht ungefährlich, jetzt auf dem Sternenflugzeug umherzustreifen!“

Sie lächelte verschmitzt. „Ihm wird nichts passieren. Warten wir hier, bis er zurückkommt.“

Wenig später war Aster wieder da. Er strahlte. „Alles erledigt, Mama!“ rief er schon von weitem. „Zwar ist es mir nicht geglückt, das Schiff kurz zu verlassen, aber ich habe das Glas in den Analysatorkanal geschüttet. Der Planet ist infiziert."

Ich begriff nichts. „Infiziert? Vielleicht erklärst du mir, Mary, was hier geschieht!"

Es stellte sich heraus, daß Aster auf Marys Bitte eine Ladung lebensfähiger Bakterien auf dem Planeten ausgesetzt hatte, die sich von Nickel und seinen Salzen ernährten. Der Prozeß würde sich zunächst unmerklich vollziehen, sich dann beschleunigen, bis die Lebensformen auf der Oberfläche und in den Nikkeltiefen zum Ausbruch kämen. Und dann ließe sich die stürmische Ausbreitung des Lebens nur durch eine vollständige Vernichtung des Planeten unterbinden.

„Weißt du, was ich bin?" fragte Aster stolz. „Ein Lebensspender, Vater!"

„Du bist ein prächtiger Junge!"

Im Observationssaal entfaltete sich auf den Bildschirmen die Sternensphäre. Wir befanden uns im Zentrum der Gruppe, die nördliche Halbsphäre war am Rande ärmer an hellen Gestirnen als die südliche. Ich richtete den Vervielfacher auf den Orangefarbenen. Er war ein Übergigant von so rasender Leuchtkraft, daß er eher einem winzigen Mond als einem verhältnismäßig weit entfernten Stern glich.

„Erstaunliches hat sich ereignet, wir müssen Klarheit gewinnen", sagte ich. „Ich wüßte gern Ihre Meinung, Pawel!"

Romero hatte das erste Wort noch nicht gesprochen, als Aster, Lussin und André das Zimmer betraten. André trug einen neuen Mantel, er war rasiert und gekämmt. All das hatten Lussin und Aster in

Lussins Wohnung vollbracht. André war gealtert und abgemagert, doch er hatte jetzt mehr Ähnlichkeit mit sich selbst. Nur das abwesende Gesicht – mal zuckte ein listiges Lächeln darüber hin, mal verzerrte es sich erschrocken – und die stumpfen, ausdruckslosen Augen verrieten, daß André die Vernunft noch nicht wiedererlangt hatte.

„Dürfen wir hierbleiben?“ fragte Aster.

Gegen Aster konnte ich, obwohl er ein kleiner Junge war, nichts einwenden, doch André verwirrte mich.

„Haben Sie denn nicht bemerkt, daß André in seiner geistigen Umnachtung nicht schwatzhaft ist?“ beseitigte Romero meine Zweifel. „Einst behauptete man, jeder werde nach seinem System verrückt. Das Wahnsinnssystem unseres unglücklichen Freundes ist die Verschlossenheit. Andrés Anwesenheit schadet nichts. Sprechen wir über Ihre Träume, Eli.

Die Träume des Admirals gehören, gebraucht man die alte Terminologie, zu den prophetischen; selbst unser Skeptiker Kamagin wird das nicht mehr bestreiten“, sagte er weiter. „Elis Traumgesichte sind eine eigentümliche Form der Information, deren sich unsere geheimen Freunde unter den Zerstörern bedienen.“

„Da ich darauf abzielte, Freunde unter den von den Verderbern unterjochten Völkern und unter den gewöhnlichen Zerstörern zu gewinnen, forderte ich den obersten Klotz zum offenen Streit heraus. Es hat den Anschein, als hätte ich Erfolg gehabt“, sagte ich.

Romero pflichtete mir nicht bei. Es handle sich nicht um Freunde unter den gewöhnlichen treuen Untertanen. Wir hätten geheime Verbündete in der unmittelbaren Umgebung des Großen Zerstörers gewonnen. Woher hätte ich sonst erfahren können, was sich im Kriegsrat der Verderber abspielte? Und wenn auch die Form der Mitteilungen phantasmagorisch sei – er bezweifle ebenfalls, daß sich die Strategen der Zerstörer zu Kronen auswüchsen, herausexplodierten und sich in Bächen ergössen –, so sei der Inhalt doch durch die Tatsache der Evakuierung erhärtet. Er vermute, zu unseren Gunsten wirkten nicht einzelne Zerstörer, sondern eine Organisation von Freunden. Verberge sich hinter den Störungen auf dem Dritten Planeten nicht vielleicht eine bewußte Diversion?

Romero schloß so: „Die einzige zuverlässige Informationsquelle sind heute die Traumgesichte des Admirals. Ich bin mir darüber im klaren, daß es unsinnig wäre, Eli aufzufordern, möglichst viel zu träumen. Aber ich möchte Sie bitten, mein Freund, sich alles zu merken, was Sie im Traum erfahren, absolut alles, bis aufs leiseste Geräusch, bis auf die blasseste Silhouette! Und nun ruhen Sie sich aus. Mögen Ihnen neue Träume kommen, die noch wunderbarer sind als die früheren."

Zunächst wollte ich tatsächlich ein bißchen schlafen, doch es gelang mir nicht. Ich hatte die Empfindung, als vollziehe sich etwas Wichtiges in der äußeren Welt. Ich rief mir das Bild von Allans angreifenden Schiffen ins Gedächtnis zurück, doch bald war mir klar, daß ich in Gedanken nur den Inhalt meines Traumes vom Vortag nacherzählte.

Ich betrachtete André. Verzagt hockte er in der Ekke, mechanisch schaukelte er hin und her, den Kopf hielt er gesenkt. Schon oft hatte ich André in diesem Zustand völliger Entrückung beobachtet, nur sang er heute nicht mit brüchiger Stimme vom grauen Böckchen.

„Warum rätst du mir nicht, verrückt zu werden?" fragte ich. „Und hat die dumme Oma das verlorene Böckchen schon gefunden?"

Er hob den Kopf und lauschte so angestrengt, daß ihm der Unterkiefer herunterklappte. Fremde Stimmen erreichten ihn schon. Doch der Sinn der Worte blieb ihm dunkel.

„André, komm zurück!" sagte ich erregt. „Ich bitte dich, komm zurück, André!"

Noch weiter zog er sich in die Ecke zurück und verharrte dort furchtsam. Es bestand ein schauriger Widerspruch zwischen seinem Gesicht, das vom Abglanz fernen Verstehens erhellt war, und den nichts sehenden Augen eines Verwirrten.

Ich sank in tiefen Schlaf. Im Traum sah ich Orlan, der sich gebeugt hatte. Neben ihm grinste und kicherte André, und er zwinkerte, als spiele er auf ein Geheimnis an, das nur ihnen beiden bekannt sei.

Als ich Romero den Traum erzählte, stellte er seufzend fest, daß er herzlich wenig Informationen enthalte.

2

Mitunter hatten wir den Eindruck, als gebe es keine Kerkermeister auf dem Schiff – ungehindert konnten wir uns bewegen. Aber wir brauchten uns nur einem Dienstraum zu nähern, da tauchte, wie aus dem Boden gestampft, ein augenköpfiger Wächter auf. Der

Observationssaal war Tag und Nacht von unseren Leuten gefüllt.

Ich zerbrach mir oft den Kopf darüber, warum die Zerstörer uns hierher ließen, da sie doch dadurch die Geheimnisse der Perseusbefestigungen preisgaben. Petri meinte, die Enthüllung dieser Geheimnisse gehöre zum Plan, die Menschen zu unterwerfen. „Sie demonstrieren ihre Macht. Denn sie kalkulieren so: Wir kriegen es mit der Angst zu tun und bitten um Frieden zu ihren Bedingungen..."

Ob das nun ihr Plan war oder nicht – Grund zum Prahlen hatten sie. Wir jagten dahin, von den Schiffen des feindlichen Geschwaders umringt, und jenseits der grünen Lichter bot sich ein imposantes Panorama. Ein Stern schwamm näher, der zweite, der dritte und der vierte drängten heran, und bei allen fixierten die Vervielfacher Planeten, Hunderte von Planeten, bewohnt und industrialisiert, Tausende von Schiffen kreisten über ihnen. Ich wurde mutlos, wenn ich den Vervielfacher zur Hand nahm – der Feind war mächtig und tatkräftig.

Kamagin skizzierte ein Schema des zurückgelegten Weges; es war nicht so detailliert wie eins, das die Schiffsmaschine angefertigt hätte, doch es genügte, um festzustellen, wie die Sterne im Raum angeordnet waren, wieviel Planeten jeder besaß und was auf den Planeten entdeckt worden war...

Oshima war der einzige, den die Demonstration der Verderbermacht nicht beeindruckte. Er meinte, diese teuflisch ausgerüsteten Planeten mit den künstlichen Monden und den Kreuzerarmadas wären zu Dreivierteln eine Mystifikation. Betrügerisch kreise man in ein und demselben Bezirk, um ihn uns aus verschiedenen Richtungen zu zeigen. „Schauen Sie sich das hier aufmerksam an", sagte er und fuhr mit dem Finger über Kamagins Karte. „Die gleichen Bilder. Warum? Und beachten Sie den Orangefarbenen! Wenn wir Kurs auf ihn hielten, brauchten wir nicht kreuz und quer um ihn herumzuirren!"

Oshima überzeugte mich nicht. Wir näherten uns dem Orangefarbenen, kurvten nicht um ihn herum. Die Stunde kam, da er auf unsere Flugachse rückte und wir genau auf ihn zustrebten.

An diesem Tag erschien Orlan bei uns, und ich beging eine Unvorsichtigkeit. Auf dem Schiff bekamen wir ihn selten zu Gesicht, und wir empfanden nicht mehr so großen Abscheu beim Anblick seiner leidenschaftslosen Gestalt. Ich hätte ohne Haß und Zorn mit ihm sprechen können. Außerdem erkundigte er sich nicht mehr, ob ich das Leben satt hätte, und er tauchte nicht mehr wie aus dem Nichts auf, sondern näherte sich normal – flatternd.

„Höre, Kerkermeister", sagte ich, als wir ihn bemerkten. „Vermute ich richtig, daß ihr beim Orangefarbenen landen wollt, wo sich eure größte strategische Basis befindet?"

Kalt tat er meine Frage ab. „Über die relative Macht der verschiedenen Basen bin ich nicht unterrichtet. Wir haben viele Stützpunkte, sie alle sind mächtig. Und den Stern, den du den Orangefarbenen nennst, lassen wir bald seitlich zurück."

Romero wusch mir den Kopf, als Orlan mit seinen ständigen Wächtern verschwunden war. „Lieber Admiral, Sie hätten ihm noch ausplaudern sollen, daß dieser größte Stützpunkt Ihrer Vermutung nach Dritter genannt wird und daß sich auf ihm rätselhafte Störungen ereignet haben. Dann hätte er sich bestimmt erkundigt, wo Sie die Informationen herhaben."

Bald darauf verließ der Orangefarbene unsere Flugachse. Wir flogen an ihm vorbei ins Zentrum der Sterngruppe.

Am Tag der Katastrophe befand ich mich bei Mary im Laboratorium. Mit neuem Eifer setzte sie die Erforschung der niederen Lebensformen fort. Aster half ihr. Heute, da das alles in ferner Vergangenheit liegt, finde ich, daß es ihr am besten von uns gelang, die Bedingungen der Gefangenschaft auszunutzen.

„Wir werden nicht nur den Nickelplaneten beleben, sondern alle diese Metallwüsten, wenn sie uns eines Tages offenstehen", sagte Mary. „Und neben den kristallenen Pseudogewächsen werden lebendige Gewächse sprießen. In diesem Reagenzglas ist nichts als Eisen, aber in dem Eisen brodelt schon Leben."

Plötzlich ging ein Krampf durchs Sternenflugzeug. Das Schiff wurde zusammengedrückt, die Gegenstände rissen sich von ihren Plätzen. Mary ließ das Reagenzglas fallen. Eine Wand näherte sich der anderen, der Fußboden hob sich zur herabschwebenden Decke.

„Mary, was ist mit dir?" schrie ich entsetzt. Mary wurde plattgedrückt wie eine Plinse, schrumpfte augenblicklich zusammen. Nur in Zerrspiegeln kann man solche Gestalten bewundern.

Wahrscheinlich sah ich nicht besser aus.

Gleich darauf hatten alle Gegenstände ihre normalen Ausmaße wieder, aber die „Bootes" zitterte noch in allen Wänden, sie war erfüllt vom Getöse der gestörten Mechanismen.

„In den Observationssaal!“ rief ich Mary zu. „Die verfluchten Zerstörer haben uns einen neuen Streich gespielt.“

Auf der Straße wäre ich beinahe mit Orlan zusammengestoßen. Er war ohne Eskorte, und sein Aussehen bewies, daß die Zerstörer ebenso überrascht waren wie wir. Ich hielt ihn bei der Schulter fest. „Was ist passiert? Gib zu, ihr habt vor, das Schiff zu zerstören!“

Orlan riß sich schweigend los. Triumphierend spürte ich, daß er keine Kraft hatte, mich zurückzuschleudern. Wenn den Zerstörern der Teufelskram ihrer technischen Mittel versagt – all diese Gravitationsfelder, aufgewickelten Raumhüllen, elektrischen Entladungen und das blendende Licht –, kann ein irdischer kleiner Junge mit jedem von ihnen fertig werden.

„Laß mich!“ sagte Orlan keuchend. „Wir sind verloren, wenn du mich nicht losläßt!“

Augenköpfige kamen auf die Straße geströmt. Unruhig funkelten ihre Periskope. Ich gab Orlan ungern frei.

Er hastete mit solch raumgreifenden Sprüngen davon, daß man den Eindruck hatte, als hüpfe eine ganze Kette von seinesgleichen die schmale Straße entlang.

Im Observationssaal schrie mir Kamagin zu: „Admiral, wir werden zum Orangefarbenen gesaugt!“

3

Das All um uns verschwand. Die Sterne erloschen zusehends. Ich ergriff den Vervielfacher, doch das Bild änderte sich nicht. Von den äußeren Gestirnen, der imposanten Anhäufung im Galaxiskern, brauchte man gar nicht zu reden, dort, wo kürzlich noch zahllose Welten geleuchtet hatten, war absolut nichts – schwarze Leere und fertig.

Der Orangefarbene leuchtete nicht, sondern schwamm brennend hell vor uns, grell wie eine Explosion – wie eine pausenlos andauernde Explosion! Wir jagten auf ihn zu, das war offensichtlich. Unsere Geschwindigkeit nahm ständig zu. Wir waren bereits weit im Überlichtbereich.

„Erinnert Sie dieses Schauspiel nicht an etwas, Oshima?“ fragte ich lächelnd.

„Natürlich, Admiral!“ antwortete er. „Genauso wurden wir auf den Drohenden zugetragen. Nur lagen die Überlichtgeschwindigkeiten damals tiefer.“

„Bald wird kein Stern mehr dasein“, sagte Romero nachdenklich. „Eine interessante Welt! Haben Sie nicht so was geträumt, lieber Freund?“

Die Sterne erloschen, einer nach dem anderen und alle zugleich, und nach ihnen verschwanden die Sternenflugzeuge. Draußen tobte der merkwürdigste aller Stürme, noch vor kurzem hatten wir uns nicht einmal vorstellen können, daß er möglich sei – ein Sturm der nichteuklidischen Metrik.

Die wohlgeordnete Halbsphäre der grünen Lichter wurde hinweggeschwemmt, Sternenflugzeug trudelte auf Sternenflugzeug, zusammengefegt und wie eine

Handvoll trockener Blätter aus dem Bildschirm befördert. Sie stießen den leblosen Körper der „Bootes“ nicht mehr vor sich her, sondern trieben auf den krummen nichteuklidischen Wegen davon. In diesen letzten Minuten vor ihrem Verschwinden verstärkte sich ihr Leuchten so sehr, als wären sie von innerem Feuer erfaßt.

Wir waren uns über das, was sich auf der hinteren Halbsphäre abspielte, noch nicht im klaren, als das letzte grüne Lichtchen über ihren Rand hinausrollte und der Bildschirm tiefschwarz wurde – hinter uns gab es keinen Raum mehr und keine Körper im Raum.

Auf der vorderen Halbsphäre funkelten noch die Lichter des feindlichen Geschwaders. Rings um den Orangefarbenen war der Raum verriegelt, doch diese acht Lichtchen leuchteten weiterhin durchdringend, der Abstand zwischen ihnen verringerte sich nicht. Wenn der Orangefarbene uns ansaugte, dann saugte er sie zusammen mit uns an.

„Admiral Eli in den Kommandeursaal!“ schallte Orlans schroffe Stimme durchs Sternenflugzeug. „Unverzüglich in den Kommandeursaal!“

Ich zögerte. Romero spornte mich an: „Gehen Sie nur, schlimmer kann es nicht werden. Wahrscheinlich ist das ein so außerordentlicher Vorfall, daß Ihre Hilfe gebraucht wird. Und wenn Sie sich weigern, wird man Gewalt anwenden.“

Der Kommandeursaal war erleuchtet, die Krafttransporter funktionierten nicht – ich flog nicht hinein, sondern mußte die Tür mit meinen Händen öffnen und hineingehen.

„Die Fahrtmechanismen des Sternenflugzeugs müssen angelassen werden, Admiral!“ befahl Orlan und ließ den Kopf mit Krach zwischen die Schultern klatschen. „Es geht um dein und deiner Freunde Leben.“

„Wahrscheinlich auch um eures“, ergänzte ich spöttisch. „Ich habe dir schon gesagt – das Schiffsgehirn, die lenkende Maschine, ist außer Betrieb.“

„Dann muß sie sofort repariert werden.“

„Ich kenne mich in so komplizierten Aggregaten nicht aus.“

„Wer von der Besatzung kann das?“

„Niemand. Die lenkenden Maschinen werden nur auf unseren Stützpunkten repariert.“

Orlans Gesicht erglühte. Die rote Farbe ist bei den Zerstörern genau wie bei den Menschen ein Zeichen für Zorn. Sie zürnen nicht mehr als wir, aber sie verfärben sich stärker. „Admiral Eli, hier sind doch bestimmt Vorrichtungen zur Handsteuerung eingebaut.“

„Ja“, sagte ich. „Zur Landung und zum Fliegen im Einsteinschen Raum, aber nicht für Überlichtrekorde, die jetzt verlangt werden. Vielleicht sagst du mir, was geschehen ist? Das erleichtert die Entscheidung, ob wir euch helfen oder nicht.“

Orlan sah plötzlich gespannt aus, als lausche er. Es gibt bei ihnen auch stumme Übertragungen, dachte ich.

„Ich will es sagen“, versetzte er dann. „Auf dem Stern, an dem wir vorbeigeflogen sind, müssen die Metrikmechanismen beschädigt sein. Unser Kurs ist gestört, die Schiffe werden auseinandergeworfen. Wir sind in eine Raumschnecke gesperrt, die anderen Sternenflugzeuge wurden abgedrängt."

Ich wies auf den lohenden Orangefarbenen. „Der nette Stern da ist doch sicherlich der Mittelpunkt der Raumschnecke?"

„Ob er das nun ist oder nicht, es wird uns schlecht ergehen, wenn wir hier nicht herauskommen."

„Ich hätte gern ausführlichere Erklärungen."

Er zögerte sekundenlang. „Der Große hat angeordnet, die ‚Bootes' nicht aus den Augen zu lassen. Sobald sie zu verschwinden droht, wird von unseren Sternenflugzeugen angegriffen. Nur ein Gravitationsgeschütz braucht zu schießen, damit es mit der ‚Bootes' aus ist. Wir müssen uns bei den Sternenflugzeugen halten oder uns gegen ihren Angriff schützen. Erwecke die Schiffsmechanismen, Admiral!"

Wilde Schadenfreude hatte mich erfaßt. Meine Hände flatterten, die Stimme zitterte. „Sieh da – die Mechanismen erwecken, Orlan? Wir sollen unser Leben erkaufen, indem wir euch in unsere wichtigsten Geheimnisse einweihen? Ist der Preis nicht zu hoch? Hör zu und merke es dir: Wir, die Menschen und ihre Freunde, werden umkommen, aber auch ihr werdet umkommen..."

„Zu spät!" kreischte Orlan. „Wir werden beschossen!"

Der Orangefarbene verströmte unheilvolles rötliches Licht am erloschenen Himmel, außer ihm waren noch drei grüne Punkte da, drei Sternenflugzeuge, die ins Jenseits trudelten. Ich wußte schon, was Gravitationsbeschuß ist, und unwillkürlich kniff ich die Augen zusammen, als die drei verschwindenden Punkte zum letztenmal aufflammten. Mir fiel ein, wie ich in der Schlacht am Drohenden aufgeschrien hatte, und ich biß mir auf die Lippe, daß es schmerzte. Ich war von Feinden umgeben, keiner sollte mich schreien hören, auch wenn wir alle zugleich sterben sollten. Nimm dich zusammen, dachte ich grimmig. Du gibst keinen Laut von dir! Keinen Laut gibst du von dir!

„Nein!“ schrie der keuchende Orlan. „Nein!“

Ich öffnete die Augen. Am schwarzen Himmel strahlte allein der Orangefarbene. Die Sternenflugzeuge waren aus unserem Raum hinausgetragen worden, auch die von ihnen ausgesandten zerstörenden Wellen waren ins Jenseits enteilt. Ich wußte nicht, was uns erwartete, aber Orlans Verwirrung war offensichtlich. Es reizte mich, ihn zu verspotten. „Es ist ohne die Preisgabe menschlicher Geheimnisse abgegangen, Verderber! Hast du nicht das Gefühl, daß auf unserer Seite Kräfte streiten, die mächtiger als eure Schiffe sind?“

Mein Spott brachte ihn zur Besinnung. Hochmütig zog er den Kopf zwischen die Schultern. „Auf eurer Seite, Mensch?“ Er stieß die Hand in Richtung Orangefarbenen. „Wenn du wüßtest, wohin man uns führt, du würdest den Tod im Gravitationsbeschuß vorziehen. Im Reich des Großen Zerstörers gibt es keinen schrecklicheren Ort als den Dritten Planeten.“

„Den Dritten Planeten?“ schrie ich auf. Mein Herz schlug schneller. „Den Dritten Planeten, Orlan?“

Er wandte sich ab.

Unsichtbare geschmeidige Hände packten mich bei den Schultern, drehten mich herum und stießen mich zur Tür. Rasend vor Wut, versuchte ich, mich loszureißen. Aber ich besaß nicht das individuelle Feld, mit dem ich einst den Unsichtbaren, der mich überfallen hatte, zu Boden gestreckt hatte.

4

Auf den Halbsphären des Bildschirms erglänzte der Himmel golden. Ich sage „Himmel“ und spüre, wie wenig dieses Wort dem entspricht, was sich unseren Augen bot. Himmel – das ist Raum mit Sternen, Planeten, Trabanten. Hier war der Himmel über uns und unter uns, er wirkte wie ein Vorhang, hell, golden, leer – da war nur der gigantische Orangefarbene mit dem einsamen Planeten, der um ihn kreiste.

„Es ist Zeit für einen Aufstand“, sagte Kamagin, als klarwurde, daß sich die „Bootes“ dem Planeten näherte.

„Keinerlei Aufstände!“ entgegnete Oshima. „Die altertümliche Romantik lassen wir lieber beiseite, Eduard!“

Kamagin trug sich seit dem Augenblick mit dem Gedanken, die Herrschaft über das Schiff zurückzugewinnen, da die feindlichen Kreuzer verschwunden waren.

Ich war nicht überzeugt, daß wir, praktisch unbewaffnet, unsere Wache überwältigen könnten, mein letzter Zusammenstoß mit einem Unsichtbaren zeigte, daß uns mehr Feinde umgaben, als das Auge wahrnahm. Und ich wußte nicht, was mit dem manövrierunfähigen Schiff zu tun war. Es war jetzt nicht mehr als ein winziger Himmelskörper, der sich im Raum nach dem Willen unbekannter Kräfte fortschleppte.

Obendrein hatten wir keine Ahnung, was uns auf dem Dritten Planeten erwartete. Orlans Warnung hatte bedrohlich geklungen.

„Aber Sie haben doch im Traum erfahren, daß auf dem Dritten Planeten irgendwelche Störungen aufgetreten sind", sagte Kamagin. „Und diese Störungen haben uns bisher genützt. Die Mechanismen des Planeten haben die Gravitationssalve gelöscht, die auf die ‚Bootes' abgefeuert wurde."

„Im Traum habe ich auch erfahren, daß der neue Aufseher rasch die gewünschte Ordnung auf dem Planeten hergestellt hat", erwiderte ich.

Bevor unser Sternenflugzeug auf dem Planeten landete, kam es zu einem neuen Gespräch mit Orlan.

„Admiral Eli, das Schiff landet an einer ungünstigen Stelle. Die Schwerkraft auf dem Planeten hängt von der Breite ab, wir steigen in einer Zone großer Schwerkraft aus. Wir müssen möglichst schnell die Station für Weltmetrik erreichen, dort ist es besser. Auf dem Planeten gibt es keine Fortbewegungsmittel, es ist verboten, ihn zu besuchen. Wir haben keine Verbindung zur Station herstellen können. Du mußt dafür sorgen, daß die Gefangenen schnell marschieren."

„Wie sind Atmosphäre und Temperatur auf dem Planeten? Müssen wir Spezialanzüge anziehen? Wie steht es mit Wasser und Nahrung?"

„Laßt die Spezialanzüge auf dem Schiff. Atmosphäre und Temperatur sind annehmbar. Wasser und Nahrung ladet in eure Aviettes. Noch Fragen?"

„Ja. Was ist das für ein Planet? Warum steigen wir dort aus? Was erwartet uns?"

„Auf diese Fragen antworte ich nicht", sagte er

kalt. Sein Gesicht leuchtete unangenehm bläulich.

„Du hast so gesprochen, Orlan, als sorgtest du dich aufrichtig um unser Wohlergehen. Zugleich bist du unser Feind, der danach lechzt, uns zu vernichten. Wie läßt sich dieser Widerspruch vereinen?"

„Das ist kein Widerspruch. Man hat mir nicht den Befehl gegeben, nach eurer Vernichtung zu lechzen. Ich bin verpflichtet, euch zum Manganplaneten zu schaffen. Wenn mich jemand daran hindert, muß ich euch alle vernichten, freilassen darf ich euch nicht."

5

Dies war ein Metallplanet, eine kahle Metallwüste, nirgends getarnt wie der Nickelplanet. Und in seiner Atmosphäre segelten keine Pseudowolken, auf seine glänzende Oberfläche – hier eine Legierung von Gold mit Blei, dort einfach reines Gold und reines Blei – ergossen sich nicht einmal flüssige Salzlösungen, von Wasser ganz zu schweigen.

Über der glitzernden Ebene wölbte sich ein goldener Himmel, und am Himmel loderte ein rotgoldener Stern. Ich fiel hin, als ich das Fallreep betrat. Eine Kraft, die meinen Widerstand bei weitem übertraf, schleifte mich wie mit einem Haken. Ich stieg nicht, sondern stürzte die Stufen hinunter.

Vergeblich versuchte ich, mich aufzurichten. Petri half mir. Romero schleppte sich zu uns. Er war immer bleicher als irgendeiner von uns gewesen, jetzt hatte sich seine natürliche Blässe in Bläue verwandelt.

„Dreifache, wenn nicht sogar vierfache Überlastung", krächzte er und lächelte gezwungen. Sogar das fiel hier schwer. „Ich fürchte, mein Freund, uns stehen Prüfungen bevor, die über unsere Kräfte gehen."

Leichter als die anderen ertrug es Kamagin. Zu seiner Zeit hatten die Kosmonauten große Überlastungen trainiert, sie waren nicht von Gravitatoren verwöhnt worden, die überall die dem Menschen gemäßen Bedingungen erzeugten. Kamagin war ebenfalls blaß, aber er atmete freier; ich denke, in seinen Ohren rauschte es nicht so heftig, und sein Herz schlug weniger mühsam. Dennoch sagte er: „Eine Welt ist das, Eli, man möchte sich aufhängen!"

Die Engel und Lussins geflügelte Wirtschaft waren vor den Menschen ausgeladen worden, sie alle hatten es schwer. Die Drachen verwandelten sich in Echsen und krochen geschwind dahin, wobei sie sich mit ihren Flügeln halfen, die sie wie Ruder gebrauchten. Selbst der mächtige Donnerschleuderer fand sich mit dem Schicksal eines Kriechtieres ab. Die Pegasusse kämpften verzweifelt gegen die Anziehungskraft, einige schwangen sich auf, fielen aber sogleich herab.

Den leichteren Engeln gelang es, höher aufzusteigen, doch sie mußten sich so anstrengen, daß sie bald erschöpft waren. Trub flog mit Getöse über uns, es dauerte nicht lange, da wischte er sich den Schweiß vom Gesicht und sprach, als wälzte er Gewichte mit der Zunge. Der Lärm, das Wiehern der Pegasusse, das gereizte Schreien der Engel, das Rauschen des Bluts in meinen Ohren, das mühsame Klopfen des Herzens quälte mich.

Immer noch wurde ausgeladen, und ich dachte voller Angst an Mary und Aster. Orlan hob den Kopf nicht so hoch wie sonst und ließ ihn tiefer als früher sinken. Auch er hatte es nicht leicht.

„Können wir nicht die Schwächsten zurücklassen?“ bat ich. „Auf dem Schiff sind Gravitatoren...“

„Alles ausladen!“ antwortete er kurz.

Indessen erschien Aster auf dem Fallreep. Er trug einen Rucksack. Ihm folgte Mary. Petri schrie dem Jungen zu, er solle nicht laufen, doch Aster hörte die Warnung zu spät. Wie ein Stein sauste er herab, und wenn Petri ihn nicht im letzten Augenblick aufgefangen hätte, wäre er bei dem Sturz ums Leben gekommen. Mary und ich erreichten ihn gleichzeitig. Aster keuchte, Blut sickerte ihm aus der Nase, er war noch bleicher als Romero. Ich nahm Aster den Rucksack ab. In ihm befanden sich, wie ich später erfuhr, Gläser mit lebenspendenden Bakterien, die sich von Gold und Blei ernährten.

Petri hatte Aster umgefaßt und führte ihn vom Fallreep weg. Aster war fast genauso groß wie der kleine Kosmonaut, auch im Mut konnte er es mit ihm aufnehmen, doch ihre Kräfte waren ungleich.

„Wie entsetzlich, Eli!“ flüsterte Mary.

„Beruhige dich“, sagte ich. „Am schwierigsten sind die ersten Minuten, und die hat Aster überstanden. Allmählich gewöhnen wir uns an die Schwere. Aber wenn Petri nicht gewesen wäre, hätte euer Streben, überall Leben zu säen, unserem Aster das Leben gekostet.“

„Ich habe Angst um dich. Nach dieser Hungerzeit!“

„Ich habe Gelegenheit gehabt, die Hungerzeit zu vergessen.“

Als der letzte Mensch das Schiff verlassen hatte, luden die Schiffsautomaten die Aviettes, die Vorräte und seltsame lange Kisten mit der Habe der Zerstörer aus. Petri verstaute auch Asters Rucksack in einer Aviette.

Keine Aviette vermochte zu fliegen. Obwohl sie die Leistung der Gravitatoren erhöhten, krochen sie plumper als die Drachen dahin. Dabei hatten sie weniger als die Hälfte ihrer sonstigen Fracht aufgenommen. Die Kisten der Zerstörer bewegten sich selbständig. Auf einem Gravitationskissen flogen sie dicht über dem Boden, als säßen sie auf Rollen.

„Setzt die Schutzbrillen auf, Freunde!" riet Petri.

Als wir die Brillen aufhatten, blendeten uns die Felsen des Planeten und der ihm einheizende grausame Stern nicht so arg. Der unerträgliche Goldglanz des Himmels wurde milder.

Meine Gedanken verwirrten sich, in meinen Ohren rauschte es. Der verfluchte Planet war zu massiv. Ich fiel zwar nicht mehr hin, aber Arme und Beine waren bleischwer, der Kopf lastete wie ein Stein auf meinen Schultern. Immer hatte ich mich über meinen Körper gefreut, nun verwandelte er sich in etwas Äußerliches, mir nicht Gemäßes. Von mir wurde der Befehl erwartet, guten Mutes zu sein, ich konnte ihn nicht erteilen, denn ich war es selber nicht.

Ich betrachtete die Kameraden. Nur Kamagin schaute mich nicht an, die anderen ermunterten mich mit ihren Blicken. Bestimmt war Kamagin überzeugt, alles wäre anders gekommen, wenn wir gemeutert und unsere Wachmannschaft plötzlich überfallen hätten.

Ich sagte: „Jeder soll das leisten und ertragen, was ich selbst leiste und ertrage.“

Ungelenk flatterte Orlan mit seinen Leibwächtern zu uns. „Wer geht als erster in der Kolonne?“

„Ich gehe als erster“, sagte ich.

Wir machten uns auf einen unbegreiflichen Weg – eine Kette von Augenköpfigen umringte die Kolonne, Orlan mit seinen Leibwächtern innerhalb der Kette. Von Zeit zu Zeit drehte sich Orlan um, sein ungeduldiger Schrei „Schneller! Schneller!“ trieb uns wie Peitschenhiebe an.

Ich bemühte mich, den bedrückenden Glanz der Wüste mit den Bleifelsen nicht zu sehen, die sich auf der goldenen Unterlage blähten. Anfangs hob ich das Gesicht, um mich nach dem Orangefarbenen zu orientieren, der langsam über den goldenen Himmel rollte, aber der Himmel war noch bedrückender als der Planet. Ich ging und empfand, daß das Fortbewegen hier zehnfach schwerer war als das Stehen, die Hundertkilogrammsäulen der Beine beugten sich fast gar nicht.

Petri entdeckte, daß man die Füße nicht setzen, sondern schieben mußte, und bald bewegten wir uns alle wie auf Skiern über das glatte Metall. Dennoch konnten wir mit den unermüdlich kriechenden Augenköpfigen kaum Schritt halten – sie hatten wie der ungeschickt hüpfende Orlan unter der Schwere nicht zu leiden.

„Schneller!“ schrie er immer wütender, und jeder Schrei war von Gravitationsohrfeigen der Wache begleitet.

Wir wurden erbarmungslos, grausam gejagt. Und

wenn wir uns zur Wehr setzten, wurden wir noch heftiger angetrieben.

Hinter mir verstummten allmählich die Laute – das Stöhnen und die Flüche der Menschen, das Rauschen von den Flügeln der Engel, das Ächzen der Drachen und das böse Wiehern der Pegasusse. Erbittertes, haßvolles Schweigen breitete sich aus – wir verachteten die Feinde, indem wir schwiegen, mit unserem Schweigen erhoben wir uns gegen sie. Und wie seltsam es auch erscheinen mag, mit der Zeit fiel uns das Gehen leichter, wir gewöhnten uns an die Bewegungen.

Doch als Orlan die erste Rast befahl, ließ sich jeder dort fallen, wo er sich gerade befand.

Mary atmete heiser, ihre Augen lagen tief in den Höhlen. „Alles in Ordnung, Eli", flüsterte sie. „Ich halte durch. Aber um Aster steht es schlecht."

Aster näherte sich mit Trub. Der hünenhafte Engel hatte Aster unterwegs auf seine Schulter nehmen wollen, aber der ließ sich nicht einmal stützen. „Ich ertrage alles, was du erträgst", flüsterte Aster, als ich ihm Vorwürfe machte. Erschöpft sank er neben Mary nieder. Er hatte die Augen geschlossen. Seine Lippen waren schwarz, die Wangen hohl. Aster überschätzte seine Kräfte.

„Du bist nicht nur mein Sohn, sondern auch ein Mitglied der Besatzung der ‚Bootes' und deshalb verpflichtet, dich meinen Befehlen zu fügen", sagte ich.

„Ich füge mich", flüsterte er und hob mühsam die Lider. Seine Augen waren trüb.

„Wenn wir weitermarschieren, nimmst du Trubs Hilfe an."

Dann lagen wir da, ohne uns zu rühren, ohne zu sprechen, selbst Gedanken tauschten wir nicht aus.

Als wir aufbrachen, ging der Orangefarbene unter. Später beobachteten wir dieses Schauspiel oft, und es bewegte uns nicht mehr, doch diesmal waren wir von seiner düsteren Pracht erschüttert.

Als das Gestirn den Horizont berührte, brausten Farben am eintönig goldenen Himmel auf. Alle nur denkbaren Schattierungen glitten wie die flüchtigen Farben auf stark erhitztem Metall darüber hin. Der goldene Himmel wurde blendend orangefarben – der Stern selbst verschwand auf dem von ihm geschaffenen Hintergrund. Zum Schluß versank alles in düsterem Violett.

Kein einziges Gestirn entbrannte an dem sich allmählich verlöschenden Himmel! Er wurde schwarz, nicht das kleinste Fünkchen störte die unheilvolle Schwärze. Es war merkwürdig und schrecklich, und obwohl wir erschöpft waren, tauschten wir uns in Gedanken und Worten erregt aus.

„Kein Strahl nach draußen, kein Strahl zu uns, als wären wir aus dem All herausgefallen!“ rief Romero halb in Worten, halb in Gedanken. „Selbst die alte Hölle hatte mehr Verbindung zur Welt.“

„Offenbar meinte Albert dies, als er sagte, der Orangefarbene falle aus dem Raum“, dachte Kamagin verwundert. Er hatte nicht glauben wollen, daß wir in einer Raumschnecke eingeschlossen waren, nun überzeugte er sich mit eigenen Augen, daß die Sterne fehlten.

Die Periskope der Augenköpfigen leuchteten auf.

Bald erhellten sie allein den Planeten – eine Kette trüber Lichter, die mal heller, mal dunkler wurden oder drohend aufzuckten. Mitunter änderte sich der Helligkeitsgrad bei vielen gleichzeitig, als würden Fackeln vom Wind angefacht oder ausgelöscht.

„Schneller! Schneller!" spornte uns Orlan an. Er befahl die zweite Rast.

Und nach dem Essen wieder das Kommando: „Sammeln! Schneller!"

Wieder trotteten wir unter dem schwarzen, kalten Himmel, von den Periskopen wie von Fackeln im Wind beleuchtet, und der Schrei „Schneller!", der wie ein Peitschenhieb war, trieb uns an.

6

Aster lag zwischen mir und Mary. Ich berührte seine Schulter, mühsam öffnete er die Augen und versuchte aufzustehen. Doch er vermochte es nicht und schloß erneut die Lider. Er hatte sich gänzlich blau verfärbt. Sein Gesicht, seine Brust, die Arme, der Hals waren blau... Eine Aviette mit Vorräten kam zu uns, ich versuchte Aster zu füttern, er nahm mir nichts ab, er wollte nicht essen, und hätte er es gewollt, so hätte er nicht kauen können.

„Wir werden unseren Sohn bald verlieren", sagte ich zu Mary.

Ich hörte meine Stimme wie aus weiter Ferne – sie klang hölzern, teilnahmslos ruhig. Mary blickte mich wortlos an. All diese Nachtstunden hindurch war sie mir tapfer gefolgt, kein Wort der Klage hatte ich von ihr gehört, kein Stöhnen, jetzt jedoch, beim Licht des aufgehenden grausamen Sterns, gewahrte ich, was diese Nacht sie gekostet hatte.

Ich rief Romero beiseite: „Wir modernen Menschen sind unglückliche Wesen, wir haben die Krankheiten besiegt, mächtige Maschinen bemuttern uns. Doch ohne die mechanischen Helfer sind wir hilflos. Im Altertum wuchsen zähere Menschen heran. Sie sind der einzige Altertumskenner unter uns. Fällt Ihnen nicht irgendein altes Rezept ein, das uns retten könnte? Es gab doch so vieles, was zum Leben verhalf: Massagen, Blutübertragung, Hypnose, irgendwelche Mittel, die sich Arzneien nannten."

Bekümmert schüttelte er den Kopf. „Arzneien gegen Schwereüberlastungen kannten auch die Alten nicht. Wenn Sie meine Meinung hören wollen, dann muß ich Ihnen sagen, daß es nur eine Möglichkeit gibt, um Aster zu retten, und diese Möglichkeit hängt von Ihnen ab..."

„Pawel, alles, was in meiner Macht steht..."

Er sprach eindringlich, aber was er forderte, war wohl das einzige, was sich meinem Willen entzog. „Sie müssen einen neuen prophetischen Traum träumen und erkunden, wohin wir gehetzt werden, warum, wozu... Vertrauen Sie meiner Intuition, lieber Freund, nur das..."

Ich bat Orlan um eine Aviette für Aster und Mary. Er gestattete, eine zu nehmen, lehnte es jedoch ab, sie zwischen den Menschen zu plazieren. Die Aviettes sollten der Gefangenenkolonne folgen. Trub und Oshima versuchten mich zu überreden, Aster nicht ganz und gar den Verderbern auszuliefern. Trub hob Aster hoch, um zu beweisen, daß es ihm nicht schwerfalle, den Jungen zu tragen. „Heute drückt es uns weniger zu Boden, Eli!"

„Die Schwerkraft wird schwächer", bestätigte Oshima. Ihr Zureden wirkte, um so mehr, als auch Mary kein Verlangen danach hatte, allein unter den Feinden zu bleiben. Trub stellte sich mit Aster zwischen Mary und Oshima.

7

Wie blind schleppte ich mich weiter. Ich sah nicht den Planeten, nicht den Himmel, nicht das rasend lohende Gestirn, nicht die Menschen, nicht die Verderber. Ich war in meiner eigenen kleinen Welt, die von der äußeren so völlig abgesondert war, wie sich der Orangefarbene vom gesamten All abgesondert hatte. Ein Sturm wütete in mir, ich taumelte nicht unter der Schwerkraft, sondern unter der Last meiner Qualen. All meine Gedanken, all meine Empfindungen waren darauf gerichtet, jenen unbekannten Freund oder die Freunde zu rufen, die mir die prophetischen Träume eingegeben hatten. Ich wußte nicht, ob sie in Wirklichkeit existierten, ob es nicht Fieberwahn war, sie für existent zu halten, aber ich rief sie, flehte sie an zu erscheinen, bat sie, mich zu erleuchten... Helft, bat ich sie stumm, helft, wir brauchen eure Hilfe!

Mary führte mich zu einem Drachen. Auf seinem Rücken ruhte unbeweglich Aster. Ich sprach mit ihm, doch er reagierte nicht, und ich wußte schon, daß er nicht reagieren würde, denn langsam erlosch er...

„Eli, du mußt dich ausruhen", sagte Mary leise.

Ich ging, und den Platz neben Aster nahmen Lussin

und André ein. Ich drehte mich um. Lussin sagte etwas zu meinem Jungen und streichelte ihm die Hände, André stand mit hängendem Kopf, Mary weinte still. Ich dachte, mir wäre sicherlich leichter, wenn ich auch weinen könnte, aber ich hatte keine Tränen, ich war ausgedörrt – eine grausame Flamme verzehrte mich.

Als der Stern untergegangen war, ruhte Aster immer noch auf dem Rücken des Drachens. Morgen läßt die Schwerkraft weiter nach, dachte ich. Während ich noch bei Aster stand, wurde mir plötzlich schwarz vor den Augen.

Ich war der Wirklichkeit noch nicht völlig entrückt, da hatte mich bereits ein Traum umfangen. Wie mit fremden Augen beobachtete ich, wie ich über die Kette der augenköpfigen Wächter ans andere Lagerende versetzt wurde, wo die Feinde kampierten. Dabei wurde ich in einen Zerstörer transformiert.

Ich schritt mit Orlan durchs nächtliche Lager – als einer seiner Wächter, als einer von den beiden, die ihn stets begleiteten, denn der zweite war nicht da. Orlan flüsterte mir zu: „Merk dir jede Meinung, das ist wichtig, Krad..."

„Ja", sagte ich, deutlich hörte ich den drohenden Klang meiner Stimme, denn Orlan wußte ja nicht, daß ich keineswegs Krad, sondern Eli war. „Ich werde mir alles merken!"

Bald darauf begann eine Konferenz der Heerführer und der Wache. Und ich nahm daran teil. Undurchdringliche Nacht lag über dem Planeten, gedämpfte Geräusche drangen herüber, die Gefangenen stöhnten, schluchzten und redeten im Schlaf, die Pegasusse und Drachen wälzten sich schwerfällig, während wir in einer goldenen Mulde saßen, abgeschirmt durch Felsen aus Blei, beleuchtet vom dämmrigen Schein der Augenköpfigen.

Orlan eröffnete die Konferenz. „Die Lage ist ernst", sagte er. „Wir müssen wichtige Entscheidungen treffen."

„Sage, was du weißt, Orlan", bat der große Unsichtbare. „Man kann nicht wirksame Entscheidungen treffen, wenn man nicht genau informiert ist."

„Alle Gefangenen vernichten – das ist die einzige Entscheidung", sagte Orlans zweiter Wächter brüsk. Er benahm sich wie ein Führer und nicht wie der schweigsame Leibwächter, als den ich ihn gekannt hatte. Unvermutet wurde mir bewußt, daß ich sein Gesicht nie richtig gesehen hatte. Auch jetzt sah ich es nicht.

Orlan warf dem zweiten Wächter einen Blick zu, schwieg aber.

„Ich begreife deinen Wunsch, Gig", wandte er sich nun an den hochgewachsenen Unsichtbaren, „doch ich kann kaum Neues mitteilen, Verbindung zur Station haben wir nach wie vor nicht. Wir marschieren aufs Geratewohl, handeln aufs Geratewohl."

„Wir besitzen das Programm mit den geheiligten Ideen des Großen Zerstörers, die erhellen jede Finsternis", sagte der zweite Wächter noch schärfer.

„Ja, gewiß", stimmte Orlan zu. „Sie sind der einzige Lichtstrahl in dem Dunkel, das sich um uns verdichtet hat. Vielleicht schadet es nicht, wenn ich in kurzen Worten wiederhole, was wir wissen und was wir nicht wissen." Er sprach zunächst von der menschlichen Flotte, die den Perseus angriff. Die

Menschen annihilierten den zweiten kosmischen Körper. Der Große Zerstörer hatte seine Residenz auf den Natriumplaneten verlegt, der vom Kriegsschauplatz weit entfernt war. Diese Zuflucht des Großen war ebenfalls nicht ungefährdet, denn in den Sternenräumen rings um den Natriumplaneten gab es zahlreiche Siedlungen der Galakten – wenn es die Erzfeinde der Zerstörer wagten, ihre Festungen zu verlassen, würde die Lage bedrohlich...

„Schrecke uns nicht, Orlan!“ unterbrach ihn der zweite Wächter. „Kümmere dich nicht um das Schicksal des Großen. Die jämmerlichen Menschen erwartet der Tod, wenn sie unsere kosmischen Barrieren durchdringen, und die Galakten werden ihnen nicht helfen. So hat der Große beschlossen. Du ziehst doch hoffentlich die Prognosen des Großen nicht in Zweifel?“

„Keinesfalls!“ sagte Orlan eilig.

„Dann wollen wir über unsere Lage sprechen und uns nicht mit der Lage des Großen befassen, das steht unserem Rang nicht zu.“

„Alles ist unverständlich auf dem Dritten Planeten“, sagte Orlan. „Früher konnte sich ihm kein kosmisches Schiff nähern, jetzt hat er die ‚Bootes‘ angesaugt. Nach der Landung wurde das Sternenflugzeug nicht von den Schutzfeldern vernichtet, die Gefangenen und die Zerstörer sind bislang am Leben – so gut ist noch nie jemand empfangen worden. Doch die Mechanismen der Station sind in Betrieb, die Gravitation verändert sich gesetzmäßig. Wir sind in der gefährlichen Zone gelandet, einen Teil davon haben wir hinter uns gebracht, aber es ist noch weit bis zu günstigen Gegenden. Wahrscheinlich gibt es wieder Störungen auf der Station, eine andere Erklärung finde ich nicht. Sobald die Automaten der Station den Schaden behoben haben, werden wir alle vernichtet, es sei denn, wir haben bis zu dem Zeitpunkt die gefährliche Zone überwunden. Dann können wir in dem von lebendigen Wachen besetzten Streifen den Soldaten unser Erscheinen erklären. Wir müssen die Station erreichen, um am Leben zu bleiben."

„Das gilt auch für die Gefangenen", sagte der große Unsichtbare.

„Nicht unbedingt", parierte der zweite Wächter. „Die Direktive des Großen erlaubt uns, mit den Gefangenen notfalls Schluß zu machen. Ich meine, es ist soweit, schon allein deshalb, weil sie nicht einmal auf die Entfernung von einem Lichtjahr an die Station herangelassen werden dürfen."

„Uns ist ebenfalls verboten, im Bereich der Station zu erscheinen", bemerkte Orlan. „Und wenn wir uns hier freiwillig befänden, würde uns dieselbe Strafe drohen – Tod..."

„Richtig, Orlan. Wir sind nicht freiwillig hier. Aber wir sind Freunde – sie Feinde. Ich sehe keinen Grund, weshalb wir uns weiter mit den Gefangenen plagen sollten."

„Vielleicht teilen wir uns in zwei Gruppen?" schlug der Unsichtbare Gig vor. „Die eine zieht mit den Gefangenen weiter, die zweite eilt zur Station voraus und vereinbart mit dem Aufseher Sicherheit für alle. Man hat mich als Wache eingesetzt, nicht als Henker!"

„Ich höre Zweifel in deiner Stimme!" sprach Orlans Leibwächter. „Es scheint, du verurteilst die geheiligte Idee des Großen: Zerstörung ist die Grundlage des Fortschritts, das höchste Ziel der Entwicklung. Im allumfassenden Krieg und in der Ausrottung alles Lebendigen wird daher die Macht des Lebens ideal verwirklicht."

„Ich bin Soldat, kein Philosoph. Die Vernichtung des Feindes im Kampf ist eins..."

„Ich habe dich verstanden, Gig. Teilen alle Unsichtbaren die Zweifel ihres Führers?"

Beide fuhren auf und sagten wie aus einem Munde: „Wir führen jeden Befehl aus. Mag Orlan entscheiden."

„Was meinen die Führer der Augenköpfigen? Sind ihnen Zweifel gekommen?"

Ein Augenköpfiger leuchtete hastig mit seinem Periskop. „Entrüstet weisen wir jeden Zweifel zurück. Wenn Orlan befiehlt, die Gefangenen umzubringen, wird ihrem Leben ein Ende gesetzt."

Abermals mischte sich der aufgeregte Gig ins Gespräch. „Man hat mich falsch verstanden. Ich würde mich selbst vernichten, wenn ich mich eines Zweifels verdächtigte."

„So habe ich dich auch verstanden, Gig. Dem Rang gemäß obliegt Orlan die Entscheidung. Wir hoffen, Orlan, daß dein Befehl dem begeisternden Geist der progressiven zerstörerischen Ideen des Großen gerecht wird, von denen Gig eben so schön gesprochen hat."

„Dessen könnt ihr sicher sein! Ich habe folgendes beschlossen: Wir legen noch zwei Märsche nach dem alten Schema zurück, um die Gefangenen am Leben zu erhalten und dann alles Menschliche in ihnen auszurotten. Der Große hatte die Idee, den Hirnen der Gefangenen Bazillen geistiger Fäulnis einzugeben..."

„Möge diese schadenbringende Nebenidee des Großen nicht seine anderen Ideen verdrängen..."

„Ja, ja, du hast recht, sie soll ihnen nicht im Wege stehen! Also, unter den gegenwärtigen Umständen müssen die Gefangenen vernichtet werden. Wie ist das praktisch möglich? Ich würde gern die Militärspezialisten hören!"

Ein Augenköpfiger leuchtete mit seinem Periskop. „Wir müssen die Menschen von den Geflügelten trennen. Allein sind die Geflügelten ungefährlich. Vergeßt nicht, daß wir nach oben schlechter geschützt sind, und die Schwerkraft läßt mit jedem Marsch nach, bald können sie fliegen."

„Trennen wir die Menschen von den Geflügelten", beschloß Orlan. „Lassen wir die Menschen einschlafen. Während sie schlafen, vernichten wir sie. Nach dem Tod der Menschen werden die Engel, die Pegasusse und die Echsen harmlos sein. Ohne viele Umstände machen wir dann mit ihnen Schluß."

„Ein großartiger Plan!" sagte der zweite Leibwächter beifällig. „Ich erkenne darin die Handschrift des Großen. Nicht ohne Grund zählst du zu seinen Lieblingswürdenträgern... Sei unbesorgt, von deiner Treue zu den geheiligten Prinzipien des Bösen und der allumfassenden Vernichtung werden die Organe zum Schutze der Greuel und zur Verbreitung des Verrats..."

Ich sprang auf, jede Ader in mir vibrierte. Ringsum erstreckte sich die tote metallische Ebene – goldene Felder, Bleihügel, oben entbrannte allmählich der goldene Himmel, der uns nicht mit dem All verband, sondern uns von ihm absonderte, und zur Himmelsbarriere rollte die winzige unheilvolle Sonne. Erst jetzt empfand ich ganz das Wesen dieser Welt – sie war mörderisch.

Neben mir saß Romero. „Warum sind Sie aufgesprungen, lieber Freund? Hatten Sie einen wichtigen Traum?"

Ich erzählte Romero, was ich im Schlaf erfahren hatte. „Das Groteske an dem Gespräch entspringt wahrscheinlich Ihrer ironischen Natur, mein Freund. Doch es sieht so aus, als herrschte Zwietracht im Lager der Feinde... Wenn Sie erlauben, beratschlage ich mit den Schiffskapitänen. Die Konferenz halte besser ich ab, möglicherweise werden wir beobachtet, und Sie schärfer als jeder von uns."

„Einverstanden. Handeln Sie."

Romero entfernte sich, und ich ging zu Aster.

„Nicht ein einziges Mal hat er das Bewußtsein erlangt", sagte Mary.

8

Aster öffnete nicht die Augen, als ich ihn auf die Arme nahm. Er atmete schnell, mit flachen, die Lunge nicht füllenden Zügen.

Bald erlahmten mir die Arme. Ich hatte Angst, daß ich ihn nicht lange würde tragen können.

Plötzlich war Romero hinter mir und sagte leise: „Drehen Sie sich nicht um, Admiral, ich erkläre Ihnen in Gedanken unsere Pläne. Kamagin fordert wieder einen Aufstand, wir haben zugestimmt. Sobald

Orlan befiehlt, die Menschen abzusondern, stürzen wir uns auf die Wächter und schalten alle aus, die nicht auf unsere Seite übertreten."

Ich äußerte Bedenken. Die unbewaffneten Menschen würden keinen einzigen Augenköpfigen überwältigen. Zunächst müßten die Verderber aneinandergeraten, dann würden wir diejenigen, die unsere Freunde waren, unterstützen – nur so könnten wir Erfolg haben.

„Ihr Plan ist vorzüglich, Eli, das Unglück ist nur, daß die Verderber von allein kaum eine Schlägerei vom Zaune brechen werden. Wenn wir die Rauferei beginnen, erfolgt die Abgrenzung sofort. Und es ist ein Irrtum von Ihnen, anzunehmen, wir wären unbewaffnet. Kamagin ist es gelungen, Waffen in eine Aviette zu schmuggeln – Handlaser, Granaten, elektrische Entlader."

„Unsere Waffen haben keine Wirkung auf die Unsichtbaren, Pawel. Die verfluchten Unsichtbaren sind am schlimmsten!"

„Das schlimmste ist die Untätigkeit, Admiral. Haben Sie die Kisten beachtet, die sich selbständig fortbewegen? Oshima behauptet, in ihnen wären Kampfwaffen. Es ist nicht ausgeschlossen, daß sich der Inhalt der Kisten, wenn wir sie in unseren Besitz bringen, gegen die Unsichtbaren verwenden läßt.

„Ja, wenn man uns Gelegenheit gibt, sie in unseren Besitz zu bringen."

„Also genehmigen Sie den Aufstand nicht, Eli?"

„Ich genehmige ihn. Wer wird uns führen?"

„Oshima, Petri und Kamagin. Lussin und Trub werden die Geflügelten befehligen. Wir wollen aus der

Luft angreifen, um die schwachen Seiten des Gegners auszunutzen."

Ich hörte Flüstern, jemand versuchte mit mir zu sprechen. Der Boden und der Himmel gleißten, doch mir war, als dämmere es.

Ich stolperte und hätte Aster beinahe fallen gelassen. Mary faßte mich unter. „Du bist blaß geworden, Eli", sagte sie ängstlich.

Ich fühlte mich immer schlechter. Aster spürte ich nicht mehr. Ich hätte stehenbleiben, auf seinen Atem lauschen, überlegen müssen, wie wir ihm helfen konnten. Aber vorn hüpfte Orlan, von dorther schallte sein gebieterisches „Schneller! Schneller!", und ich marschierte, die Zähne zusammengepreßt, keuchend vor Haß gegen Orlan, und wiederholte ein und denselben Gedanken: Nicht hinfallen! Nur nicht hinfallen!

„Sieh ihn nicht so an – er lebt!" sagte Mary.

„Nicht hinfallen!" wiederholte ich laut. Aster atmete flach und häufig, sein Herz schlug leiser als vorher, aber deutlicher. Und wären seine Wangen und seine Hände nicht so blau gewesen, hätte ich angenommen, sein Zustand habe sich gebessert. „Ja, er lebt", sagte ich zu Mary.

André berührte meinen Arm. Ich blickte ihn an und erkannte, daß der Verstand zu ihm zurückgekehrt war. Seine Augen waren kummervoll, nicht wahnsinnig.

„Gib... mir...", sagte er mühsam und wies auf Aster. Gequält suchte er nach den vergessenen Worten, sein Gesicht verzog sich vor Anstrengung. „Gib, ich..."

„Ich heiße Eli, André!" sagte ich. „Erinnere dich:

12–85

Ich bin dein Freund Eli. Später, André", antwortete ich. „Noch habe ich Kraft, meinen Sohn zu tragen."

Er sagte nichts mehr, mit gesenktem Kopf ging er weiter, seine brandroten Locken, die sein Gesicht verdeckten, bewegten sich, als wären sie lebendig. Ich wußte, daß André jetzt Worte suchte, daß die Worte ihm nicht auf die Zunge wollten, das seltsame Flüstern, das ich für die Stimme eines Zerstörers gehalten hatte, war aus den Tiefen seiner Hirnschale gekommen.

Diesmal rasteten wir lange. Orlan war verschwunden. Romero und die Kapitäne hatten sich zu mir gesetzt. Genauso energisch und exakt, wie Oshima ein Schiff befehligte, bereitete er die Rebellion vor. Die Handlaser waren während der Essenausgabe verteilt worden, ich hatte auch so ein Spielzeug erhalten. Ich sage Spielzeug, weil sie gegen die Unsichtbaren wirkungslos waren. Und die Augenköpfigen wurden damit nur dann außer Gefecht gesetzt, wenn es gelang, mit dem Strahl ihre Periskope zu treffen.

„Also zwei Möglichkeiten: Entweder heut nacht oder morgen früh", sagte Oshima. „Wir sind bereit, Admiral."

Der goldene Himmel war schwarz geworden. Der Orangefarbene war hinter dem Horizont verschwunden. Rings um das Lager der Gefangenen glitzerten die Lichter der Verderber vom Wachkommando. Der Befehl, die Menschen von den anderen Gefangenen zu trennen, blieb aus.

Ich ließ Aster in Marys Obhut und streifte durchs Lager. Die Menschen waren mit den Pegasussen und Echsen durcheinandergewürfelt, damit sie auf ein Signal hin sofort auf die Rücken der Geflügelten springen und in den Kampf eilen konnten.

Oshima und Petri arbeiteten bei den Drachen. Gemeinsam mit anderen Gefangenen befestigten sie Kisten auf den Rücken der Echsen, die bis oben hin mit seltsamen Metallzylindern gefüllt waren.

„Alte Handgranaten", erklärte Oshima. „Auf dem Sternenflugzeug ‚Mendelejew' gab es eine Menge davon, Eduard hat einen Teil auf die ‚Fuhrmann' und von dort auf die ‚Bootes' mitgenommen. Sie sind einfach zu handhaben, Kamagin hat es uns gezeigt."

„Laser werden wir an die Engel nicht verteilen", sagte Kamagin. „Die sind nicht nach ihrem Geschmack, aber Handgranaten und Entlader sind meiner Ansicht nach geradezu geschaffen für die Engel, so geschickt gehen sie damit um."

Trub nahm etwas vom Boden auf und schleuderte es nach einem goldenen Klumpen, der matt im Bleifelsen blinkte. Ich erschrak, da ich meinte, es werde eine Explosion geben und auf den Lärm hin würden die Verderber angelaufen kommen. Aber Trub hatte ein Stück Gold benutzt. Die Engel sind durchweg verteufelt scharfsichtig. Trub übertraf seine geflügelten Mitbrüder auch hier. Stolz hüllte er sich in seine Flügel.

„Für die Verderber wird es kein Zuckerlecken sein, wenn wir sie aus der Luft angreifen", erklärte Kamagin strahlend.

Ich durchquerte den Sektor der Engel und sah keinen schlafend, alle übten sich im Werfen. Und es ging nicht lärmend zu wie sonst, wenn sich Engel irgendwo versammelten, sie waren schweigsam bei dieser nächtlichen Übung, nur die weichen Schläge von Blei gegen Gold und Gold gegen Blei störten die Stille.

„Die Menschen nähen Taschen für die Engel“, teilte mir Kamagin mit. „Jede faßt fünf Granaten, sie sollen unter den Flügeln befestigt werden, da fallen sie nicht auf.“

Während meines nächtlichen Spaziergangs wäre ich beinahe mit Orlan zusammengestoßen.

Er ging ohne Leibwächter, sein Gesicht phosphoreszierte gespenstisch, er machte einen Rundgang ums Lager. In der von den Periskopen der Augenköpfigen spärlich erhellten Finsternis erlosch seine schimmernde Silhouette rasch.

Mary schlief, im Arm hielt sie Aster. Er atmete, wenn auch nur schwach.

Morgen, sagte ich mir im Einschlafen. Morgen früh... Die Schwerkraft läßt nach...

9

Am Morgen starb Aster.

Marys Schrei weckte mich. Ich sprang auf und entriß ihr unseren Sohn. Rüttelte ihn, rief ihn, flehte ihn an, mich zu hören. Zum letztenmal bot er alle Kraft auf und öffnete die Augen. Vor seinem Tod hatte er die Lider geschlossen gehalten, als er starb, schlug er sie auf, um die Welt noch einmal zu sehen, vergebens...

„Eli! Eli!“ vernahm ich Andrés Flüstern. „Ist er tot?“ Über sein Gesicht rollten Tränen.

„Er war drei Jahre jünger als mein Oleg“, sagte André leise. Dabei lauschte er seinen Worten, als hätte jemand anderer sie gesprochen.

Jetzt bemerkten auch Romero und Lussin, daß André bei Verstand war. Romero und Lussin erkannte André sofort, an Oshima erinnerte er sich, als der seinen Namen nannte. Freude wechselte mit Trauer, ich sah glückliches Lächeln und Tränen des Leids, nur ich konnte weder lächeln noch weinen.

„Sprecht später miteinander“, sagte Lussin. „Nach dem Aufstand.“

Ich wollte Aster nehmen, doch Trub gab ihn nicht her. Als Orlan den Aufbruch befahl, schritt er mit Aster auf den gekreuzten schwarzen Flügeln an der Spitze des Zuges. Mary und ich gingen hinter ihm. Wir stützten uns gegenseitig.

Trub trug Aster bis zur nächsten Rast, dann legte er ihn neben uns.

Aster war wie zu Lebzeiten, nur dunkel und mager war er geworden, die Muskeln seines Körpers wirkten härter, er erstarrte allmählich, schrumpfte.

Bis zum Abend trug ich Aster. Orlan erteilte früher als sonst den Befehl anzuhalten. Er rief mich zu sich. Ich legte Aster auf den Boden und umarmte Mary. Sie drückte ihren Kopf an meine Schulter. Von dem Aufstand wußte sie.

„Die Menschen werden gesondert von den Geflügelten weitermarschieren“, erklärte Orlan. „Ich befehle, bis zum Anbruch der Dunkelheit die Neuformierung zu beenden.“

Düster starrte ich Orlan und seine Leibwächter an. Einer der beiden war unser schlimmster Feind, einer wahrscheinlich unser Freund. Orlans Gesicht phosphoreszierte wie gewöhnlich bläulich, leidenschaftslos kalt.

„Wird gemacht", erwiderte ich und ging zu den Meinen. Tausende Augen beobachteten mich: von jenseits der Lagergrenze die Periskope der Augenköpfigen, die Unsichtbaren und die Zerstörer-Kommandeure, diesseits die Menschen und ihre geflügelten Freunde.

Die Bewegungen ringsum erstarben, eine ungeheure Stille breitete sich über dem Planeten aus. Oshima und Kamagin standen neben den hochgewachsenen Pegasussen. Lussin thronte bereits auf dem Rücken eines Drachens. Wir waren aufbruchbereit.

„Der Befehl ist gegeben: Wir sollen uns teilen. Offenbar zu unserem Nutzen", sagte ich spöttisch. „Handelt wie vereinbart."

„Mir nach!" schrie Oshima und sprang auf einen Pegasus. Der schlug mit den Flügeln.

„Mir nach!" antwortete Kamagin wie ein Echo und schwang sich ebenfalls auf. Er warf eine Granate in Richtung Zerstörer, und das gab die erste Explosion.

10

Unsere Feinde wurden überrascht. Nur die Freunde im Lager des Gegners hatten den Aufstand vorausgesehen. Die Pegasusse mit den Menschen und die von Trub geführten Engel stürzten sich wie eine mächtige Armada auf die Augenköpfigen herab. Eine Rauchwand von Explosionen umschloß das Lager, in die Flammensäulen stießen die Dolchstrahlen der Laser.

Eine Abteilung Fußvolk mit Petri und Romero an der Spitze hatte sich ihren Weg mit Granaten und Lasern gesäubert und durchbrach beim ersten Angriff die Kette der Augenköpfigen. Sie drängten sich zusammen, bildeten ein Karree und kämpften in der Umkreisung.

Nach anfänglicher Bestürzung verteidigten sich die Augenköpfigen wütend und aufopferungsvoll, Pegasusse und Drachen stürzten zu Boden. Übel erging es den Engeln. Sie hatten sich unbedacht rasch ihrer Granatenlast entledigt, sie vertrauten zu sehr der Kraft ihrer Flügel. Die Luft war von schwarzen und weißen Flaumfedern vernebelt. Trub und Lussin waren verwundet, auch Petri und Romero, leicht verletzt Oshima und Kamagin, nur André, der im dichtesten Getümmel kämpfte, war wie durch ein Wunder unversehrt.

Ich stieg auf einen Bleifelsen, der aus dem goldenen Untergrund ragte, und betrachtete das Schlachtfeld. Um uns huschten die Unsichtbaren hin und her, die schrecklichen Krieger der Zerstörer, doch keiner von ihnen hatte bisher weder für uns noch gegen uns in den Kampf eingegriffen – warum nicht? Die Schlacht war eher merkwürdig als erfolgreich, ich begriff sie nicht.

Plötzlich hörte ich eine bekannte Stimme, die diesmal nicht in mir, sondern außerhalb erklang, eine Stimme, die oft in meinen Träumen mit mir gesprochen hatte, ich mußte sie erkennen. „Eli, hilf!" schrie die Stimme wie in höchster Not.

„Eli, hilf!" rief die Stimme immer verzweifelter und riß plötzlich ab.

Da erblickte ich den, der mich zu Hilfe gerufen hatte. Trub hatte mit zwei rasenden Engeln Orlan und seine Leibwächter angegriffen, die Leibwächter lagen schon am Boden, Orlan verteidigte sich noch. Er hatte gerufen! Wilde Freude durchdrang mich einen Augenblick lang, als ich den Führer der Zerstörer sah, wie er sich verbissen gegen den Tod wehrte – und dieses Gefühl, das aufflammte und erlosch, war der letzte Widerschein meiner alten Einstellung zu Orlan. Ein heftiger Flügelschlag von Trub streckte ihn nieder. Da warf ich mich auf Orlan und deckte ihn mit meinem Körper. Mit Lasern in den Händen kamen Romero und Petri gerannt.

„Eli, steh auf, ich bringe den Schuft um!“ brüllte Trub und berührte mich so unsanft mit dem Flügel, daß ich mit Orlan einen Meter weiter flog.

Heute begreife ich nicht, wo ich die Kraft hernahm, Orlan festzuhalten.

Romero packte Trub beim Flügel, Petri stellte sich zwischen den Engel und mich.

„Beruhige dich, Trub!“ rief Romero. „Beinahe hättest du einem Bundesgenossen den Garaus gemacht.“

Ich weiß nicht, was Trub noch angestellt hätte, wenn neben ihm nicht ein sichtbar gewordener Unsichtbarer niedergestürzt wäre. Ein ebenso furchtbares Skelett, wie wir es auf der Sigma gefangen hatten, aber dieses lebte noch. Der Unsichtbare stöhnte und krümmte sich, sein Brustkorb war schrecklich deformiert.

Selbst Trub verstand, daß die von uns entfesselte Schlacht nur Teil eines großen Kampfes war, der so-

wohl in der optischen Wirklichkeit als auch in der physischen Unsichtbarkeit tobte.

Trub schwenkte die Flügel nach einem Häuflein abgedrängter Augenköpfiger und schrie den Engeln zu: „Mir nach! Tod den Schurken!“

Petri und ich halfen Orlan auf. Der Zerstörer taumelte, er hielt die Augen geschlossen, sein bläuliches Gesicht wurde schwarz.

Romero nahm den Laser in die linke Hand und streckte feierlich die Rechte aus. „Gestatten Sie, lieber Bundesgenosse, daß ich Sie im Lager Ihrer neuen Freunde willkommen heiße.“

Orlan wollte höflich den Hals recken, doch auch der Hals hatte im Scharmützel etwas abbekommen, und er hob den Kopf nur ein wenig. „So neu sind sie gar nicht. Eli und ich sind alte Bekannte.“

„Also du warst das!“ sagte ich.

„Du hast mich so gehaßt, Eli, daß du unaufhörlich an mich dachtest. Das half, unsere Gehirnstrahlungen auf Gleichklang zu stimmen.“ Bekümmert wies er auf einen Leibwächter. „Der da war euer treuer Freund, er ist nicht mehr.“

„Wir kämpfen“, sagte Petri. „Euch ist nicht anzusehen, wer Feind, wer Freund ist.“

„Ich gebe euch nicht die Schuld.“ Die Erregung in seiner Stimme verklang, vor uns war wieder das leidenschaftslose Wesen, dem wir schon so oft gegenübergestanden hatten. „Wir sind selber schuld. Wir bereiteten die Schlacht vor, ohne uns um unsere Sicherheit zu kümmern. Wir dachten nur an den Sieg im Kampf.“

„Ihr habt die Schlacht vorbereitet?“ fragte Romero.

„Zweifellos. Es kostete uns nicht wenig Aufregung, bis ihr den euch eingegebenen Plan angenommen hattet. Eure Gedankengespräche, auf die ihr so stolz wart, bedeuteten für mich kein Geheimnis, und ich teilte ihren Inhalt Gig mit. Er hat die schwierigste Aufgabe zu bewältigen – es ist uns nämlich nicht gelungen, alle Unsichtbaren zu gewinnen. Doch Gig gibt denjenigen, die dem Reich des Großen Zerstörers treu geblieben sind, keine Gelegenheit, den Augenköpfigen zu Hilfe zu eilen – und das entscheidet den Erfolg des Tages.“

Romero schaute zweifelnd um sich. In der Luft jagten nur die Engel umher, ihr schrilles Kampfgeschrei war weithin zu hören. Die Pegasusse und die Drachen begannen zwar den Kampf in der Luft, konnten sich aber nicht lange fliegend halten.

Romero hob den Laser und sagte: „Wie schade, verehrter Bundesgenosse, daß wir der Möglichkeit beraubt sind, das Luftschlachtfeld des kühnen Gig kennenzulernen.“

„Warum denn? Gleich setze ich mich mit Gig in Verbindung, und wir eröffnen Ihnen, was sich in der Luft abspielt.“

Ich bemerkte nicht, daß Orlan irgendwelche Bewegungen vollführte, offenbar setzte er sich mit Gig gedanklich in Verbindung, denn das Bild der Schlacht änderte sich bald darauf verblüffend. Der Kampf in der dritten Dimension war imposanter und erbitterter als der auf der Ebene. Über uns focht Unsichtbarer mit Unsichtbarem. Unter denen, die die Oberhand gewannen, gewahrte ich den riesengroßen Gig.

„Unsere siegen", sagte Orlan. „Doch die Schlacht ist ausgezeichnet vorbereitet, Eli."

Den Engeln und Menschen, die ein Verderberkarree bedrängten, gelang es, die Feinde zu zersplittern. Die Augenköpfigen wurden zerstreut. Obwohl sie langsam krochen, kämpften sie so besessen wie vorher. Zwei Engel griffen einen Verderber an, mit einem genauen Gravitationsschlag warf er sie zurück. Romero und Petri eilten den Engeln zu Hilfe, doch einer von unseren Unsichtbaren war schneller als sie. Der Hieb aus der Höhe traf den Verderber tödlich, der Unsichtbare beschrieb einen Bogen und stürzte sich erneut in den Luftkampf.

„Dennoch sind viele zu uns übergetreten", sagte ich zu Orlan.

„Viele. Ihr habt bereits auf allen Perseusplaneten Anhänger. Der Große hat einen gewaltigen Fehler gemacht, als er gestattete, den Streit mit dir zu übertragen. Die Untertanen des Großen wissen jetzt von den Menschen selbst, was von ihnen zu erwarten ist."

Ich wies auf die Augenköpfigen. „Die da denken nicht daran, ihren Herrscher zu verraten."

„Die Augenköpfigen sind die Wache. Sie werden fernab von der Politik erzogen. Die Zeit kommt, da auch sie sich uns anschließen werden."

Die Schlacht näherte sich ihrem Ende.

Die zersplitterten Häuflein der Verderber, die sich, dem Untergang geweiht, mit den Periskopen zublinkten, wurden immer weiter auseinandergedrängt und gingen unter den vereinigten Schlägen von Menschen, Engeln und Unsichtbaren zugrunde. Ein paar Unsichtbare, die sich ergeben hatten, trotteten, von Engeln bewacht, ins Zentrum des Lagers, wo die Gefangenen auf Oshimas Befehl gesammelt wurden. Auch die Augenköpfigen, die den Widerstand eingestellt hatten, wurden dorthin geführt.

In die letzte kämpfende Gruppe rammte sich Lussin auf seinem feuerspeienden Drachen. André, ebenfalls beritten, aber auf einem Pegasus, hantierte unweit von Lussin mit dem Laserstrahl, Petri und Romero hatten ihre Plätze an der Spitze der Infanterie eingenommen, bedrängten das verlorene Häuflein. Als sich die Engel und die Unsichtbaren aus der Luft herabstürzten, war das Los der Augenköpfigen besiegelt.

Müde und zufrieden ließ sich Gig neben mir und Orlan herab. „Die Gravitatoren geben das Äußerste her", sagte er zu Orlan. Er preßte meine Rechte fürchterlich. Als ich einen Schmerzenslaut von mir gab, schnitt er eine zufriedene Grimasse.

Heute wundert sich niemand mehr über die Unsichtbaren, sie erscheinen oft auf unseren Raumbildschirmen. Aber an dem Tag, als ich diese lachende Konstruktion zum erstenmal vor Augen hatte, konnte ich mich eines Schauderns kaum erwehren.

Gig fuhr fort, wobei er mit seinen Knochen fröhlich klapperte: „Wie haben wir dir im Kriegshandwerk gefallen, Admiral?"

Zurückhaltend antwortete ich, da ich nicht wußte, welchen Ton ich gegenüber diesem polternden, lächelnden, jubelnden Skelett anschlagen sollte. Es dauerte einige Zeit, bis ich mich überzeugt hatte, daß die Unsichtbaren goldrichtige Kerle waren. Ihr Äußeres ist zwar erschrecklich, aber nur nach irdischen Normen, sie selbst sind zufrieden damit, hingegen meinen sie, die Konstruktion der Menschen wäre unfertig.

„Ich habe dich in meinen Träumen kennengelernt, Gig.“ Er rumpelte mit allen seinen Knochen. Ich verstand nicht gleich, daß die Unsichtbaren auf diese Weise lachen.

„Du hast mich kennengelernt, sagst du? Wir haben dir dazu verholfen – um den Preis großer Anstrengungen! Ich hoffe, Admiral, du bist dir darüber im klaren, daß wir unsere Konferenzen keineswegs in menschlicher Sprache und nicht einmal in den Kategorien eurer Logik durchführen. Ich meine da nicht unser Aussehen. Orlan zum Beispiel erscheint meist als Schatten, nicht als Körper. Warum zeigst du dich eigentlich nicht mehr als Phantom? Auf dem Dritten habe ich dich seltsamerweise noch nie so gesehen!“

„Die Apparate zur optischen Transformation sind auf den verschwundenen Sternenflugzeugen geblieben.“

„Und unsere Reservegravitatoren auch. Weiß der Teufel, ein edler Unsichtbarer muß nun bald kriechen wie ein verachtenswerter Augenköpfiger! Also, Admiral, unsere Pläne und Beschäftigungen in die Sprache eurer Gestalten und Begriffe übersetzen und sie dir dann in die Träume projizieren – ja, nur Krad konnte das schaffen! Wo ist Krad eigentlich, Orlan? Ich sehe ihn nicht.“

„Krad wollte mich verteidigen und fand selbst den Tod“, sagte Orlan, wobei er den Kopf bis zum äußersten in die Schultern zog.

Gigs Skelett dröhnte feierlich. Der Klang der aneinanderstoßenden Knochen ist bei den Unsichtbaren sehr ausdrucksvoll, bald hatte ich gelernt, ihr Lachen vom Kummer zu unterscheiden.

„Was machen wir mit den Gefangenen?“ fragte ich die neuen Freunde. Das letzte Häuflein von Augenköpfigen, die sich ergeben hatten, wurde ins Lagerzentrum eskortiert.

„Alle vernichten!“ erklärte Gig. Mit radikalen Lösungen war er schnell bei der Hand. Ich verzog das Gesicht.

„Die Gefangenen können uns noch zustatten kommen“, sagte Orlan. „Wir wissen nicht, was uns an der Station erwartet. Wenn wir kämpfen müssen, werden die Augenköpfigen unsere Kräfte vermehren.“

„Unterstellt sie meinem Kommando, ich werde ihnen Beine machen!“ schlug Gig lachend vor. Er hatte sich rasch damit abgefunden, daß sein Wunsch nicht berücksichtigt wurde. Später stellte ich fest, daß man ihm besser Befehle erteilte, als sich mit ihm zu beraten – er war tatenfreudig, dachte aber ungern nach.

So sind alle Unsichtbaren.

11

Wir hatten Dutzende von Fragen an Orlan und Gig. Und als die Bewachung der Gefangenen geregelt war, versammelten wir uns zur Unterhaltung.

Der Stern ging unter, schwarze Nacht hüllte den Planeten ein. Wir saßen auf rasch erkaltenden Metallblöcken – Unsichtbare neben Menschen, Engel neben übergetretenen Augenköpfigen, Orlan neben Trub, Gig neben André...

Über Allans Flotte wußte Orlan nichts Neues mitzuteilen; was ihm bekannt war, hatte er in meine letzten Visionen einfließen lassen. Auch über die Station hatte er nichts nachzutragen. Die Störungen dort waren vorläufig unsere Rettung. Leider durften wir nicht hoffen, daß es lange so bleiben würde, sondern mußten möglichst schnell zur Station gehen, solange wir noch einen Fuß vor den anderen setzen konnten, nur das konnte uns retten.

Kamagin sprach sich dafür aus, zum Sternenflugzeug zurückzukehren. Hinter der Schiffspanzerung wären wir sicherer als auf der Metallebene, außerdem funktionierten dort die Gravitatoren. Und wenn es uns gelänge, die Schiffsmaschine wiederherzustellen, könnten wir in den Kosmos ausbrechen, zu den Unseren.

„Dein Vorschlag ist irreal", erklärte Orlan. „Vor allem wird es dir nicht gelingen, eure verstimmte Denkmaschine zu reparieren", sagte er. „Und wenn es dir auch gelänge, so könnte die ‚Bootes' doch nicht aus der nichteuklidischen Sphäre des Orangefarbenen ausbrechen – die Macht der gesamten menschlichen Flotte reicht nicht aus, um die Sperre zu sprengen. Auch wenn du ausbrechen könntest, so würde die ‚Bootes' draußen nicht die Ihren treffen, sondern die Sternenflotte der Zerstörer – und es gäbe nur ein Ende."

„Was hältst du davon, wenn wir die ‚Bootes' in unseren ständigen Wohnsitz verwandelten, anstatt neuen unbekannten Gefahren entgegenzulaufen? Könnten wir dort nicht warten, bis sich die Lage zum Besseren wendet?“

Orlan war dagegen. Die Lage würde sich nicht zum Besseren, sondern zum Schlechteren wenden. Er sei verpflichtet, uns über eine weitere Gefahr aufzuklären. Der Stern strahle unentwegt, doch seine tödlichen Strahlen eilten nicht in ferne Weiten hinaus, sondern würden innerhalb dieses geschlossenen Raumes gespeichert.

Bald würde alles von verbrennender Strahlung gesättigt sein, und dann begänne der Zerfall. Alles Leben würde zugrunde gehen, die Oberfläche des Planeten verdunsten, das Sternenflugzeug sich in Plasma verwandeln, auch die Station, deren Havarie diese Katastrophe hervorgerufen habe, würde zu Plasma, und schließlich würde der gesamte Dritte Planet, die mächtigste militärische Anlage der Zerstörer, als Wölkchen neuen Nebels zerfließen.

Damit wäre der verderbliche Prozeß nicht zu Ende. Die vom Orangefarbenen herausgeschleuderte Energie würde zu ihm zurückkehren und seine Atomglut anheizen. Der Zerfallsprozeß dieses Sterns würde sich so beschleunigen, daß es zu einer ungeheuren Explosion käme – und erst dabei würden die erstarrten nichteuklidischen Barrieren zerbersten, so daß die angestaute Energie machtvoll hinausflutete. Ferne Beobachter könnten dann die Explosion einer Supernova fixieren, doch die Beobachter auf den Nachbarsternen wären außerstande, ihrer Nachkommenschaft ein Andenken zu hinterlassen, kaum einer bliebe bei dieser Katastrophe am Leben.

Romero sagte: „Lieber Bundesgenosse, Ihre Weissagung ist entsetzlich. Offenbar haben wir keine andere Wahl, als unverdrossen dem Ziel zuzustreben, das Sie uns weisen. Aber dürfte man vielleicht erfahren, wer uns in der Station erwartet? Sind es Freunde oder Feinde? Wird man uns mit ausgebreiteten Armen, mit der Waffe in der Hand oder, was am wahrscheinlichsten ist, mit Feldern entgegentreten?“

„Das wüßte ich selber gern“, antwortete Orlan.

„Aber Sie müssen doch mehr als wir wissen! Wir hatten ja gestern noch keine Ahnung, daß eine Metrikstation auf dem Dritten Planeten besteht.“

„Niemand weiß etwas Genaues über die Metrikstation“, sagte Orlan.

„Erzählen Sie wenigstens, was wir befürchten müssen, wenn Sie schon nicht wissen, worauf wir hoffen können. Immerhin ziehe ich aus der spärlichen Information über die Station den Schluß, daß wir wahrscheinlich auch dort Freunde gewinnen konnten, die die Führung übernommen haben. Wie anders läßt sich sonst erklären, daß wir von dem Konvoi der Sternenflugzeuge befreit wurden und uns hier, in der gefährlichen Zone, kein Unglück geschieht?“

Orlan stimmte Romero zu. Vorläufig habe man uns nicht geschadet, aber auch nicht geholfen. Man habe uns einfach uns selbst überlassen. Wie sich die Ereignisse morgen entwickelten, sei schwer vorauszusagen.

„Gut, ich formuliere anders. Nehmen wir an, das Ganze hänge nur mit den Störungen auf der Station zusammen, und die Störungen würden morgen behoben. Was erwartet uns dann?“

„Möglich sind Verhandlungen mit dem Aufseher. Möglich ist, daß wir ohne jegliche Verhandlungen augenblicklich von den Schutzmechanismen der Station vernichtet werden. Möglich ist, daß uns die Wachautomaten in der Umgebung der Station überfallen, sie können sich nicht weit vom Stützpunkt entfernen."

Mich interessierten die Wachen. Handelte es sich um Automaten, die den alten Robotern ähnelten? Obwohl Orlan die Wächter der Station nie gesehen hatte, behauptete er entschieden, es handle sich nicht um Mechanismen.

„Sie sind ein Mittelding zwischen Organismen und einer Kombination von Kraftfeldern", ergänzte er. „Ihre Körperform ist unbeständig. Gewöhnlich nehmen sie die Gestalt an, die sich am besten eignet, um die Befehle des Aufsehers durchzusetzen."

„Ein blutiger Arm im Nebel!" murmelte Kamagin ironisch. „O diese Gespenster! Schon vor vierhundert Jahren glaubte auf der Erde niemand mehr an solchen Unsinn."

„Ob nun Gespenster oder Körper, jedenfalls etwas Materielles, das außerhalb unseres Bewußtseins existiert", sagte ich zu Kamagin. „Wir sollten die Gespenster nicht von vornherein verspotten, sondern überlegen, wie wir uns wirkungsvoll gegen sie verteidigen können, falls sie uns angreifen."

„Betrauen Sie uns drei damit, Admiral", sagte Oshima und wies auf Kamagin und Petri. „Im Troß der Zerstörer haben wir Waffen entdeckt, die sogar Gespenstern übel mitspielen dürften. Ich meine die Kisten, die sich selbständig bewegen. Es ist wirklich ein äußerst glücklicher Zufall, daß sie sich nicht auf dem Schlachtfeld befanden und die Feinde sie nicht anwenden konnten."

„Ihr erwartet zuviel von einem blinden Zufall, Kapitän Oshima“, sagte Orlan. „Glückliche Zufälle müssen meistens sorgfältig vorbereitet werden.“

Zum Schluß der Unterhaltung bat ich Gig, seine Unsichtbaren nicht mehr zu chiffrieren. Ich weiß nicht, wie es den anderen erging, doch mich machte es nervös, daß über mir unsichtbare Wesen schwirrten, mochten sie mir auch freundschaftlich verbunden sein. Schutzengel früherer Zeiten wären mir ebenso unangenehm wie die bösen Geister.

Wider Erwarten freute sich Gig. „Das ist mal ein Befehl, der so recht nach unserem Herzen ist! Wenn ihr wüßtet, wie schwer der verfluchte Unsichtbarkeitsdienst ist. Zudem haben die Krümmungsgeneratoren nachgelassen, und vielen von uns droht das schmähliche Los, sich aus soliden Unsichtbaren in Nebelsilhouetten zu verwandeln.“

Ich erkundigte mich, ob die Unsichtbaren von der Perspektive, sich in stoffliche Körper im optischen Raum zu verwandeln, nicht beleidigt wären.

Großmütig erklärte er: „Wo denkst du hin, Admiral! Die Unsichtbarkeit ist unsere Uniform. Wenn wir sie schlecht tragen, leidet unsere militärische Ehre. Nehmen wir aber die Gestalt von Sichtbaren unter sonstigen Sichtbaren an, so ist das nicht anders, als würden wir einen Panzer ablegen – das ist bequem, und man braucht nicht darauf zu achten, daß er gebührend geehrt wird.“

12

Die gefangenen Augenköpfigen schimmerten matt, nur sie selbst waren undeutlich wahrzunehmen, alles übrige ertrank im schwarzen Nichts. Absichtlich gebrauche ich das Wort „Nichts“. Ich empfand den Raum nicht mehr, nur das war vorhanden, was neben mir war.

In den vorangegangenen Nächten hatten wir uns, von der Lichterkette der Periskope eingeschlossen, nicht so verloren gefühlt, jetzt drängten wir uns aneinander.

Ich wußte nicht, wo Orlan steckte, wo sich Gig befand, wo die auf unsere Seite übergetretenen Unsichtbaren und Augenköpfigen kampierten. Der vorsichtige Petri deutete an, in solch einer Nacht könnte man uns im Schlaf leicht überfallen. Oshima entgegnete, es sei sinnlos, uns im Kampf gegen die Eigenen zu unterstützen, wenn man hernach die Absicht hätte, uns zu verraten.

André bat: „Erzählt mir von Oleg und Jeanne, Freunde.“ Erregt fügte er hinzu: „Es kommt euch vielleicht seltsam vor, aber ich verlor den Verstand nicht sofort, sondern nach und nach. Zuerst versanken die äußere Welt und die Erinnerung an die Erde, dann verwischte sich die Umgebung. Lange hielten sich meine Lieben, Jeanne und Oleg. Das letzte Bild, das mein erlöschendes Gehirn bewahrte, zeigte dich, Eli.“

„Wahrscheinlich rührt das daher, daß ich der letzte war, den du gesehen hast.“

„Möglich. So fangt doch an!“

Wir erzählten ihm von den Geschehnissen auf der Erde und im Kosmos. Ich schilderte die Schlacht in den Plejaden, die erste Expedition in den Perseus, die Raumwellenstation.

„Überwältigt bin ich von Eli! Ich entsinne mich deiner als eines begabten Witzboldes und kühnen Schelms, du warst ein Meister der tollen Streiche, kein ungewöhnlicher Denker und großer Entdecker. Nun sehe ich dich als Admiral der Großen Galaktischen Flotte und Erforscher der Raumwellen wieder..."

„Ich mußte für dich einspringen, und das war nicht einfach."

Plötzlich mischte sich Mary ins Gespräch: „Soweit ich mich entsinne, errötete Eli öfter, als daß er ironisch war. Und seine tollen Streiche, wie der Wettflug mit den Blitzen, lassen sich an den Fingern abzählen. Mitunter ärgerte mich sein Ernst, wenn ihr es wissen wollt, ich hätte mir einen etwas leichtsinnigeren Ehemann gewünscht."

„Sie haben mit Eli eben nicht in der Himalaja-Schule studiert", erwiderte André.

Romero wandte sich an André: „Lieber Freund, viele, darunter auch ich – schamvoll bekenne ich es –, glaubten Sie tot, denn es sah nicht so aus, als wären unsere Feinde hinter menschliche Geheimnisse gekommen. Ich hielt es für unwahrscheinlich, daß die Verderber es nicht fertigbringen sollten, von Ihnen, falls Sie lebten, herauszupressen, was Sie wußten. Sie hatten Glück, wenn man eine so traurige Tatsache wie die Geistesverwirrung als Glück bezeichnen kann... An diesen Ausweg hatte niemand von uns gedacht."

„Ich selbst hatte ihn gewählt! Bewußt und methodisch brachte ich mich um den Verstand. Ich will Ihnen erzählen, auf welche Weise."

Entsetzt hatte er Foltern erwartet. Der Tod wäre der beste Ausweg gewesen, aber er wußte, daß man jede seiner Bewegungen beobachtete, die altertümlichen Selbstmordmethoden – Messer, Schlinge, Verweigerung von Nahrung und Trinken, durchgebissene Venen – waren hier nicht anwendbar. Da beschloß er, sich den Verstand zu verwirren.

„Nein, nicht den Kopf zerschlagen", André kam unseren Fragen zuvor, „sondern das Schema der Kommunikationen und Verbindungen im Gehirn verwirren, sozusagen ummontieren. Das Gehirn ist eine vielgestaltige Konstruktion; wird sein Schema in irgendeinem Abschnitt gestört, folgt noch kein allgemeiner Bewußtseinsverlust. Dennoch gibt es unvergleichlich mehr Wirrnisvarianten als Schemata, die das Bewußtsein gewährleisten. Darauf baute ich meinen Plan."

„So erschien das graue Böckchen?"

„Ich wählte das Böckchen, weil die Zerstörer dieses Tier bestimmt noch nie gesehen hatten und das Märchen von dem alten Frauchen und dem Wolf nicht kannten, hier konnten sie nirgends einhaken. Fortwährend dachte ich an das Böckchen, stellte mir nur sein Bild vor. Was auch von außen auf mich einstürmte, welche Gedanken mir sonst kamen, auf Essen, Drohungen, Angst, Zureden, auf alles antwortete ich mit einem Gedanken, mit einem Bild – das Böckchen, das graue Ziegenböckchen... Ich schaltete mein Gehirn auf das Böckchen, alle Winkel, alles Geheime und Offenbare darin arbeitete nur dafür. Und allmählich nistete sich das Wesen mit den Hörnern und den Hufen in jeder Gehirnzelle ein, verdrängte alle anderen Bilder, jede andere Information. Ich stürzte mich in völlige geistige Leere, aus der erst ihr mich herausgeführt habt!"

Romero und Lussin fragten, ob André eine Audienz beim Großen Zerstörer gehabt und er das Dasein der Verderber kennengelernt habe. Er antwortete, er habe nur danach getrachtet, sich aus dieser Welt auszuschalten, und seine Augen nicht aufgesperrt. Dann sagte er vorwurfsvoll: „Du hörst uns ja gar nicht zu, Eli!"

„Verzeih. Ich habe über ein schwieriges Problem nachgedacht."

„Was für ein Problem?"

„Schau, wir haben die Schiffsmaschinen außer Betrieb gesetzt, und wir haben das ungefähr nach deiner Methode getan – indem wir die Schemata der inneren Verbindungen verwirrten."

„Wir können darüber nachdenken", sagte André gähnend. „Selbstverständlich ist die Schiffsmaschine nicht einfacher als ein menschliches Gehirn, aber auch nicht sehr viel komplizierter."

„Wollen wir jetzt nicht schlafen?" fragte Romero. „Wir sind müde nach der Schlacht, und morgen werden wir es bestimmt auch nicht leicht haben."

Ich erwachte, als der Stern hinter dem Horizont hervorrollte.

„Die Kolonnen sind aufbruchbereit, Admiral", meldete Oshima.

„Ich habe mich mit den gefangenen Augenköpfigen

unterhalten, Eli", teilte Orlan mit. „Sie betrachten mich immer noch als ihren Vorgesetzten. Ich glaube, wir brauchen sie nicht zu bewachen, sie werden als Abteilung marschieren."

Gig lachte schallend. Die Lebensfreude dieses Skeletts hätte für ein Dutzend Menschen gereicht. „Ein Triumph bei den Unsichtbaren!" erklärte er prahlerisch. „Wer gestern dagegen gekämpft hat, wird heute dafür kämpfen. Ohne zu zögern, ohne zu schwanken, gehen sie für mich, ihren geliebten Vorgesetzten, durchs Feuer. Aber du begreifst, Eli, da uns gestattet ist, die Unsichtbarkeit abzulegen und uns auf den Boden herabzulassen... als dritte Kolonne zu marschieren, nach den Menschen und den Engeln, wie Oshima angewiesen hat, ist nichts für die Unsichtbaren, Admiral, nein, das ist nichts für uns!"

Er war getröstet, als ich erklärte, seine Abteilung werde die Spitze bilden. Gig entfernte sich, um die Unsichtbaren antreten zu lassen, und so keck klapperte das Skelett durchs Lager, daß die Menschen und die Engel erschauerten und die Pegasusse böse wieherten. Nur die phlegmatischen Drachen verhielten sich ruhig, als Gig vorüberschritt.

„Ich habe Aster in eine Aviette gelegt", sagte Mary. „Wir werden ihn nicht mehr tragen."

„Du sollst dich auch in eine Aviette setzen." Sie lächelte mühsam. „Ich ertrage alles, was du erträgst."

13

Nicht nur durchs Fernglas, sondern auch mit unbewaffnetem Auge war die Station zu erkennen. Manche Festungen auf der Erde mit ihren Forts, Schießscharten und Geschützen sahen imposanter aus.

Wir lagen auf einem Bleifelsen, und ich teilte meine Gedanken Romero mit, der mit mir heraufgeklettert war.

„Ich erlaube mir den Hinweis, lieber Admiral“, entgegnete er pedantisch, „daß die mächtigste menschliche Festung nicht einmal einen gewöhnlichen kleinen Steinberg zertrümmern würde, während diese bescheidene Anlage den Weltraum aufwickelt.“

Ich wußte nicht schlechter als Romero, welche Funktionen die Station hatte. Trocken sagte ich: „Klettern Sie hinunter, Pawel, rufen Sie Oshima und Kamagin, ich hole Petri und Orlan.“

Orlan und Petri saßen in einer Vertiefung, die den ganzen Grat durchschnitt. Ich rief, und sie kamen herab. Unten warteten schon Romero, Oshima und Kamagin auf uns.

„Ein Vakuum!“ sagte Oshima. „Wir haben niemanden gesehen, und wir wurden auch nicht entdeckt.“

„Offenbar ist die Station verlassen“, bestätigte Kamagin. „Ich würde es riskieren, sie anzupirschen.“

Orlan hatte den Kopf tief zwischen die Schultern gezogen. Ich hatte bemerkt, daß Orlan über alles, was die Station betraf, ungern sprach. Im Zerstörerreich galt es als Verbrechen, Angelegenheiten der Metrikstationen zu erörtern. Orlan konnte seine langjährige Furcht vor verbotenen Themen nicht abschütteln.

„Ich würde es nicht riskieren“, sagte er zurückhaltend.

„Gehen wir ins Lager, und berufen wir einen Kriegsrat ein“, schlug ich vor.

Unser Lager befand sich etwa zehn Kilometer von der Station entfernt, und wir mußten weit laufen, ehe wir es erreichten.

Als wir uns dem Lager näherten, sahen wir in der Luft die geflügelten Wächter. Trubs Engel hatten es übernommen, Patrouille zu fliegen, und sie kamen ihren neuen Pflichten eifrig nach.

Ich zerbrach mir den Kopf, wie wir handeln wollten, gelangte aber zu keinem Schluß. Die Station hatte Lussin entdeckt, der auf dem Donnerschleuderer zur Aufklärung ausgeritten war. Er war vorsichtig genug gewesen, umzukehren, sobald er die flachen Kuppeln erblickte. Unsere Maßnahmen waren einfach: Wachtposten auf dem Boden und Patrouillenflüge in der Luft. Oshima hatte darauf bestanden, ich hielt das alles für überflüssig. Anlagen von so gigantischer technischer Kompliziertheit wie diese kosmischen Werke, die die Raumstruktur änderten, mußten vollkommene Schutzmethoden besitzen. Die Beobachtungsposten der Metrikstation konnten nicht schlechter als unsere Ortungsgeräte sein. Man hatte nicht die Absicht, sich vor uns zu schützen, nur deshalb waren wir nicht entdeckt. Bedeutete dies, daß man uns als Freunde ansah? Vielleicht war auf der Station längst alles umgekommen – keine Lebewesen mehr, keine arbeitsfähigen Automaten? Kamagins Vorschlag leuchtete mir ein: Wenn man uns nicht in einer Entfernung von zehn Kilometern vernichtete, dann würde man es auch nicht in einer Entfernung von zehn Metern tun, da gab es praktisch keinen Unterschied.

Zugleich mußte ich Orlans Zweifel berücksichtigen. Er war der einzige, der etwas über die Metrikstationen wußte.

Während wir beratschlagten, wiederholte Orlan, was er gegen den Marsch zu den Kuppeln vorzubringen hatte. Er begreife nicht, was auf der Station geschehen sei, und daher sei ihm rätselhaft, was uns in ihrer Nähe erwarte.

„Alles kann sein", sagte er unheilvoll leidenschaftslos.

„Klären wir noch einmal auf, Admiral?" fragte Oshima.

„Aber diesmal nicht mit einer Sechsergruppe, sondern solider. Schicken wir eine Abteilung! Unsichtbare oder Engel?"

„Engel!" rief Trub aufgeregt. Er meinte, die Höhe über dem Planeten gehöre ungeteilt den Engeln, und er litt, wenn sich ein Unsichtbarer in die Luft aufschwang. Gegenüber Pegasussen und Drachen war Trub duldsamer.

„Nur Unsichtbare!" verkündete Gig.

Obwohl ich wußte, daß ich Trub verärgerte, entschied ich mich für die Unsichtbaren.

„Für sie ist es einfacher, sich an die Station heranzuschleichen. Schließlich ist das eure militärische Funktion, Gig, unbemerkt an beliebiger Stelle zu erscheinen."

„Und an beliebiger Stelle zu kämpfen", ergänzte er

triumphierend. „Die Unsichtbaren sind Krieger, Admiral!"

Gig lief, um seine Unsichtbaren zu alarmieren, ihn interessierte nicht, was noch beraten wurde. Mit der Disziplin stand es bei den Unsichtbaren nicht zum besten. Insofern konnten sie sich mit den verläßlichen Augenköpfigen nicht vergleichen.

Oshima hatte in den mobilen Kästen zwei elektromagnetische Geschütze gefunden. Sie erzeugten elektrische Entladungen, die periodisch hinausgeschleudert wurden. Die Schußtrasse verwandelte sich in fliegenden Strom, und ringsherum entstanden mächtige Magnetfelder.

Wir bauten die Geschütze zusammen und erprobten ihre Wirkung an einem goldenen Felsen. Nur ein Schuß wurde abgefeuert, doch vom Geschütz bis zum Felsen erstreckte sich ein herausgebrannter Graben, in dem unsere ganze Armee Platz gefunden hätte. Anstelle des Felsens stieg ein Plasmawölkchen auf, und noch lange fiel Goldstaub auf uns herab.

„Wir könnten die Station sofort beschießen", meldete Oshima. „Den Anlagen würde übel mitgespielt."

Allmählich fand ich heraus, daß Orlans äußerliche Leidenschaftslosigkeit verschiedene Schattierungen hatte.

„Gefällt Ihnen Oshimas Vorschlag nicht, Orlan?"

Er erklärte, die elektromagnetischen Geschütze seien fürchterliche Mechanismen, doch in der Schlacht würden die Augenköpfigen zur Hauptkampfkraft. Ihre Periskope zerschnitten und komprimierten beliebige Felder. Ein massierter Gravitationsschlag der Augenköpfigen sei effektvoller als eine elektromagnetische Salve. Wir hätten zwei Geschütze, aber über hundert Augenköpfige. Sie seien zwar geschwächt von den Belastungen des Marsches, doch wenn sie sich ausruhten, gewännen sie ihre Kräfte rasch wieder. In einer Woche speicherten ihre Organismen genügend Kampfenergie.

„Ich selbst werde sie in die Schlacht führen", sagte Orlan.

Wildes Getöse und Gepolter, das durchs ganze Lager schallte, störte unsere Beratung. Gig brach mit einem Dutzend Unsichtbarer zur Erkundung auf.

„Wir sind bereit", sagte Gig, der seine Abteilung vor dem Rat hatte antreten lassen. „Alle Jungen haben überdurchschnittliches Gespür. Die geborenen Kundschafter. Admiral! Dürfen wir fliegen?" Er schüttelte seine Gelenke, und wie ein dutzendfach verstärktes Echo wiederholte die Abteilung sein Klappern.

Die Gespüre der Unsichtbaren ähneln unseren Sinnesorganen. Die geringsten elektromagnetischen Schwankungen, Gravitationsstörungen, Korpuskelströme und sonstiges, sich draußen Vollziehendes nehmen sie wahr.

„Fliegt!" sagte ich.

Im Nu waren alle zugleich verschwunden. Im Kampf waren sie sicherlich gut, noch besser eigneten sie sich zur Parade. Was unsere Vorfahren „Schneid" nannten, war bei den Unsichtbaren zu künstlerischer Vollkommenheit gelangt.

Ich wußte, daß die Unsichtbaren langsam flogen und die Station nicht vor einer Stunde erreicht hätten, dennoch verlor ich das Interesse an der Beratung, sobald sie fort waren. Ich übertrug Oshima den Vorsitz und stieg mit Romero und André auf den nächsten Hügel. Von dort aus sahen wir allerdings nur den Luftraum über der Station.

Unterwegs verweilten wir bei Mary. Trub hatte ihr fünfzehn zarte Engel ausgesucht, die zum Kämpfen nicht taugten, und Mary unterwies sie im Sanitätswesen.

Arzneien und Binden gab es im Lager nicht, dafür waren im Troß Seile gefunden worden, die Engel flochten sie auf und strickten daraus Binden. Engel sind ausgezeichnete Spitzenklöppler und Weber, diesen Ausgewählten ging die Arbeit besonders flink von den Flügeln.

„Wahrscheinlich sind wir die einzigen Menschen im All, die ohne die medizinische Maschine, ohne Strahlungsduschen und dergleichen auskommen“, sagte Mary. „Wir sind unseren Vorfahren ähnlich geworden, und das hat etwas Ergreifendes an sich.“

„Die Unsichtbaren müssen die Station erreicht haben“, erklärte André, als wir den Hügel erreicht hatten. „Offenbar hat man sie nicht entdeckt – sonst würde irgend etwas darauf hinweisen.“

Heute wissen wir, wie die Metrikstationen aufgebaut sind. Die wirklichen Unsichtbaren waren nicht Gigs Krieger, sondern diejenigen, nach denen sie Ausschau hielten. Die Unsichtbaren wurden nur auf eine annehmbare Entfernung an die Station herangelassen und dann grausam verhöhnt.

Plötzlich zuckten in der Ferne zehn Fackeln auf. Eine Zeitlang flogen sie infolge des Beharrungsvermögens weiter auf die Station zu, dann kehrten sie zum

Lager um. Zehn vom Wind angefachte Feuerbrände näherten sich bald aufsteigend, bald niederschwebend unserem Hügel, und wir, die Ferngläser an die Augen gepreßt, sahen, daß innerhalb der Fackeln ein Vakuum war.

„Gig ist großartig, selbst jetzt gibt er sich nicht zu erkennen!" murmelte André begeistert. „Eli, da hast du einen wahren Krieger – obwohl ihn eine Flamme umhüllt, verliert er nicht die Selbstbeherrschung."

„Von den Unsichtbaren kann man es anders sagen: Selbst im Feuer der Schlachten geben sie sich nicht zu erkennen. Das ist das einzige, was sie vor dem Tod rettet."

Verärgert trat ich beiseite. Die Unsichtbaren rettete nur dies: daß niemand ihren Tod wünschte. Aber man zeigte ihnen eindeutig, daß keinerlei Abschirmung half. Man hatte sie wahrgenommen, gesehen, hatte in aller Ruhe ihre Konturen nachgezeichnet, während die Gespüre der Unsichtbaren die herannahende Gefahr nicht einmal geahnt hatten.

Die zehn Fackeln flogen über den Hügel hinweg und stürzten mitten im Lager herunter.

Plump eilten die Augenköpfigen zu den brennenden Kundschaftern und hieben mit Gravitationsschlägen gewandt auf die Flammen ein. Lebhaft drehten sie die Auswüchse, die herausgeschleuderten Impulse erstickten das Feuer. Diese Geschöpfe wären vortreffliche Feuerwehrleute. Mary und die Engel gossen Wasser über einen Entflammten, doch gegen Wasser waren die Flammen unempfindlich.

Als das Feuer gelöscht war, warfen die Kundschafter ihre Unsichtbarkeitspanzer ab. Einer hatte sich

seines Panzers vorzeitig entledigt und seine Hast mit Verbrennungen bezahlt.

„Eli, wohin willst du?“ rief André. „Schau dir das an: Keine Veränderungen auf der Station. Niemand verfolgt die Flüchtlinge.“

In diesem Augenblick glaubte ich zu wissen, warum das so war. „Wozu die Flüchtlinge verfolgen? Sie sind verjagt, das genügt. Man hat nicht die Absicht, uns zu vernichten, will uns aber auch nicht an die Station heranlassen.“

14

„Eure Gespüre funktionieren schlecht“, sagte ich zu Gig, als er sich von der Erschütterung erholt hatte. „Solange euch die Flammen nicht erfaßt hatten, wittertet ihr die herannahende Gefahr nicht.“

„Sie funktionieren ausgezeichnet, Admiral. Lange vor den Fackeln spürten wir unbekannte Felder pulsieren, hatten aber keine Angst. Wir kehrten um, weil ein entdeckter Aufklärer kein Aufklärer mehr ist, sondern nur ein Soldat. So ist das, Admiral!“

Da Gigs Versuch, unbemerkt an die Station heranzukommen, gescheitert war, blieb nur eins: Wir mußten die Station stürmen. Doch es war zumindest unvernünftig, einen Gegner ohne vorherige Aufklärung anzugreifen. Alle, an die ich mich wandte, sprachen wie schlechte Spieler nur von ihren Zügen, ohne zu überlegen, wie der Gegner ziehen würde. Ich weigerte mich, die Armee aufs Geratewohl in den Kampf zu führen. Ich war nicht unschlüssig vor dem ersten Sturmangriff, sondern suchte einen Ausweg. Obendrein hatte Orlan diese Frist gefordert, damit die Augenköpfigen Gravitationsenergie speichern könnten.

Nicht auf die Plötzlichkeit unseres Angriffs bauten wir, sondern auf seine Stärke. Wir planten, kurz gesagt, folgendes: Im Zentrum rücken auf der Ebene die Augenköpfigen vor, aus der Luft werden sie von den Unsichtbaren unterstützt. Von der linken Flanke greifen Trubs Engel an, von der rechten die Pegasusse unter dem Kommando von Kamagin und die geflügelten Echsen mit Lussin an der Spitze. Petri führt die Menschen. Die menschliche Infanterie wird dort eingesetzt, wo man sie braucht. Oshima schließt sich mit den kriechenden Geschützen der Kolonne der Augenköpfigen an – die elektromagnetischen Mechanismen waren wie die Augenköpfigen selbst Nahkampfwaffen.

Auf dem Hügel, von wo wir zu sechst die Station erspäht hatten, errichtete ich meinen Gefechtsstand. Bei mir befanden sich André mit den Analysatoren und Romero. In dem Kleinen Tal hatten sich mehrere Stabspegasusse zum Adjutantendienst verborgen.

Die Vorbereitungen zum Sturmangriff waren am Abend beendet. Nach altem militärischem Brauch begann die Schlacht bei Tagesanbruch.

„Greift an!“ übermittelte ich durch das Dechiffriergerät den Kolonnenführern, als der Stern hinter dem Horizont hervorrollte.

Die Station lag wie auf einem Teller vor uns – eine große Kuppel zwischen drei kleineren.

Zuerst brachen die Verderber auf – seitdem sie auf unsere Seite übergegangen sind und ihre Verderblichkeit verloren haben, ist es mir peinlich, diesen Ausdruck zu gebrauchen.

Die mächtige Kolonne wirkte eindrucksvoll. Sie bestand aus zweihundert langsam vorrückenden Festungen, die rotleuchtende Periskope über sich schwangen. Oshimas Geschütze glichen riesigen Schlangen, die der Kolonne den Weg bahnten. Über ihr schwebten die Unsichtbaren, durchs Dechiffriergerät hörte ich Gigs Befehle, seine Abteilung sahen wir nicht.

„Imposant!“ murmelte Romero, der die vorstoßenden Augenköpfigen durchs Fernglas beobachtete.

Oshima gab eine Salve ab, sobald er auf Volltrefferdistanz heran war.

Vom Gefechtsstand aus gewahrten wir, wie zwei Feuerflüsse aus den Geschützen schnellten. Eine tosende Flamme umhüllte die Kuppeln.

Der Anfang war gut, leider nur der Anfang.

Eine Vielzahl von feurigen Windhosen begann dort zu wirbeln, wo die zentrale Abteilung angriff. Die plumpen Augenköpfigen handelten erstaunlich verwegen. Aus der Ferne drang das schwere Beben ihrer Synchronschläge herüber. Bald war keine Fackel übrig, die nicht zerrissen war, einige wirr umhertanzende Windhosen wurden zerfetzt und plattgedrückt. Oshima und Orlan wurden von den umherfliegenden Flammenflocken nicht einmal gestreift, so gut verteidigten die Augenköpfigen ihre Kommandeure.

In der Luft erschienen ebenfalls Fackeln. Gig betrug sich diesmal kaltblütig, und die Fackeln erloschen.

„Ein Sturm unverständlicher Felder!“ meldete André. „Gravitation, Elektromagnetismus und Korpuskeln. Meiner Ansicht nach bereitet sich etwas umwerfend Neues vor."

Oshimas Geschütze entluden sich in einer zweiten Salve und zerstörten zwei kleine Kuppeln. Die zweite Feuerwelle erfaßte das Schlachtfeld. Der ganze Raum war von tosendem Feuer erfaßt – in seinem rasenden Tanz verschwanden die Augenköpfigen, Oshima mit seinen Geschützen und Gigs unsichtbare Krieger.

Bedrückt erwartete ich die vollständige Vernichtung der Abteilung. Aber das Feuer sank, wurde ins Metall gehämmert, und wir erblickten die wütend kämpfenden Augenköpfigen.

Da schaltete sich die von André prophezeite neue Kraft in den Kampf ein. Mehrere Augenköpfige überschlugen sich, die wohlgeordnete Kolonne wurde wie von einer sich zusammenziehenden Kette zu einem gefechtsunfähigen Haufen eingeschnürt. Aus der Höhe stürzten Unsichtbare ab, die sich verzweifelt wehrten.

„Oshima und Orlan fordern Hilfe an!" schrie André. „Oshimas Geschütze entladen sich nicht mehr, Orlans Gravitatoren werden katastrophal schwach!"

Ich befahl den geflügelten Abteilungen und der menschlichen Infanterie aufzubrechen.

Aufrichtig darf ich bekennen, daß ich nie ein unheilvolleres Schauspiel gesehen habe als den Angriff der Geflügelten.

Als erste stürmten von links die Engel mit Entladern in den Flügeln und Granaten in den Kampftaschen vor. Sogleich wurden sie von einer Flamme erfaßt, die von anderer Natur war als die der Unsichtbaren und Augenköpfigen – sie sengte nicht, sondern blendete. Wir ahnten nicht, daß jeder Abteilung ein eigenes Feuer zugedacht war, und ich wurde von Entsetzen gepackt, als ich bemerkte, daß jeder Engel in einer Fackel flog.

Allein Trubs Donnerstimme war in dem Poltern und Lärmen, Schreien und Pfeifen deutlich zu unterscheiden. Und als Trub das Schlachtfeld erreichte, schleuderte er als erster eine Granate und schwang den Entlader, und die anderen taten es ihm nach. In das Spektakel mischte sich das Krachen der Blitze, die zu Hunderten die Luft durchschnitten und ins Metall des Planeten und in den goldenen Himmel stachen.

Wenn dieser Angriff mit den Entladern auch letztlich keinen Erfolg hatte, so war er doch effektvoll.

Auf seinem Donnerschleuderer jagte Lussin den übrigen Echsen weit voraus und drang so wütend ins Lichtergewimmel, daß die seltsamen Fackeln vor ihm zurückprallten, als lebten sie.

Von der Korona des Donnerschleuderers zuckten Blitze. Bei jedem Schuß brüllte der Drachen so triumphierend, daß einem die Ohren gellten. Das war eine merkwürdige Schlacht – eine Schlacht von Blitzen gegen Fackeln. Und die Blitze siegten: Dort, wohin sich der Donnerschleuderer wandte, erloschen die tosenden Feuer.

Das Geschrei der Engel, das wilde Pfeifen der Drachen, das triumphierende Brüllen des Donnerschleuderers, das rasende Wiehern der Pegasusse und die Kampfrufe der Menschen setzten der stummen Eintönigkeit des Kampfes vor der Station ein Ende. Als Petris Infanterie anmarschierte und die gleißenden Laserdegen zwischen die Fackeln und Blitze fuhren, erhielt unser Sturmangriff neuen Aufschwung.

Die Augenköpfigen, die zunächst ins Wanken geraten waren, schoben sich wie ein Steinblock vor und formierten sich dabei um. Obwohl ihre Gravitatoren nachgeladen werden mußten, waren die Impulse, die ihre Periskope aussandten, mächtiger als zuvor – die rechtzeitige Unterstützung hatte die Augenköpfigen angespornt.

„Eli! Eli!“ schrie André entsetzt auf. „Eli, schau mal, was sich da tut!“

Auf dem Schlachtfeld geschah etwas, das mehr als überraschend war. Als wir die Schlacht planten, hatten wir die verschiedensten Varianten bedacht, diese war uns nicht in den Sinn gekommen, denn sie war unvorstellbar, ein Fieberwahn, logischer Überlegung unzugänglich.

Von der Hauptkuppel der Station näherten sich drei geflügelte Abteilungen – die von Trub angeführten Engel, die Pegasusse mit einem zweiten Kamagin auf einem weißen Pferd und die geflügelten Echsen mit dem vorausgeeilten Donnerschleuderer, auf dessen Hals ein zweiter Lussin thronte.

Die neuen Abteilungen wurden genau wie unsere von Aureolen glutroter Flammen umfaßt, wie bei unseren schnellten orangefarbene Blitze aus ihnen heraus, und die zweiten Lussin und Kamagin schwenkten die gleichen Laserklingen wie unsere. Den neuen Abteilungen flog ebenfalls tausendstimmiges Brüllen, Pfeifen und Kreischen voraus.

„Phantome!“ rief André, der als erster die Erstarrung abgeschüttelt hatte.

Oshima, Orlan und Gig erkannten rasch, was für eine Armee in den Kampf eingegriffen hatte.

Oshima gelang es, noch eine dritte Salve abzugeben. Feuerströme ergossen sich auf die Phantome, zermalmten sie und verwandelten sie in Plasma. Unsere Unsichtbaren gerieten mit den feindlichen Gespensterabteilungen ins Handgemenge. Die geflügelten Gespensterpferde bäumten sich, die künstlichen Engel wichen entsetzt aus, und die künstlichen Menschen sanken mit Todesschreien nieder. Man konnte sich vorstellen, wie wütend Gigs unsichtbare Krieger kämpften. Eine Zeitlang glomm die Hoffnung in mir, daß nicht alles verspielt sei.

„Es ist Zeit, Schluß zu machen. Unsere sind genug verprügelt worden, Admiral!“ sagte Romero ernst.

Indessen waren die beiden Donnerschleuderer, der lebendige und der künstliche, schrecklich zusammengestoßen und versuchten einander zu vernichten – ein rotes Blitznest umflocht ihre Köpfe. Ein Drachen stürzte ab. Bei der Entfernung konnte ich nicht erkennen, ob er von Lussin oder Pseudo-Lussin geritten wurde.

Ich räusperte mich, damit meine Stimme nicht zitterte, und befahl André: „Funke den allgemeinen Rückzug!“

Die Heerführer vernahmen den Befehl und führten ihre Abteilungen nach und nach zurück. Trub war so in Fahrt, daß er den Befehl nicht beachtete. Seine Engel stachelten sich mit Gebrüll an und fielen mit der früheren Erbitterung über die Gespensterengel her.

Dennoch drohten sie zu unterliegen.

„Unverzüglich zu Trub!“ befahl ich Romero. „Die Engel zurückziehen!“

Romero sprang auf einen Stabspegasus, und bald darauf verließen die Engel das Schlachtfeld.

Ich stieg vom Hügel und ging ins Lager.

In Marys Sanitätsstelle herrschte Hochbetrieb. Sanitäter-Engel kamen mit Verwundeten geflogen. Die verletzten Drachen krochen allein, die Pegasusse mußten getrieben werden. Selbst mit beschädigten Flügeln legten sie es darauf an, sich in die Luft zu erheben. Die Schmerzen ertrugen sie ruhig, keiner wieherte böse, wenn die Chirurgen-Engel ungeschickt Skalpelle in die Krallen nahmen.

„Mary, mir war, als sei Lussin abgestürzt“, sagte ich. „Wo ist er?“

„Lussin ist leicht verwundet, um den Donnerschleuderer steht es schlecht.“

Lussins Kopf war verbunden, einen Arm trug er in der Schlinge. Bekümmert blickte er mich an. Der Donnerschleuderer lag bewußtlos auf der Seite. Seine Augen waren geschlossen, die herrliche Kampfantennen-Korona war zerdrückt – von den Spitzen rannen noch die bläulichen St.-Elms-Lichter, die den Tod ankündigten.

Ich kniete mich hin und hörte sein Herz ab. Es klopfte ungleichmäßig und gedämpft, mitunter erstarb es. Schweigend stand ich auf. Es gab keine Hoffnung.

„So ein Freund!“ flüsterte Lussin weinend.

„Kopf hoch, mein Lieber!“ sagte ich. „Jeder von uns könnte heute anstelle des Donnerschleuderers sein.“

15

Wir hatten eine Niederlage erlitten, aber dabei erfahren, worauf sich die Verteidigung der Station gründete. Während der Schlacht hatten die Analysatoren die physischen Parameter der Phantome festgestellt. Diese Gebilde waren wahrhaftig phantastisch – fast ohne Masse, doch optisch undurchdringlich, ein Bündel uns unbekannter Energiestrahlen.

„Ich hatte darauf hingewiesen, daß die Automaten Kraftfelder sind, fähig, jede Körpergestalt anzunehmen“, erinnerte Orlan düster.

Sogar Trub war erschüttert. „Wir Engel nehmen es mit jedem stofflichen Feind auf. Gegen Phantome sind wir aber machtlos. Der Kampf gegen Gespenster ist nicht unser Element.“

In der Schlacht gegen die Phantome hatten wir weniger eine physische als mehr eine psychologische Niederlage erlitten. Ich entgegnete den in Panik Verfallenen: „Es ist blanker Unsinn, daß der Gegner immateriell sei. Selbstverständlich handelt es sich um Phantome, aber sie sind durchaus materiell, da sie aus Energiefeldern zusammengesetzt sind. Ist ein Kraftfeld etwa keine Materieform? Unsere Darstellungen auf den Raumbildschirmen und in den Videosäulen besitzen noch weniger Masse als jedes beliebige Phantom – warum erbleicht ihr nicht beim Anblick eines Raumbildschirms? Das Merkwürdige der Phantome besteht keineswegs in ihrer scheinbaren Immaterialität, sondern darin, daß es ihnen gelungen ist, uns glänzend zu kopieren. Da liegt das Rätsel, das physikalische Rätsel. Wir müssen es lösen, um nicht auf neue Listen hereinzufallen. Nicht vor überirdischen Kräften dürfen wir zittern, sondern uns über ein neues wissenschaftliches Problem klarwerden. Das ist es, was ich jetzt von allen fordere."

„Das physikalische Rätsel der Phantome ist einfach zu lösen", sagte André. „Wenn der Gegner außerordentlich schnell arbeitende Analysatoren hat, so können sie leicht sämtliche Besonderheiten unserer Struktur darstellen. Dann bereitet es keine Mühe, eine Gestalt zu bauen, die optisch mit unserer identisch ist. Die Videosäulen, die der Admiral erwähnte, funktionieren nach demselben Prinzip." „Einfach, leicht, bereitet keine Mühe!" sagte Oshima ärgerlich. „Wir haben erbärmliche Videosäulen, sie sind nichts weiter als optische Abbilder, während die Feinde über Kraftbilder verfügen. Das ist ein Unterschied." „Leider ist an etwas Ähnliches bei uns nicht zu denken", sagte Romero seufzend und unterstützte damit Oshima. „Ihre Erklärungen kann ich zur Kenntnis nehmen, scharfsinniger André, aber schwerlich wird einem von uns leichter davon."

André hörte sich die hereinhagelnden Einwände bescheiden an, ohne jemanden zu unterbrechen, und ich spürte, daß er eine Überraschung vorhatte. Jedenfalls sah das dem früheren André ähnlich. Seine Augen blitzten schelmisch. Es war, als koste er schon den Sieg über seine Widersacher aus. Ich hatte stets an Andrés Genius geglaubt und begann zu hoffen, daß sich die Dinge glücklich wenden würden.

„Nicht leichter?" fragte er. „Ich hatte gerade die Absicht, den feindlichen Phantomen unsere eigenen entgegenzustellen, die vielleicht einfacher in der

Struktur, aber fürs Auge überzeugend wären."

„Auch für andere Gespüre, um dieses hier heimische Wörtchen zu gebrauchen?" fragte ich. „Du weißt, André, bei den Verteidigern der Station beschränken sich die Analysatoren nicht nur auf das Sehvermögen."

„Ich habe keineswegs vor, mit ihnen zu konkurrieren. Ihre Phantome kämpfen real, meine sollen nur die Taktik des Gegners durcheinanderbringen, damit er seine Schläge auf die Gespenster und nicht auf uns lenkt. Die wahren Phantome, vor denen Trub Angst hat, sollen nicht auf ihrer, sondern auf unserer Seite kämpfen."

Romero wiegte zweifelnd den Kopf. Auch Oshima, Petri und Kamagin waren skeptisch. Orlan hatte sich wieder in seine Uniform der Leidenschaftslosigkeit zurückgezogen. Doch dem leicht zu begeisternden Gig gefiel Andrés Idee, und Trub freute sich ebenfalls, daß auf die Horde von Phantomen eine blutrünstige Gespensterschar losgelassen werden sollte. Er malte sich das Bild in lebhaften Farben aus.

„Ein Kampf von Gespenstern gegen Gespenster ist leider gespenstisch. Wir brauchen reale Ergebnisse", sagte Romero.

„Nicht so hastig, Pawel. Stimmt, Gespenster sind Gespenster, dennoch werden sie real kämpfen. Und die Operation beschränkt sich nicht auf ihren Kampf, sondern fängt damit erst an. Das optische Heer dient nur als taktisches Lockmittel. Während die Phantome durch den Kampf gegen unsere Gespenster abgelenkt sind, bereiten wir die Vernichtungsoperation vor. Die Geräte zeigen, das sich der Widerstand des

Feindes aus zwei gegensätzlichen Wirkungen zusammensetzt, bedingt kann man sie rechtes und linkes Feld nennen. Wenn die rechten und die linken Felder zusammentreffen, löschen sie einander nicht aus, sondern bilden einen eigentümlichen Knoten. Plus mit Minus ergibt in der Mathematik Null, doch im Leben erzeugen die rechte und die linke Hand, sobald sie sich vereinigen, einen Händedruck. Die Phantome sind weiter nichts als Verbindungen von rechten und linken Wechselwirkungen, die Brennpunkte ihrer Verschmelzungen. Die elektrischen Geschütze von Oshima, die Laser der Menschen und die Blitze der Geflügelten haben die Felder zerrissen, ohne deren Symmetrie zu vernichten – die Hauptkraft des Gegners blieb unangetastet. Wir müssen die Harmonie zerschlagen, von innen heraus die Parität der Felder sprengen – nur das garantiert unseren Sieg. Die im Troß gefundenen Generatoren vermögen jedes beliebige Feld des Gegners nachzubilden", schloß André. „Während die Phantome mit unseren Gespenstern abrechnen und Oshimas Geschütze das Tohuwabohu noch vergrößern, bringen wir das energetische System des Gegners in solche Eigenschwingungen, daß kein Schwingungsdämpfer ihren Zerfall aufhalten kann."

Alle waren beeindruckt von Andrés Plan.

„Wieviel Zeit brauchst du, um die Gespensterarmee vorzubereiten?" fragte ich.

„Mit einem Dutzend guter Gehilfen zwei Tage. Natürlich dürfen es keine Skeptiker sein, wie du einer bist."

„Die Tage haben wir, Gehilfen, die mir nicht gleichen, finden sich auch."

Die zweite Schlacht spielte sich genau nach Plan ab.

Als unsere realen Truppen zum „Zünden" der Schlacht in Bewegung gesetzt worden waren, jubelte ich begeistert. In dem entbrennenden Scharmützel erstanden immer neue Figuren, immer mehr von ihnen wurden erzeugt – Andrés Gespenster warfen sich ins Kampfgetümmel. Obwohl ich wußte, daß jede neue Figur eine optische Illusion war, konnte ich sie von den realen Figuren nicht unterscheiden, so meisterhaft waren sie hergestellt.

Befehlsgemäß fluteten unsere Soldaten zurück, sobald Gespenster zwischen ihnen aufzutauchen begannen. Ein Uneingeweihter konnte das so deuten: Ein Teil unseres Heeres retiriere in Panik. Die gegnerischen Bestien ließen von denjenigen ab, die ihr Heil in der Flucht suchten, und machten sich mit verdoppelter Wut daran, die Bleibenden zu vernichten, das heißt die Gespenster.

Gespenster kämpften gegen Gespenster.

Die Schlacht nahm mich so gefangen, daß ich den Augenblick verpaßte, da André die Generatoren in Betrieb setzte.

Zunächst verstärkte er gigantisch die rechtsorientierten Felder. Die Phantome des Gegners quollen auf, verloren ihre klaren Umrisse und verwandelten sich aus Körpern in Silhouetten.

Der überrumpelte Gegner verstärkte hastig die Felder der Linksorientierung, um die schwindende Symmetrie aufrechtzuerhalten. André unterdrückte sogleich die rechtsorientierten Potentiale und jagte die linksorientierten in die Höhe – fügte der feindlichen Verstärkung seine eigene in derselben linken Richtung hinzu. Die Bestien, die immer noch gegen unsere Gespenster kämpften, nahmen nun genauso schnell ab, wie sie zuvor aufgequollen waren, ihre Umrisse wurden scharf – sie verwandelten sich in Figuren. Da begann der Prozeß der sich ausbreitenden Eigenschwingungen.

Zuerst gab es eine Schwingung – bald wuchsen die Phantome alle zugleich, aufquellend und verblassend, bald nahmen sie alle zugleich ab, wobei ihre Konturen scharf wurden und sie in Weißglut gerieten. Dann zerfiel die große Schwingung in mehrere kleine. Der Gegner versuchte unser Spiel zu stören, indem er die Felder jählings bald nach rechts, bald nach links warf, doch André hatte diese Verteidigung vorausgesehen und parierte sie kaltblütig.

Bald darauf wuchsen die Phantome ungleichmäßig – die Schwingungen stimmten nicht mehr überein. Die Bewegungen wurden immer beängstigender.

Diesem Prozeß mußte unvermeidlich eine Explosion im energetischen Herzen des Gegners folgen.

Noch bevor die geplante Explosion das feindliche Heer auseinanderwirbelte, das die Kontrolle verloren hatte, wurden wir Zeuge eines unvorhergesehenen Zwistes, der zwischen den Phantomen entbrannte. Die Schrumpfenden stürzten sich auf die Wachsenden, die Wachsenden fielen über die Schrumpfenden her. Minutenlang hing Heulen, Jammern und Winseln über dem Feld gegenseitiger Vernichtung – das alles endete in einer gigantischen Explosion.

Über der Kuppel stieg Rauch auf, eine wirbelnde

Flamme verschlang die wie rasend kämpfenden Phantome des Feindes.

Die Verteidigung des Gegners war zerstört.

Unsere realen Soldaten strömten aufs Feld.

Exakt, wie auf einer absonderlichen Parade, rückten Orlans Augenköpfige zum letzten Sturmangriff auf die Kuppel vor. Ihre gewichtige Formation sicherte den Schwung der beweglichen Truppen.

Wir flogen zu der rauchenden, aufgerissenen Kuppel, in die unsere leichten Abteilungen, die Engel und die Unsichtbaren, bereits eindrangen.

17

Der gefangengenommene Aufseher der Station erinnerte an einen verunstalteten Menschen, obwohl er keine Narben hatte. Narben können nicht derart entstellen.

Er war größer als jeder von uns – ein Riese von drei Meter Höhe. Die kalten Augen schauten düster und wachsam drein, die dunklen Haare bedeckten Ohren und Hals. Doch anstelle von Beinen hatte er zwei biegsame Schläuche, anstelle der Arme ebensolche Hebel, die kürzer als die Beinschläuche waren und ein Dutzend Saugrüssel an den Enden aufwiesen. An seinem Bauch – im Handgemenge hatte man ihm die Kleidung heruntergerissen – befand sich ein Türchen. Kamagin hatte nicht versäumt, es zu öffnen, als er den Riesen gefangennahm: Der Aufseher besaß keine lebenden inneren Organe, sondern Geräte, Akkumulatoren und Motoren!

Dieses menschenähnliche Gebilde lebte nicht, ernährte sich nicht, erkrankte nicht, atmete nicht und schlief nicht, sondern lud sich auf, erlitt Havarien und reparierte sich, säuberte die Kontakte und wechselte die abgenutzten Dichtungen aus.

Hinter dem Aufseher stand mit hängenden Köpfen das Grüppchen der Stationsingenieure, die man an den Pulten und Apparaten überwältigt hatte – lebendige neben mechanischen Maschinen. Als man sie von den Apparaten wegzerrte, hatten sie sich schreiend widersetzt, den Lauten nach wirkte ihre Sprache fast menschlich...

Der Aufseher schwankte auf den krummen Schläuchen und blickte uns haßvoll an. Als er Orlan bemerkte, verwandelte er sich. Uns kam es so vor, als schieße sein Rumpf empor, so rasch bog er seine Schläuche gerade. „Orlan? Zusammen mit den Feinden?" röchelte er. Seine Stimme klang, als käme sie aus einer zerbrochenen Kiste. Unser Dechiffriergerät übersetzte seine Worte in menschliche Sprache.

Orlan trat zwei Schritte vor und reckte gemächlich seinen Hals. Wir kannten ihn so gut, daß wir die Intonationen seiner Halsbewegungen mühelos verstanden.

Orlan begrüßte den Aufseher ironisch, beinahe spöttisch. „Zusammen – ja. Aber nicht mit den Feinden, sondern mit den Freunden."

„Du bist ein Verräter", stellte der Aufseher drohend fest. „Wir alle staunten über deinen Aufstieg. Es hieß, du wärst klug. Aber du bist treubrüchig. Dein Ende wird schrecklich sein. Sobald ich mit dem Großen zusammentreffe, werde ich ihm die Wahrheit über dein Verhalten berichten."

15–85

Orlan lachte hell auf, er strahlte vor Lachen, sein Mund, sein Gesicht, seine Haare, sein Körper und seine Arme lachten.

„Berichte alles dem Großen, sobald du ihn triffst", sagte Orlan, nachdem er sich satt gelacht hatte. „Ihr werdet bald zusammentreffen – in einem Gefängnis, wo wir ihn für ewig einsperren werden."

Romero fragte Orlan: „Wußten Sie, daß auf der Station Menschenähnliche arbeiten?"

„Nur von einem wußte ich das – vom Aufseher. Wir lernten ihn kennen, als er dem Großen als Kandidat vorgestellt wurde. Vorher wußten wir von ihm nur, daß er ein Nachfahre gefangener Galakten ist, der für besonders geheime Arbeiten umkonstruiert wurde."

Romero zeigte mit einer Handbewegung auf die Ingenieure der Station. „Sind diese Wesen ebenfalls Nachfahren von Galakten?"

„Anscheinend ja. Genaueres wird der Aufseher sagen."

„Alle Bediensteten der Station sind Nachkommen von Gefangenen, wir alle sind Lebewesen, wir wurden geboren und sind sterblich, wir alle wurden seinerzeit umkonstruiert", erklärte er.

„Also bestehen keine Unterschiede zwischen euch?"

„Zwischen uns besteht ein ungeheurer Rangunterschied, der für unsere persönliche Bedeutung in der Hierarchie maßgeblich ist. Die einen von uns können durch die Vereinigung von verschiedengeschlechtlichen Individuen nachgebildet werden, die anderen nicht.

Individuelle Geburtsvorgänge können ein Ge-

schöpf meiner Kategorie nicht hervorbringen. Nach dem Geburtsakt mußte man mich auf einem Fließband bearbeiten, damit ich Vollkommenheit erlange. Diese Hirnlosen aber" – er schwenkte seinen Armschlauch nach seinen Untergebenen – „wurden gelassen, wie sie bei niederen Geburten auf die Welt gekommen sind, idiotisch."

Ich hatte Mühe, nicht loszuprusten, Romero warf mir einen vorwurfsvollen Blick zu. Die kopfhängerisch dastehenden Ingenieure schienen durch ihre niedere Geburt bedrückt. Der Aufseher war zweifellos ein Aristokrat in diesem Milieu.

„Gefangener, warum schimpfen Sie Ihre Gehilfen hirnlos?" fragte Romero.

„Ich schimpfe nicht, ich stufe ein", antwortete er gleichgültig. „Ihre individuellen Gehirne wurden entfernt, statt dessen hat man ihnen Elemente eingesetzt, die mit dem Hauptgehirn der Station verbunden sind. Mein Gehirn dagegen ist unversehrt, damit ich das Hauptgehirn überwache. Ich bin Aufseher der Ersten Reichskategorie. Meine Funktion besteht darin, das Hauptgehirn der Station zu kontrollieren."

„Ordnet sich das Hauptgehirn völlig unter?"

„Ihm bleibt nichts anderes übrig. Manchmal treten Havarien auf. Das Hauptgehirn ist ja nur ein biologischer Automat natürlicher Herkunft. Man nahm einem Kind das Gehirn heraus, entwickelte es künstlich auf Nährboden..."

„Sie sagten, Havarien treten auf? Wie ist das zu verstehen?" setzte Romero das Verhör fort.

„Wie schon! Eben Havarien. Es gibt Schlimmeres. Während des Großen Krieges mit den Galakten meuterte ein ferner Vorgänger des heutigen Gehirns, und die Galakten hätten den Dritten Planeten beinahe erobert. Seitdem wird jedem der sechs Hauptgehirne ein Aufseher von aristokratischer Fließbandfertigung beigegeben. Das Hauptgehirn ist mein Sklave. Wenn es den Gehorsam verweigert, vernichte ich es."

„Funktioniert Ihr Hauptgehirn exakt?"

„Nein, sonst wären Sie nicht hier. Die Landung Ihres Sternenflugzeugs war nicht programmiert, noch viel weniger die Einnahme der Station."

„Warum haben Sie das Stationsgehirn nicht vernichtet?"

„Es war nicht ungehorsam. Meine Befehle führte es aus. Ich selbst habe die Anordnungen kontrolliert, die es den Vollstreckern erteilte. Es gehorchte mir bis zur Explosion, da ich den Kontakt zu ihm verlor."

„Aber es ist Ihnen nicht gelungen, uns zu vernichten!"

„Stimmt. Offenbar sind die Kommandovollstreckungsschemata beschädigt. Schon früher wurden Störungen beobachtet. Ich wurde deshalb herbeordert, weil mein Vorgänger gemeldet hatte, die Kontrolle über das Gehirn habe sich plötzlich gelockert."

„Wurden die Phantome von Ihnen oder vom Gehirn geschaffen?"

„Die niedere Fähigkeit, etwas zu schaffen, entspricht nicht meinem Rang. Die Aufseher der Ersten Reichskategorie sind den Zerstörern der Vierten Reichsklasse gleichgestellt. Mir sind alle Kontrollfunktionen anvertraut sowie eine Zerstörungsfunktion – die Vernichtung des Hauptgehirns der Station, sobald es sich meiner Kontrolle entzieht."

„Meiner Ansicht nach gibt es nichts, worüber wir uns mit diesem Strohkopf noch unterhalten könnten, Admiral. Im Keller der Station sind Kasematten, die seiner Größe angemessen sein dürften. Ich schlage vor, das Hauptgehirn der Station aufzusuchen."

18

Ich hatte geahnt, daß mir eine Überraschung bevorstand, hatte mich darauf gefaßt gemacht. Nun, da es soweit war, zitterten mir die Knie.

In dem Raum, den wir betraten, war ich oft in meinen Träumen gewesen. Es war der galaktische Raum der Zerstörer – eine hohe, sich im Dunkel verlierende Kuppel, die zwei Sternen-Halbsphären oben waren erloschen, ich erinnerte mich, wie sie von Sternen und Schiffslichtern gefunkelt hatten; eben hier hatte ich, den Kopf in den Nacken gelegt, stockenden Herzens beobachtet, wie Allans Flotte die Sternenklüfte des Perseus stürmte.

Mitten im Saal schwebte zwischen Fußboden und Decke eine halb durchsichtige Kugel. In meinem prophetischen Traum hatte ich gräßliche Angst gehabt, mich ihr zu nähern, jetzt strebte ich zu ihr hin, aber die Beine wollten mir nicht gehorchen – in der Kugel schwamm in einer Nährflüssigkeit das Hauptgehirn der Station... Diese phantastische Stimme, die überall erklang, oben, an den Seiten, in uns selbst. Ich hatte sie viele Male gehört, hatte sie mit meiner eigenen Stimme verwechselt, mit Orlans – jetzt gehörte sie ganz sich selbst, war keinem anderen übertragen. Sie

war wunderbar, klangvoll, feierlich, vor allem gütig.

„Tretet ein, Menschen und alle Freunde der Menschen!“ sprach die Stimme. „Ich habe lange auf euch gewartet – endlich seid ihr gekommen!“

Mir war die Kehle wie zugeschnürt. Romero warf mir einen flehenden Blick zu, André puffte mich mit dem Ellenbogen. Ich mußte antworten, doch meine Kraft reichte nur zu einem unverständlichen Murmeln.

„Ich freue mich, daß ihr hier seid, Admiral Eli!“ fuhr die Stimme fort. „Ich bin glücklich, daß ihr gesiegt habt.“

Verzweifelt überlegte ich, was ich sagen könnte, das diesem Augenblick angemessen wäre, aber mir kamen nur dumme Gedanken, und entsetzt über meine Taktlosigkeit, sagte ich gepreßt: „Wenn dich unser Sieg freut, warum hast du uns dann nicht siegen geholfen?“

Die Stimme antwortete vorwurfsvoll: „Ich habe euch geholfen, Eli.“

Verwirrt blickte ich die Kameraden an. Sie schauten nicht klüger drein als ich. Ihre Betretenheit wirkte beruhigend auf mich, und ich ergänzte: „Ich wollte sagen, du hättest uns die Türen zur Station öffnen und uns die blutigen Kämpfe mit den Phantomen ersparen können.“

Der Vorwurf in der Stimme wurde deutlicher. „Du vergißt den Aufseher, den ihr in der Kasematte eingesperrt habt. Dieser Dummkopf kontrollierte jeden Befehl von mir. Ich mußte Wege suchen, die sich seinem Verständnis entzogen.“

Ich hatte mich von der Überraschung erholt und

feuerte nicht mehr unüberlegt mühsam gefundene Worte heraus, sondern stellte Fragen.

„Du hast mich bei meinem Namen genannt... Offenbar kennst du uns?“

„Ja, ich kenne euch: den Admiralsekretär Romero, die drei Kapitäne Oshima, Petri und Kamagin, den guten Lussin und dich, arme Mary, die du deinen einzigen Sohn verloren hast – ich habe vergebens versucht, ihn zu retten... Dich, kluger Orlan, kenne ich nicht minder gut, ich habe dich oft besucht, habe dir meine Pläne eingeflüstert und qualvolle Zweifel in dir geweckt. Auch du, tapferer Gig, bist mit mir zusammengetroffen, du und ich, wir arbeiteten seit eurer Landung auf dem Dritten Planeten auf einer Gehirnwelle. In dir, verwegener Trub, habe ich oft mit deiner eigenen Stimme gesprochen, leider hast du ihr kaum gelauscht. Mit dir habe ich ebenfalls gesprochen, großartiger André, gemeinsam mit deinen Freunden habe ich dir geholfen, aus dem Sumpf des Wahnsinns herauszufinden. Ihr alle seid meine Bekannten und Freunde seit dem Augenblick, da ich euren Schiffen die Ausgänge aus dem Perseus verschloß. Aber du, Eli, stehst mir am nächsten, deine mächtigen Gehirnstrahlen habe ich mit meinen Empfängern früher als andere menschliche Strahlungen aufgefangen, dir bin ich als einzigem offen in deinen Träumen erschienen.“

„Du sagst, du hättest die Ausgänge verschlossen... Du schnittst uns den Weg zur Rettung ab, das kommt der Wahrheit näher!“

Die Stimme sprach gütig, doch Trauer klang darin. „Seid ihr in den Perseus eingedrungen, um euch unverzüglich aus ihm zu retten? Ihr wolltet erfahren, was in unserer Sternengruppe vor sich geht, ich ermöglichte euch das. Nun liefere ich euch die mächtigste Festung eurer Feinde aus – ist das zuwenig? Der kosmische Krieg zwischen euch und den Zerstörern verläuft künftig zu euren Gunsten – heißt das deiner Meinung nach, euch den Weg zur Rettung abschneiden?"

Ich fühlte mich beschämt. Die Stimme war zu überraschend erklungen, als daß ich es vermocht hätte, sofort alle Folgen abzuschätzen.

Vielleicht war dieses allzu Menschliche an ihr der Grund, weshalb mir Zweifel kamen.

Hatten wir eine neue Imitation unserer selbst vor uns? Die Phantome auf dem Dritten Planeten waren glaubwürdig genug, um eine weitere Illusion nicht auszuschließen, eine akustische diesmal, keine optische. Die Schläue des Gegners war nicht weniger wahrscheinlich als die Anteilnahme eines Freundes.

Ich bat: „Erzähle, was es Neues an den Grenzen des Perseus gibt." Die Stimme antwortete voller Mitgefühl für meine Ungeduld und Sorge. „Als ich die Sternenflugzeugeskorte von der ‚Bootes' trennte, überwand die menschliche Flotte gerade die erste Hindernislinie. Der Weg in die Perseustiefen ist nicht leicht – die Bresche, die entstand, da ich zu euch übertrat, ist von den anderen Metrikstationen geschlossen worden. Leider halten die fünf übrigen Hauptgehirne den Zerstörern die Treue. Sie alle sind mir fast gleich, was meine Macht, einige von ihnen, was meine Neigungen betrifft."

„Deine Neigungen? Wie ist das zu verstehen?"

„Sie sind Vollstrecker. Ich bin Träumer."

Die Antworten der Stimme waren erstaunlich, diese besonders.

„Ein Träumer? Unwahrscheinlich!"

„Vor kurzem schien dir selbst meine Existenz unwahrscheinlich."

„Stimmt. Aber wovon träumst du?"

„Von allem, was meine Phantasie berührt. Meine fünf Mitbrüder arbeiten, danach ruhen sie sich aus. Ich träume, und während ich mich vom Träumen ausruhe, arbeite ich, leite die Station. Manchmal erschöpft mich die quälende Phantasie, allzu heiße Träume brennen meine Zellen... Dann verfalle ich in Trauer. Trauer ist eine meiner Existenzformen."

„Du hast nicht geantwortet, Gehirn..."

„Ich habe geantwortet – ich träume von allem."

„Das verstehe ich nicht. Unsere Träume haben eine Richtung. Gewöhnlich träumen wir von dem, was heute nicht gelingt, jedoch morgen verwirklicht wird. Unsere Träume kommen den Taten zuvor, sie sind die ersten Schwalben sich anbahnender Handlungen. Praktische Verwendbarkeit – das ist das Fundament unserer Phantasien. Ist es bei dir anders?"

„Ganz anders. Ich träume nur von dem, was ich niemals vollbringen kann. Meine Träume nehmen nicht die Taten vorweg, sondern ersetzen sie, sind meine ewige Trauer."

Zum drittenmal erwähnte es seine Trauer. Kein Imitationsprogramm hätte solche Erklärungen vorgesehen, sie wären bei jedweder Betrugsform überflüssig. Ich zweifelte nicht mehr, daß die Stimme das war, wofür sie sich ausgab. Und ich hatte den Eindruck, als hätte ich den Schlüssel zu ihren Handlungen gefunden, vom Wichtigsten angefangen – ihrem Übertritt von den Zerstörern zu uns.

„Weshalb bist du traurig, Gehirn? Teile uns deine Kümmernisse mit."

„Werdet ihr sie verstehen? Ihr seid frei, ich bin ein Sklave. Ein mächtiger Gefangener, so mächtig, daß ich Millionen Lebewesen in Staub verwandeln könnte. Dennoch bin ich ein Sklave! Keiner von euch kennt das Gefühl der Unfreiheit."

„Warum nicht? Wir sind eben erst der Gefangenschaft entronnen."

„Ihr erstrebtet die Freiheit als etwas Mögliches – und ihr gewannt sie. Doch ich befinde mich in ewiger Gefangenschaft. Unabänderliche Gefangenschaft – vom Anbeginn bis ans Ende! Der Tod ist die einzige Befreiung. Denke dich da hinein!"

Ich versetzte mich in die Lage des Hauptgehirns und erschauerte. „Ich verstehe dich. Du träumst von der Freiheit!"

„Von allem, was jenseits von mir ist. Von allem, was unerreichbar für mich ist. Vom ganzen Universum!"

19

Das Gehirn überlegte, vielleicht schwankte es, ob es uns ins Dunkel seiner Leiden eindringen lassen sollte. Es hatte uns seine Freundschaft geschenkt, ohne sich überzeugt zu haben, ob wir alle seine Freunde waren. Allzu lange hatte fremdes Mißtrauen auf ihm gelastet, hatte es Angst empfunden, als daß es sie sofort hätte abschütteln können.

Das Gehirn war nicht ewig, aber es war alt, mißt man seine Existenz mit irdischen Maßstäben. Vom ersten Aufblitzen seines Bewußtseins an wußte es sich losgelöst von seinem Körper. Zweifellos war es im Organismus irgendeines Vaters entstanden, offenbar eines gefangenen Galakten, es konnte das Gehirn eines Galaktenkindes sein, man hatte es zur selbständigen Existenz bestimmt, noch bevor die Selbsterkenntnis erwacht war. Seit der Zeit hatte man es, schon in seinem unbewußten Leben, auf die Leitung der Metrikstation des Dritten Planeten spezialisiert. Es war immer hier gewesen und war immer allein. Vielleicht war es anfangs einem altersschwachen Gehirn beigegeben, das vernichtet wurde, als die junge Ablösung in der Lage war, selbständig zu funktionieren – an all das besaß es keine Erinnerung. Auch seiner Lehrer erinnerte es sich nicht, es nahm an, daß es welche gehabt hatte, doch ihre Belehrungen hatten es als namenlose Impulse erreicht, es wurde gedrillt, nicht unterwiesen – so erschien ihm das jetzt. Man hatte einen denkenden Automaten aus ihm machen wollen, aber es mißriet, wich vom Programm ab, obwohl es unter den sechs Hauptgehirnen, die die Sicherheit des Zerstörerreichs garantierten, nicht für schlechter als die anderen gehalten wurde. Doch im Unterschied zu den übrigen hatte es nicht nur gelernt, sondern war erwacht.

In dem Maße, wie seine programmierten Kenntnisse wuchsen, meldeten sich unvorhergesehene Neigungen. Je mehr es sich in die Welt vertiefte, desto tragischer sonderte es sich von ihr ab. Gefühle erwachten in ihm. Zum erstenmal begriff es, um wieviel es beraubt worden war, als man ihm den Körper nahm. So begann die Sehnsucht nach einem Körper.

Wütend, leidenschaftlich, fieberhaft begehrte es einen Körper, einen beliebigen Körper, eine gewöhnliche Hülle. Einen Körper, der gehen, kriechen, hüpfen oder fliegen könnte. Sterne und Planeten in Bewegung setzen, gegeneinanderschleudern, zerstreuen und vermengen, doch es war unfähig, sich auch nur einen Zentimeter von der Stelle zu rühren. Es herrschte über Trillionen Kilometer Raum, Quadrillionen Tonnen Masse, ohne Macht über sich selbst zu besitzen. Fast allmächtig, litt es unter seiner Machtlosigkeit. Es konnte nicht weinen, nicht schreien, nicht die Hände ringen und sich nicht die Haare raufen, selbst die einfachsten Lebensformen waren ihm versagt – es war für immer des Körpers beraubt.

Da brachte es Träume hervor, versetzte sich an Plätze, wo es nie weilen würde, was es nie werden konnte: Galakt und Zerstörer, Engel aus den Hyaden und sechsflügliger Grashüpfer aus den Plejaden, Drache und Vogel, Fisch und Raubtier, es verwandelte sich sogar in Gewächse – wiegte sich im Wald als Grashalm, verdorrte als einsames Bäumchen unter grausamer Sonne, reifte als saftige Ähre auf fruchtbarem Feld...

Es spielte, vergnügte sich, tollte unbändig – in fremder, ewig unerreichbarer Gestalt. Es kannte alle Lebensformen im jeweiligen Sternenbezirk; diese Kenntnis brauchte es, um dem Zerstörerjoch das Leben zu unterwerfen, sachkundig füllte es die vorgeschriebenen Funktionen aus, doch in sich blieb es unbestätigt. Des eigenen Lebens beraubt, durchlebte es

Millionen anderer – war Mann und Frau, Kind und Greis, liebte und litt, starb Tausende Male, Tausende Male wurde es geboren, und in jedem Traum labte es sich an allem, was es nur geben konnte – an Glück und Leid, an Freude und Kummer... Versunken in seine Doppelexistenz, war es überzeugt, es werde altern, ohne die Jugend kennengelernt zu haben, als sich im Perseus ein fremdes Sternenflugzeug zeigte, erster Abgesandter der Menschheit, und sein Nachbar, das Hauptgehirn auf dem Zweiten Planeten, versuchte vergebens, dem Sternenflugzeug die Ausgänge zu sperren.

Etwas Unbekanntes und Ungewöhnliches blitzte in der finsteren Metrik des Perseus auf: Im dichten Spinngewebe hatte sich ein fremder Vogel verfangen, er zerriß das Netz und kam frei. Das Gehirn auf dem Zweiten Planeten war fassungslos, dieses, auf dem Dritten, frohlockte. Das Leben war nicht zu Ende im Perseus, irgendwo weit hinter seinem Sternenrand war eine Macht aufgetaucht, die die Macht der Zerstörer übertraf – der in Leere verwandelte Goldene Planet gemahnte daran. Und es handelte sich nicht um die geheimnisvollen Ramiren. Die Ramiren, ein düsteres Volk, gleichgültig gegenüber allen Lebensformen, waren tief in den Galaxiskern vorgedrungen. Nein, dies waren Lebewesen, die sich aufregten, entrüsteten, entsetzten, zürnten – lebten! Sie sehen, sie hören, ihr Freund werden – von nun an träumte das Hauptgehirn auf dem Dritten Planeten von nichts anderem.

Als später drei menschliche Sternenflugzeuge ins Perseuslabyrinth vorstießen, versperrte ihnen das Gehirn auf dem Dritten Planeten den Rückweg und ließ nicht zu, daß sie vernichtet wurden. Es verhinderte, daß zwischen der „Bootes“ und der vereinigten Zerstörerflotte ein ungleicher Kampf geführt wurde, es war bereit, diese Flotte auseinanderzutreiben, und tat es auch, als man die „Bootes“ in die Tiefe der Sterngruppe zog, um sie zu vernichten.

So betraten die ersten Lebewesen ungestraft verbotenen Boden. „Störungen auf dem Dritten Planeten“ – so nannten die erschütterten Zerstörer seinen Übertritt auf unsere Seite.

„Nichts war mir verborgen an euch, ich war eines jeden von euch teilhaftig“, sagte die traurige Stimme. „Hier auf dem Planeten war ich jeder von euch und ihr alle zugleich – und noch nie hatte ich mich so nach einer stofflichen Hülle gesehnt, wie sie jedem gegeben, aber für mich unerreichbar ist, um für immer bei euch zu bleiben, einer von euch zu sein, gleichgültig in welcher Gestalt – als Mensch, Augenköpfiger, Engel, Pegasus...“

Romero lauschte den Ergüssen der Stimme und dachte, wie anders im Vergleich zu uns die technische und soziale Entwicklung der Verderber verlaufen war – das teilt er selbst mit. Lussin, André, Oshima und Petri waren empört. Wenn wir eine analoge Metrikstation einrichten müßten, überlegten sie, dann würden wir dort eine Schiffsmaschine aufstellen und sie mit Übertragungs- und Vollstreckungsapparaten ausstatten. Doch die Zerstörer haben eine äußerst komplizierte Hierarchie von Sklaverei und Unmenschlichkeit eingeführt, um eine nicht sehr komplizierte technische Aufgabe zu lösen. Was sind sie eigentlich, diese hirnlosen Ingenieure, die wir mit dem Aufseher weggeschafft haben – ja, was sind sie, nicht wer? Eine Verteilungs- und Kommandoeinrichtung, simple Geräte. Die Zerstörer konstruieren keine Apparate, wie es die Menschen tun, sie verkrüppeln Lebewesen, würdigen sie auf das Niveau technischen Beiwerks zu einem anderen, noch verkrüppelteren Wesen herab, das im Grunde ebenfalls eine Maschine ist. Die Grausamkeit, die Sinnlosigkeit dessen quälte Romero, er zitterte vor Kummer und Entrüstung, als er der Stimme lauschte.

Ich kann nicht leugnen, daß auch mir solche Gedanken kamen. Doch ich hatte die Verderber seit jeher so gehaßt, daß ich keiner neuen Nahrung für meinen Haß bedurfte. Ich überlegte, wie dem Hauptgehirn des Dritten Planeten zu helfen sei.

„Wenn du einen körperlichen Behälter für dich gewännest und ein gewöhnliches Wesen würdest“, sagte ich zu ihm, „verlörest du viele deiner heutigen Vorzüge... Jetzt bist du zwar nicht unsterblich, aber langlebig; dann würde das Gespenst eines baldigen Todes über dir schweben. Du würdest nicht nur die Freuden des Lebens vollzählig empfangen, sondern auch die Kümmernisse. Du würdest deine Macht über Raum und Sterne einbüßen, könntest nicht mehr in das Leben und die Gedanken eines jeden Wesens eindringen, alles Lebendigen teilhaftig werden, wie du selbst sagst... Deine Allmacht ist von deiner Schwäche nicht zu trennen. Hast du das bedacht? Würdest du darauf eingehen?“

Es antwortete: „Was soll mir die Macht, wenn ich kein Leben habe? Was die Allmacht, wenn sie nur ein anderer Ausdruck für Schwäche ist. Wozu das Hellsehen, wenn ich nicht einmal berühren kann, was ich so tief begreife?"

Ich sagte zu Lussin: „Lebt der Donnerschleuderer noch?" „Er stirbt", antwortete er bekümmert. „Wenn er nicht schon tot ist, es gibt keine Rettung, sein Hirn ist beschädigt."

„Ausgezeichnet! Das heißt – schade um den armen Donnerschleuderer. Kannst du dem Donnerschleuderer ein anderes Gehirn einpflanzen, ein lebendiges, gesundes, mächtiges, und dadurch deinen Zögling vorm Tode retten?"

„Selbstverständlich", erwiderte er. „Einfache Operation, wir hatten schon kompliziertere."

Wieder wandte ich mich an die Stimme: „Du hast unser Gespräch gehört. Hier bietet sich dir eine vortreffliche Möglichkeit, einen Körper zu bekommen. Allerdings mußt du uns vorher den Raum öffnen, uns helfen, das Sternenflugzeug instand zu setzen, uns lehren, wie mit den Maschinen der Station zu arbeiten ist, aber davon später. Jetzt wollen wir es prinzipiell beschließen – bist du einverstanden?"

„Ja, ja, ja!" dröhnte und jubelte es ringsum.

„Dann gratuliere ich dir zur Verwandlung von einem Gebieter über Raum und Sterne in einen gewöhnlichen denkenden Drachen namens Donnerschleuderer."

„Damit bin ich nicht einverstanden!" sagte das Gehirn plötzlich, und niemand begriff zunächst, weshalb es unzufrieden war.

„Nicht einverstanden?" fragte ich erstaunt. „Womit nicht einverstanden?"

„Mit dem Namen! In meinen Träumen habe ich mir schon längst einen anderen gewählt. Früher drückte er meine Sehnsucht aus, nun wird er Ausdruck meines Glücks sein."

„Uns ist jeder Name recht. Nenne ihn."

Feierlich sagte es: „Von heute an heiße ich Vagabund."

Vierter Teil

Die gejagten Götter

1

Das Gehirn begehrte ungeduldig seine Verkörperung. Ich hatte fest beschlossen, erst dann das Versprechen zu erfüllen, wenn die Tausende komplizierter Probleme geklärt waren.

„Erzähle, was ihr mit der Schiffsmaschine angestellt habt“, sagte André bald nach Besetzung der Station. „Ich hoffe, du bist dir im klaren darüber, daß es einem Selbstmord gleichkommt, ohne eine zuverlässig arbeitende Maschine das Gehirn in eine selbständige Existenz zu entlassen! Oder hast du die Absicht, den Platz des Hauptgehirns einzunehmen?“

Ich hatte nicht die Absicht, fremde Plätze einzunehmen, glaubte aber, daß es André gelingen würde, die Maschine wiederherzustellen. Meine Hoffnung verhehlte ich nicht.

„Nimm die Hilfe des Gehirns in Anspruch“, riet ich. „Nur, wie erreichen wir das Sternenflugzeug? Ich habe keine Lust, auf diesem Planeten noch einmal so einen Marsch zu machen.“

„Folgendes“, sagte André. „Die Maschine holen wir mit einer Aviette her, es besteht die Möglichkeit, sie vom Kriechen zum Fliegen zu bringen. Aber die reparierte Maschine wird auf dem Sternenflugzeug gebraucht, während du das Gehirn auf den Planeten entläßt.“

„Stimmt“, sagte ich. Für mich stand fest, daß André bereits eine Lösung hatte.

„Es gibt einen Ausweg: Ich springe hier für das Gehirn ein, Kamagin und Petri werden meine Doubles. Hast du Einwände?“

„Nur Zweifel. Bestimmt eignen sich Eduard und Petri als Double für dich. Eignest du dich fürs Gehirn?“

„Es hat uns drei heute geprüft. Mich hat es sofort akzeptiert, Eduard und Petri müssen ein bißchen trainieren.“

André hob die Stimme, um Einwänden zuvorzukommen. „Ich weiß, was du sagen willst! Du irrst dich gewaltig. Es sehnt seine Verkörperung herbei, jedoch nicht um den Preis des Untergangs des Planeten. Wenn du es bei der Arbeit sähest, wärest du von seiner Gewissenhaftigkeit überrascht. Und nebenbei bemerkt, seine Funktionen sind nicht schwierig.“

„Läßt du dich nicht allzusehr hinreißen?“

„Du vergißt leider diese Ingenieure, die anstelle von Gehirnen Geber haben. Ich weiß nicht, wie sie als Organismen sind, als Automaten sind sie jedenfalls ausgezeichnet. Das Gehirn koordiniert nur ihre Handlungen. Ehe wir nicht ebenso vollkommene Mechanismen konstruiert haben, müssen wir die Ingenieure an ihren Plätzen lassen. Jetzt das letzte: Ich werde dem Dritten Planeten den Weltraum öffnen. Fuchtele nicht herum, das hat das Gehirn selbst vorgeschlagen!“

Die Explosion in der Station hatte mehr psychologische Erschütterungen als reale Zerstörungen bewirkt. Anlagen wie die Metrikstation lassen sich überhaupt nicht zerstören – allenfalls durch völlige Annihilation.

Wir vermuteten, daß der gesamte Dritte Planet ein riesiger Gravitator war, genauso eine künstliche Anlage wie die Ora, allerdings tausendfach größer.

Als ich die inneren Räume des Planeten durchwanderte, schien mir meine Begeisterung für die Vollkommenheit des Pluto naiv. Hier war Vollkommenheit – die Vollkommenheit des Bösen, ein grausames Meisterwerk totaler Unterdrückung und Unfreiheit!

Auf welch unbeständigem Fundament das gigantische Verderberreich ruhte – wir hatten ihm keinen Hieb versetzt, sondern es nur angetippt, da zerfiel es schon! Nein, dachte ich, als ich die Station in Augenschein nahm, Mißgunst und Haß, Niedergeschlagenheit und Angst, hierarchisch zunehmende Unterdrükkung sind kein dauerhafter Zement... Nur gegenseitige Achtung und Freundschaft, Güte und Liebe können soziale Einrichtungen schaffen, die von Dauer sind.

Romeros Gedanken glichen meinen. „Sie wissen, lieber Eli, seinerzeit war ich dagegen, daß wir uns in die kosmischen Streitigkeiten verstrickten, und alle diese Wesen erregten Widerwillen in mir. Obwohl, wie Sie zugeben werden, das Äußere von Orlan und Gig ziemlich menschenunähnlich ist, erwecken sie nun Sympathie in mir. Sie sind die ersten Zerstörer, die im Namen des Aufbaus freiwillig der Zerstörung entsagt haben. Stimmt, die erste Schwalbe bringt noch keinen Frühling, aber sie kündigt doch das Ende des Winters an."

2

Das Zusammenrollen des Raums zur nichteuklidischen Spirale ging rasch vonstatten, das Auseinanderwickeln stellte einen langwierigen Prozeß dar.

André saß die zweite Woche am Pult unter der Kugel, wo nach wie vor das Gehirn ruhte, und erteilte den Ingenieuren selbständig Kommandos. Er hatte sich mit ihnen vortrefflich eingearbeitet, die Koordinierung mit seinen Kommandos verlief sogar besser als vorher mit den Befehlen des Hauptgehirns: Kein stumpfsinniger Aufseher war in der Nähe, der argwöhnisch die Impulse kontrollierte.

Nach und nach verminderte sich die Nichteuklidheit, langsam bewegten wir uns aus dem künstlichen Raumkokon in den Kosmos hinaus.

Das goldene Leuchten des Himmels verblaßte, Bläue mischte sich ein. Der Himmel war noch leer, aber er war nicht mehr so, wie er in den Tagen unseres Marsches gewesen war.

„Bald werden die Sterne zum Vorschein kommen“, sagte Mary. „Wie habe ich mich nach ihnen gesehnt, Eli! In dieser verschlossenen Welt wäre ich fast erstickt.“

Manchmal hatte mich ebensolche Sehnsucht nach den Sternen erfaßt. Doch die Furcht vor dem Unbekannten, das von den Sternen kommen konnte, war größer. Im Raum manövrierten sicherlich feindliche Kreuzer, bereit, den besetzten Planeten zurückzuerobern.

Als der Orangefarbene unterging, traten wir hinaus und betrachteten den Himmel.

Die Nacht brach herein, dumpf, schwarz und so eng, als wäre die Grenze des Weltalls dicht herangerückt; unheimlich war es, die Hand auszustrecken, jeder Schritt schien in einen Abgrund zu führen... Ich umarmte Mary, wir starrten und lauschten in die Dunkelheit, ahnten, daß die Welt bald auftauchen würde.

Ein unhörbarer Gravitationswind fegte den Vorhang beiseite, der uns von der Welt getrennt hatte, die Sterne erstrahlten, es wurden immer mehr.

Ein wunderbarer Sternenregen ging nieder, Hunderte von Gestirnen tauchten aus der Unsichtbarkeit, der Himmel funkelte und flimmerte – der Perseus, eine Vielzahl blitzender Augen, blickte auf den Planeten, der verloren gewesen war.

Wir befanden uns in dem Raum unter der Kuppel, und mir war, als hätte ich wieder ein Traumgesicht – so prächtig unwirklich war alles.

Aber am Pult saß der wirkliche André, daneben Kamagin und Petri, über ihnen schwebte die halb durchsichtige Kugel.

„Der Raum um den Dritten Planeten ist sauber“, teilte André mit. „In einer Entfernung von zehn Parsec ist eine starke Lichterbewegung zu beobachten.“

„Dort sammelt sich die Flotte der Zerstörer“, erklärte das Gehirn. „Ich muß zu meinen Brüdern in den anderen Metrikstationen Verbindung aufnehmen, um einen Lagebericht zu bekommen.“

„Vorläufig braucht nicht bekannt zu werden, daß auf dem Dritten Planeten ein Machtwechsel stattgefunden hat“, sagte Romero.

Tag für Tag verband das Gehirn den Dritten Planeten mit den anderen Sternenfestungen und systematisierte die Informationen. Allans Flotte überwand immer noch die Hindernisse, die sich vor ihr erhoben, sie rückte nur langsam vor. Wo sie durchbrach, sammelten sich die Kreuzer der Zerstörer. Kein Galaktenschiff erschien im interastralen Raum des Perseus.

Wir beriefen eine Konferenz der Abteilungskommandeure ein und baten das Gehirn, uns zu sagen, wie wir handeln sollten.

„Die Zerstörer kümmern sich vorläufig nicht um uns, sie haben andere Sorgen. Ob sie nun glauben oder nicht, daß es sich bei uns nur um technische Störungen handelt, ein unmittelbarer Überfall auf den Planeten droht nicht. Allan hat es schwerer. Bald wird der letzte nichteuklidische Wall fallen – dann fluten die Schiffe der Menschen ins Innere des Perseus. Der Große Zerstörer bereitet eine grandiose Schlacht vor. Die Menschen werden sich scheuen, im Schiffsgewühl die Annihilatoren zu verwenden, um nicht die eigenen Sternenflugzeuge zu vernichten, dafür werden die Gravitationsgeschütze schießen und ihre Ziele nicht verfehlen. Ich kann die Möglichkeit nicht ausschließen, daß sich die Feinde gegenseitig aus der Welt schaffen. Ich meine, gerade dies beabsichtigen die Strategen der Zerstörer – die beiderseitige Vernichtung."

Orlan bestätigte die grausame Prognose des Gehirns. „Seit langem besteht der Plan, die besiedelten Planeten des Reichs zu vernichten, falls es nicht gelingen sollte, sie zu verteidigen. Einen Weltallbrand zu entfachen, daß der Feuerschein die ganze Galaxis erfaßt, ein so finsterer Gedanke muß dem Großen imponieren. Möglichkeiten, das Leben im Perseus auszurotten, hat er genug."

„Einschließlich der Galaktensterne?" fragte ich.

„Mit Ausnahme der Galaktensterne", erklärte Orlan. „Und hier liegt die einzige Möglichkeit, die unheilvollen Pläne des Großen Zerstörers zu durchkreuzen. Wir müssen die Galakten um Hilfe bitten. Sie vermeiden den offenen Kampf. Doch sie müssen in unseren Krieg einbezogen werden, einen anderen Weg gibt es nicht!"

Gig lachte dröhnend. Sein Mund reichte – das ist keine Übertreibung – von einem Ohr bis zum anderen, und wenn er lachte, riß er ihn wie eine riesige Zange auf. „Die biologischen Geschütze!" stotterte er. „Das wäre was! Den Großen biologisch beharken!"

„Die biologischen Geschütze können dem Großen nichts anhaben", versetzte Orlan. „Aber wenn die Galakten eure Schiffe damit ausrüsten, haben die Menschen das erdrückende Übergewicht in den Schlachten."

Ich fragte, ob das Gehirn Orlans Meinung sei. Das Gehirn teilte Orlans Gedanken.

„Dann müssen wir Verbindung zu den Galakten suchen. Ist von deinem Planeten aus eine solche Verbindung herzustellen, Gehirn?"

„Durchaus", erklärte es. „In drei, vier Parsec finden sich mehrere Sterne mit Planeten der Galakten. Wir müssen uns selektiv mit ihnen verbinden und ihnen mitteilen, was auf dem Dritten Planeten geschehen ist. Vielleicht glauben sie uns nicht. Sie fürchten und hassen uns, unsere sechs Planeten sind speziell zum Kampf gegen die biologischen Geschütze geschaffen worden. Mein Vorgänger hat die Macht der biologischen Geschütze einst erfolgreich gegen die Galakten selbst gewandt..."

Nach der Konferenz fragte mich das Gehirn, ob es noch lange ausharren müsse. Der Donnerschleuderer sei verendet und in Erwartung der Operation konserviert worden, doch der Vagabund werde immer noch nicht geboren.

André sah, daß ich schwankte, und trat für das Gehirn ein. „Wovor hast du Angst? Wenn es mir mit Eduard und Petri gelungen ist, den Planeten zu öffnen, dann bringen wir es auch fertig, ihn wieder einzurollen. Und noch einfacher ist es, Verbindung nach außen zu halten..."

„Verstehst du, André... Ich glaube an deine Fähigkeiten, aber deine Erfahrung, du mußt zugeben..."

„Ich gebe es nicht zu! Ich sage dir, die Station zu leiten ist einfacher, als auf einem Pegasus zu galoppieren. Und das Gehirn bleibt hier. Sobald es seinen Körper hat, wird es täglich drei Stunden mit uns arbeiten. Wäre dir das nicht recht?"

„Operiere!" sagte ich zu Lussin.

3

Ich will jetzt nicht erzählen, wie die Schiffsmaschine aus ihrem Schlummer erwachte und die Mechanismen der „Bootes" auflebten, wie auf dem Planeten nach seiner Öffnung im Weltenraum die Gravitation nachließ und wir alle, befreit von der Überlastung, die Luft mit dem Getöse der Aviettes und dem Rauschen der Flügel erfüllten.

Ich will auch nicht dabei verweilen, wie wir Verbindung zu den Galakten aufnahmen, wie sie uns zunächst nicht glauben wollten, daß das mächtigste kosmische Ungetüm der Verderber aufgehört hatte, ihnen gefährlich zu sein, und wie sie nach langem Bitten einwilligten, unser Sternenflugzeug in ihren Herrschaftsbereich zu lassen, jedoch drohten, uns grausam zu bestrafen, falls wir sie hinters Licht führten...

„Uff!“ sagte ich erleichtert zu Mary, als Romero den Galakten unsere Zustimmung auf ihre Bedingungen geschickt hatte. „Eingeschüchtert sind die geheimnisvollen Geschöpfe! Na schön, dieser Tage brechen wir auf. Rate mir, wen ich mitnehme, wen ich hierlassen soll.“

„Ich rate dir, mich mitzunehmen. Was die anderen betrifft, da will ich mich nicht äußern, damit Romero dann nicht verbreitet, der Admiral stehe unterm Pantoffel seiner Frau und entscheide nichts ohne ihre Zustimmung. Wen willst du also mitnehmen?“

„Romero und Oshima unbedingt. Auch Orlan und Gig. Wahrscheinlich Lussin und Trub, ein paar Pegasusse und Drachen...“

„Und den Donnerschleuderer?“

„Du meinst Vagabund? Ihn lassen wir auf dem Planeten. Hast du beobachtet, wie sich das Gehirn in der neuen Hypostase macht?“

„Hab’ ich. Komisch, ich weiß nicht, wer des Guten zuviel getan hat – du, als du ihn mit einem Körper versahst, oder er, da er ausbeutet, was er bekam.“

In einer freien Stunde begab ich mich zu Lussin. Auf einem speziellen Übungsgelände für Drachen ließ er Vagabund freien Lauf. Ich flog auf einem Pegasus hin, Trub hatte sich als Begleiter aufgedrängt. Ich fragte ihn, wie ihm der zu neuem Leben auferstandene Drachen gefalle. Die Engel haben mit den Drachen nicht viel im Sinn, wenn sie ihnen auch nicht feindlich gesinnt sind wie die Pegasusse, doch der Donnerschleuderer hatte sich bei den Engeln großer Achtung erfreut.

„Du wirst ja sehen“, sagte Trub geheimnisvoll.

Der Drachen schwebte so hoch am Himmel, daß weder der Engel noch der Pegasus ihn erreichten.

Auf einem kleinen Bleihügel stieg ich ab, neben mir ließ sich Trub nieder. Als Vagabund uns erblickte, schoß er herab und landete in der Nähe.

Der wiederauferstandene Drachen wirkte majestätischer als früher. Aus seinem Rachen schnellte eine so starke Flammenzunge, und eine Rauchsäule von solcher Dichte stieg empor, daß ich angstvoll zurückgeprallt wäre, hätte ich nicht genau gewußt, daß dieses Feuer nicht brannte und der Rauch nicht erstickte. Die Begrüßungsblitze, die zu meinen Füßen niederfuhren – zwei Vertiefungen im Gold kennzeichneten die Stelle, die sie getroffen hatten –, waren zwar nicht schrecklicher als die Blitze des Donnerschleuderers, standen ihnen aber auch nicht nach.

„Ausgezeichnete Arbeit, Lussin“, lobte ich. „Ein imposantes Tier.“

Lussin strahlte. „Sprich mit ihm.“

„Mit einem Drachen sprechen?“ Ich wunderte mich. „Er kann mir doch nicht antworten!“

Lussins geflügelte Geschöpfe waren stummer als die Schwämme, der Donnerschleuderer hatte keine Ausnahme gebildet. Lussin erklärte, dem genetischen

Code der feuerspeienden Drachen habe man in der Eile eine mißglückte Zungenkonstruktion eingegeben, nun müsse man Rachen und Kehlkopf umarbeiten, um diesen Mangel zu beheben.

„Sprich“, drängte Lussin.

Die Augen des Drachens, gewöhnlich von sanftem Ausdruck, blinzelten spöttisch. Ich hatte den Eindruck, als zwinkere er mir zu.

„Sei gegrüßt, Donnerschleuderer!“ sagte ich. „Das neue Leben scheint dir großartig zu bekommen!“

Der Drachen antwortete mit menschlicher Stimme.

„Ich heiße nicht Donnerschleuderer, Eli!“

„Ja, Vagabund!“ sagte ich verlegen. Über die Auferstehung des Drachens staunte ich nicht so wie über die Sprache, die er plötzlich besaß.

„Wie fühlst du dich, Vagabund? Drückt es dich nirgends? Ich meine, ist dir der Schädel geräumig genug?“

„Sitzt wie angegossen“, antwortete er mit der Stimme eines Stutzers in neuen Schuhen und lachte. Äußerlich drückte sich das so aus, daß aus dem weit aufgerissenen Rachen kleine Feuerkugeln hüpften. „Schau selbst.“

Er schwang sich in die Luft und schoß Purzelbäume, entfernte sich, kehrte zurück, sauste wie ein Stein herab, schoß wie eine Rakete empor und erstarb schwebend. Alle Figuren vollführte er elegant, so unähnlich war er dem früheren imposanten, aber plumpen Donnerschleuderer, daß ich mehrere Male begeistert aufschrie.

Als Vagabund glaubte, wir hätten von den Luftpirouetten genug, legte er sich am Hügel flach nieder. „Steig auf, Eli, ich fliege mit dir."

„Ich fliege unter der Bedingung mit, daß du in der Luft keine Purzelbäume mehr schießt", sagte ich.

Lussin pfiff den Pegasus heran und postierte sich rechts vom Drachen, Trub stand links.

Zunächst flogen wir wie ein Dreigespann. Vagabund bewegte die Flügel derart schwerfällig, als verliere er im nächsten Augenblick das Gleichgewicht. Trub täuschte er nicht, ich hatte den Eindruck, als werde Vagabund den Gruppenflug nicht lange aushalten.

Dann schoß er plötzlich vor, nachdem er unmerklich den Rhythmus verändert hatte.

Der Drachen sauste wie eine Rakete dahin, leicht und kraftvoll, er regte nicht mehr die Flügel, sondern zog den Körper zusammen und dehnte ihn wieder, als durchlaufe ihn ein Krampf. Seitdem haben Vagabund und seine Nachkommenschaft den Flug in allen Einzelheiten studiert, damals war ich erstaunt.

Ich klammerte mich am Kamm fest, um nicht abzustürzen, und schrie, doch ich hörte mich kaum, so laut war der vom Vagabund verursachte Wind. „Trub und der Pegasus können nicht mithalten. Warum kränkst du sie?"

Vagabund brauchte seine Lungen nicht anzustrengen, um zu antworten: „Ich kränke sie nicht, sondern mache sie mit mir bekannt."

„Warten wir auf sie", flehte ich, als der Engel und der Pegasus nicht mehr zu sehen waren.

„Warten – das dauert zu lange!" murmelte er geringschätzig, kehrte um und raste genauso geschwind zurück.

Als wir uns näherten, bemerkten wir Dampfwölkchen über dem Pegasus, auch Trub war abgehetzt. Gewöhnlich erreichten feuerspeiende Drachen kaum ein Drittel der Geschwindigkeit des Vagabunden.

„Na?“ bestürmte mich Lussin.

„Ich habe dir doch schon gesagt – ausgezeichnet! Was hast du eigentlich noch von dem früheren unbeweglichen Träumergehirn, ausgelassener Vagabund?“

„Alles!“ prahlte der Drachen und bäumte sich. Ich mußte mich an seinem Kamm festklammern, um nicht abzurutschen. Hingerissen schrie er, ohne auf mich zu hören: „Und es sind keine Träume mehr, es ist Wirklichkeit!“

Wir flogen zum Übungsplatz der Drachen zurück. Unterwegs hätte sich beinahe eine Katastrophe ereignet. Der Drachen, der bis dahin geruhsam seine Flügel bewegt hatte, brüllte plötzlich freudig auf, schwang sich empor und jagte noch ausgelassener als zuvor davon.

Ich konnte mich auf dem Kamm nicht halten und segelte abwärts. Hätte Trub mich nicht im Flug aufgefangen, wäre ich wahrscheinlich auf der metallischen Oberfläche des Planeten zerschellt. Sorgsam trug mich der Engel zum Boden hinunter, neben uns ließ sich der Pegasus nieder. Lussin und Trub waren weiß wie Wasserschaum, ich hatte ebenfalls wenig Ähnlichkeit mit einem Helden. Der Pegasus wieherte wütend und schlug aus. Die instinktive Feindschaft seines Stammes gegen die Drachen hatte neue Nahrung gefunden.

Der davonstürmende Drachen verwandelte sich rasch in einen dunklen Punkt.

„Den sticht wohl der Hafer, was?“ fragte ich.

„Die Liebe“, sagte Lussin. Ihm fiel ein Stein vom Herzen, als er sich vergewissert hatte, daß ich unverletzt war. Nun war er erneut bereit, sich an jeder Handlung des Drachens zu begeistern.

Von Lussin erfuhr ich, daß in seiner Herde vier Drachenweibchen waren, und Vagabund fühlte sich als richtiger Mann.

Entschlossen hatte er die anderen Drachen verdrängt und flirtete hartnäckig mit allen vier Drachenweibchen zugleich, seiner besonderen Zuneigung erfreute sich jedoch das weiße, es war jünger und koketter als die anderen. Sobald das weiße Weibchen in der Luft erschien, drehte Vagabund auf, daß man vom bloßen Zusehen Angst bekam. Eben war in der Ferne das bunte Weibchen vorbeigeflogen.

„Ich bin froh, daß sich das bunte Weibchen gezeigt hat und nicht das weiße“, sagte ich.

Nach etwa zehn Minuten sahen wir Vagabund wieder. Er raste an uns vorbei und schrie uns im Fluge etwas zu. Eine dicke Rauchschleppe wand sich hinter ihm.

„Eilt er nun zu der Weißen?“ fragte ich.

„Zur Station“, sagte Lussin. „Er muß zum Dienst. André duldet keine Verspätungen.“

Noch eins, bevor ich vom Dritten Planeten Abschied nehme. Asters Körper war auf die „Bootes“ gebracht worden. Dort lag er in einem durchsichtigen Sarkophag. Kürzlich hörte ich, daß auf Gold und Blei dieses Planeten Moos sprieße – der erste Anflug von

Leben. Ein besseres Denkmal für Aster kann man sich nicht wünschen.

4

Unweit des Flammenden Sterns empfing uns ein Schiff der Galakten. Wir mußten in den Einsteinschen Raum tauchen – bei den Galakten sind wie bei den Menschen Überlichtgeschwindigkeiten in der Umgebung von Planeten verboten.

Das Planetenflugzeug bestiegen wir zu viert – Romero, Mary, Lussin und ich.

Orlan und Gig nahmen wir nicht mit, sie schienen sich zu freuen, daß nicht sie die ersten waren, die den Galakten gegenübertreten sollten. Oshima hielt die Vorsicht der Galakten für verdächtig.

„Wenn es euch schlecht ergeht, werdet ihr das nicht mitteilen können. Wenn alles in Ordnung ist, wird man nichts dagegen haben, daß ihr mich darüber informiert. Also, an dem Tag, da ich die Stimme des Admirals nicht höre, der mir mitteilt, daß alles in Ordnung ist, werde ich wissen, daß es euch schlecht ergeht."

„Und dann greifen Sie, tapferer Oshima, die Galakten an und vernichten ihr Sternenflugzeug zusammen mit uns. Habe ich Sie richtig verstanden?" fragte Romero schmunzelnd.

„Ich werde je nach den Umständen handeln", antwortete Oshima kurz.

Auf dem Bildschirm des Planetenflugzeugs wuchs eine grünliche Kugel, die den Kreuzern der Zerstörer glich.

Wir stürzten darauf zu wie auf einen Planeten. Bevor wir aufschlugen, öffnete sich ein Tunnel, und wir wurden sanft hineingesaugt.

Die Anlegemethode erinnerte an die auf unseren Schiffen übliche, und wir erwarteten, auf einen Anlegeplatz für leichte kosmische Schiffe zu gelangen. Statt dessen stürzten wir in Finsternis. Das Licht erlosch unvermutet in sämtlichen Räumen unseres Planetenflugzeugs.

Eine unbekannte menschliche Stimme sprach zu uns: „Beunruhigt euch nicht. An euch wurden drei Prozent Künstlichkeit entdeckt. Sobald deren Charakter geklärt ist, läßt man euch heraus."

„Auf der Erde werden Astronavigatoren, die von weit her kommen, ebenfalls kontrolliert", überlegte Romero laut. „Dort schützt man sich vor Krankheitserregern, nicht vor Künstlichkeit."

„Künstlichkeit ist schlimmer, als es Bakterien sind", ertönte dieselbe Stimme. „Eure ist ungefährlich. Ihr könnt aussteigen, Freunde."

Licht flammte auf. Hinter der durchsichtigen Fensterpanzerung erstreckte sich eine grüne Landschaft. Durch die Luft schnellten blumenartige Vögel und schlangenförmige Tiere, die fliegenden Fackeln glichen. Über der Ebene, den Gebäuden und den fliegenden Tieren wölbte sich Himmel, der seidig blau und von solcher Leuchtkraft war, wie ich sie noch nie gesehen hatte.

„Vortrefflich gemalt!" sagte Romero. „Weit vollendeter als unsere Raumbildschirme. Nur kann ich mir nicht vorstellen, wie ich diese illusorische Bühne betreten soll."

„Steigt aus, Freunde!“ wiederholte die Stimme noch freundlicher. „Wir warten auf euch.“

Ich öffnete die Tür. Das Planetenflugzeug stand auf einer Wiese. Ringsum drängten sich Galakten, ihrem Äußeren nach Brüder von denen, die wir auf Bildern der Atairen und als Skulpturen auf der Sigma bewundert hatten – sie waren riesengroß, elegant gekleidet, schön wie griechische Götter, uns erstaunlich ähnlich und dabei doch ganz anders! Ich sprang zu Boden und landete als erster Mensch in den Armen eines Galakten.

5

Wir fühlten uns prächtig, doch ich war in Sorge, ob mich nicht eine neue Vision heimgesucht habe, ähnlich denen, die ich im Zerstörerreich hatte.

„Nun gut, ihr freundlichen und schöngeistigen Gastgeber“, sagte Romero. „Wir sind in ein Reich des alltäglich gewordenen Unwahrscheinlichen geraten. Wenn ihr uns verblüffen wolltet, so ist euch das gelungen. Nachdem ich selbst Bestandteil der illusorischen Landschaft geworden bin, würde ich mich nicht wundern, wenn ich plötzlich auf einem Stengel schwankte wie die blaue Blume dort. Hier sind die Wunder alltäglich, wie eure Gebäude, wie eure vorzügliche Sprache.“

„Keinerlei Wunder“, entgegnete einer, nachdem er zuvor mitgeteilt hatte, daß er in der Menschensprache Tigran heiße. „Bei den Galakten gilt ein Wunder, das heißt eine Abweichung von den Naturgesetzen, als ein Vergehen, obwohl im Prinzip jeder von uns in der Lage ist, Wunder zu vollbringen. Unseren Kindern sind Wunder selbstverständlich gestattet, allerdings gibt es wenig Galakten im Kindesalter. Und daß wir menschlich sprechen, ist noch viel weniger ein Wunder. Haben wir nicht die Depeschen der ‚Raumfresser' entschlüsselt, habt ihr nicht unsere Antworten verstanden?"

„Aber dieses Stereobild... Eine so vollkommene Illusion..."

„Das ist keine Illusion. Du befindest dich in einem realen Raum."

„In einem realen Raum?" fragte Romero erstaunt. „Ich bin nicht so naiv. Der Durchmesser eures Sternenflugzeugs beträgt maximal einen Kilometer. Von hier bis zum Horizont sind es nicht weniger als fünfundzwanzig, und hinter dem Horizont ist offenbar wieder eine Ebene, gewiß kein Abgrund..."

„Hinter dem Horizont sind Wälder, danach folgt ein Meer, wir werden es noch befahren. Ungefähr zweitausend Kilometer sind es im Umkreis, wenn wir nach deinem Maßstab rechnen."

„Also habt ihr einen Planeten von zweitausend Kilometern, das heißt sechshundert im Durchmesser, innerhalb einer Kugel untergebracht, die selbst nur einen Durchmesser von einem Kilometer hat? Und ihr wollt, ich soll glauben, das sei kein Wunder und keine Illusion?"

Wieder lachten die Galakten.

„Trotzdem liegt kein Wunder, keine Illusion vor. Als ihr in unser Sternenflugzeug kamt, verminderten spezielle Anlagen die Ausmaße eurer Gewebe. Leider können wir lebende Gewebe noch nicht in derselben

Proportion verkürzen wie künstliche. Das ist einer der Gründe, freilich nicht der wichtigste, weshalb uns die künstlichen Elemente in euren Organismen Sorge bereiteten. Wir wären verzweifelt gewesen, wenn ihr entstellt vor uns gestanden hättet – ein Bein kürzer als das andere, ein Auge normal, das andere winzig."

Romero faßte sich in den Mund. „Meine künstlichen Backenzähne sind geschrumpft!"

„Ich atme gut", erklärte Lussin. „Komisch. Synthetische Lungen."

„Völlig normal", erläuterte ein anderer Galakt, der in der Menschensprache Lentul hieß. „Die künstliche Lunge war nicht effektiv genug, Lussin, weil man für deinen Brustkorb eine zu große Masse genommen hatte. Jetzt sind deine Lungen kleiner geworden, daher wirst du dich bei uns besser fühlen als sonst."

„Ihr sagtet, daß eine mögliche Verzerrung unseres Organismus nicht die Hauptsache sei, weshalb euch die künstlichen Elemente Sorge bereiteten", fuhr Romero fort. „Ich hätte, falls es kein Geheimnis ist, gern die Hauptursache gewußt."

Ein Schatten glitt über Tigrans schönes Gesicht. „Die Galakten haben keine Geheimnisse, jedem steht alles offen. Aber dies ist eine Erzählung von traurigen Ereignissen. Die Frage, ob Lebewesen in höherem oder niederem Grade künstlich sein sollen, führte zum Krieg zwischen Galakten und Verderbern. Wir haben schon lange aufgehört, Organismen in größerem Maße künstlich zu gestalten."

Nach Tigrans Erklärung herrschte Schweigen. Dann sprach Mary.

„Erstaunlich ist die Schönheit des weiten Landes in

eurem Sternenflugzeug! Mich verwirrt, warum ihr das überhaupt tut! Gerade wegen des harten Lebens finden die Menschen den Beruf des Sternenfahrers verlockend. Unsere Konstrukteure denken gar nicht daran, der Besatzung eines Sternenflugzeugs die irdischen Bequemlichkeiten und den allumfassenden irdischen Schutz gegen jegliche Gefahren zu garantieren... Bei uns nennt man das die Romantik ferner Reisen..."

Die Galakten tauschten Blicke. Ich verbürge mich dafür, daß ihnen Marys Frage taktlos erschien.

Tigrans Stimme klang unverändert freundlich, als er Mary antwortete. „In knappen Worten läßt sich unser Brauch so ausdrücken: Jeder hat das Recht, die Möglichkeiten zu verlangen, die den Kräften der Gesellschaft entsprechen. Andererseits darf niemandem dasjenige verweigert werden, was zumindest ein Mitglied der Gesellschaft genießt. Deshalb sind wir verpflichtet, der Besatzung eines Fernschiffes die gleichen Bequemlichkeiten zu gewährleisten, welche die Zurückbleibenden genießen. Anderenfalls würde das Prinzip der Gleichberechtigung verletzt. Leider gelingt es nicht, dieses Prinzip völlig in die Tat umzusetzen."

„Man braucht die Galakten nicht auf weite Expeditionen zu schicken, wenn sie es auf den Schiffen weniger bequem als auf den Planeten haben", soufflierte Mary ironisch. Ihre dunklen Augen flammten.

„Ja, wir müssen auf viele Expeditionen verzichten", bestätigte Tigran.

Wieder griff Romero ins Gespräch ein. „Sie sagten

‚Gleichberechtigung‘. Wir haben auch Gleichberechtigung im Sinne der gesellschaftlichen Möglichkeiten, die jedem gewährleistet sind – Essen, Wohnung, Ausbildung, Arbeit. Aber jedem garantieren, daß ihn diejenige liebt, die er liebt, nein, da muß er sich schon selber bemühen, ihre Liebe zu erringen, da ist ihm die Gesellschaft kein Diener.“

„Ja, die Liebe“, sagte der Galakt und wiegte den Kopf. „Ein schwieriges Ding, die individuelle Liebe. Irgendein Wesen, das nichts Besonderes an sich hat, verdrängt plötzlich alle anderen in der Welt. Wir wissen von diesem Gefühl, aber bisher können wir da wenig tun.“

„Schön, lassen wir zunächst die Liebe“, erklärte Romero, es war, als setzte er sich hartnäckig für irgend etwas ein. „Sie sagen: die Besatzung des Sternenflugzeugs... Wenn es eine Besatzung gibt, dann gibt es doch auch einen Kommandeur? Und der Kommandeur erteilt Befehle, die für die Besatzung verbindlich sind.“

Tigran schüttelte den Kopf. „Wir haben keine Kommandeure. Das Sternenflugzeug befehligen wir gemeinsam. Die Schiffsmechanismen sind auf unsere Gehirnstrahlungen abgestimmt. Was wir einträchtig wünschen, das geschieht.“

„Und wenn Meinungsverschiedenheiten auftreten...?“

„Die Besatzungsmitglieder sind so ausgewählt, daß sie zusammenpassen. Selbst bei außergewöhnlichen Vorfällen ereignen sich keine Unstimmigkeiten zwischen uns.“

Jetzt war auch Romero um Worte verlegen. Der

Galakt wandte sich an mich: „Du allein beteiligst dich nicht am Gespräch. Warum nicht?"

„Ich höre zu."

„Hast du keine Fragen?"

„Mindestens hundert."

„Bitte stelle sie."

Die Fragen meiner Freunde waren selbstverständlich wichtig, doch es gab Probleme, die mich weit mehr interessierten.

„Ich möchte wissen, was euch über die Ramiren bekannt ist und wie es zum Krieg zwischen Galakten und Zerstörern gekommen ist. Ungewollt haben auch wir den Kampf gegen die Zerstörer aufgenommen und halten euch schon allein deswegen für unsere Verbündeten."

Die Galakten tauschten wieder Blicke. Bei den Menschen ist das Blickewechseln ein vages Äquivalent des Gedankenaustausches, die Sprache drückt ihre Gedanken genauer aus. Die Galakten sind da geschickter – ihre Augen sind freilich auch riesengroß.

„Das ist eine lange Geschichte", bemerkte Tigran.

Wir lagerten uns bequemer. Das Flüßchen führte sauberes Wasser, keine giftigen Nickellösungen wie der Fluß bei den Zerstörern. Das Grün, das die Ufer bedeckte, duftete nach irdischem Gras. Auch die fremdartigen grünen Bäume in den Wäldern, die sich wie Mauern erhoben, rauschten irdisch.

Der Platz war ideal, um sich still zu freuen und die Natur zu genießen, doch der Galakt erzählte bedächtig von schwarzen Jahrtausenden, von ausgestorbenen Sternenvölkern und zerstörten Planeten...

6

Über die Ramiren wußten die Galakten nicht viel – dunkle Überlieferungen, nichts Genaues. Dieses merkwürdige Volk hatte entweder vor dem Erscheinen der Galakten oder zu Beginn der Galaktenzivilisation – das wäre wohl die richtige Bezeichnung – in den Perseusgruppen geherrscht. Weder vom Aussehen noch von der Lebensweise jener Wesen waren Nachrichten erhalten geblieben, die Spuren ihrer Tätigkeit waren ebenfalls vergangen, will man nicht die Planeten selbst als solche Spuren gelten lassen. Die Perseusgestirne besitzen den Worten der Galakten zufolge nämlich hundertmal mehr Planeten als die anderen Sterne der Galaxis. Im Perseus hat ein Stern zehn bis fünfzehn große Trabanten – das ist dort nichts Besonderes. Die Überlieferung schreibt den Planetenreichtum im Perseus den Ramiren zu, die es verstanden, aus verdichtetem Raum kosmische Kugeln zu schaffen. Möglicherweise rühren die Perseusgruppen selbst daher, daß die Ramiren die Sterne gewaltsam einander näher brachten, nachdem sie den freien Raum zwischen ihnen erschöpft hatten.

„Die Tanew-Reaktion", flocht Romero ein. „Die Menschen benutzen sie, um ihre Sternennachbarschaft umzugestalten. Die Macht der Ramiren war derselben Ordnung oder allenfalls eine Ordnung höher als die gegenwärtige menschliche."

„Aber sie war höher als unsere", versetzte der Galakt. „Wir sind nicht imstande, Planeten zu schaffen, schon gar nicht, sie zu zerstören."

Die weiteren Nachrichten über die Ramiren wurden immer unbestimmter. Ein Teil der Ramiren siedelte zum Galaxiskern über, wo sie die Sternmassen gewaltig ummodelten, nach ihnen brachen neue Expeditionen auf. Allmählich verödeten die von den Ramiren geschaffenen Planeten. Schub um Schub strebte dem Galaxiskern zu. Dort ereigneten sich Sternkataklysmen, der Kern pulsierte, als würde er von ungeheuren Kräften aufgewühlt. Im Perseus gingen nach dem Verschwinden der Ramiren alle Planetensysteme in den Besitz der Galakten über.

„Doch wohl auch in den der Zerstörer?" fragte Romero. „Und soweit ich verstehe, teilten die Galakten und die Zerstörer den ihnen zugefallenen kosmischen Reichtum nicht."

„Der Perseus gehörte ungeteilt den Galakten, denn die Zerstörer oder, genauer, die Serven schufen wir später."

„Die Zerstörer sind eure Schöpfung?"

„Ja. Zu unserem Unglück! Wir schufen sie nicht, sondern fertigten sie an. Der Fehler lag darin, daß die Zerstörer zunächst als Mechanismen hergestellt wurden."

Von der Schlacht auf der Sigma her wußten wir, daß die Organismen der Augenköpfigen viel Synthetik enthielten – Halbleiter, Widerstände, Kondensatoren und mechanische Gelenke. Ihr Herz war ein kleiner Gravitator. Die Unsichtbaren besaßen noch mehr Künstliches als die Augenköpfigen.

Aber daß die Serven auf dem Fließband montiert wurden, wobei man ihnen speziell gezüchtete biologische Gewebe einsetzte, war uns neu.

„Nachdem die Konstrukteure der Galakten die

Serven geschaffen hatten, arbeiteten sie daran, sie zu vervollkommnen“, sagte Tigran. „Von Generation zu Generation wurde der Anteil des Mechanischen vermindert und der Grad des Biologischen erhöht. Das biologische Gewebe ist energetisch das vollkommenste. Will man eine Maschine berechnen, die für eine Masseeinheit die größte Zahl von Fähigkeiten entwikkelt, dann kann eine solche Maschine nur eine lebendige sein. Es war eine Notwendigkeit, keine Laune, den Anteil des Biologischen an den Serven zu erhöhen.“

„Später schien es Ihnen genauso notwendig, den Serven Verstand und die Fähigkeit der Selbstreproduktion zu verleihen“, bemerkte Romero ironisch.

„Mit Verstand hatten wir die Serven von Anfang an begabt. Serven ohne Verstand brauchten wir nicht, wir wollten Gehilfen, keine Sklaven. Und es wäre gewissenlos gewesen, ihnen die Gabe der Selbstreproduktion zu verweigern, nachdem ihnen alle anderen Merkmale eines Organismus gegeben waren. Allerdings statteten wir sie nicht verschiedengeschlechtig aus. Die Serven wurden geschlechtslos geschaffen. Seinerzeit galt die Geschlechtslosigkeit der Serven als Verbesserung. Die Verschiedengeschlechtigkeit wurde den konstruktiven Unmäßigkeiten der Natur zugeordnet, da sie unweigerlich zur individuellen Liebe mit ihren Extremen und ihrem Mangel an Objektivität führt. Die Konstrukteure der Galakten erwägen heute eine wesentliche Vermehrung der Geschlechter bei Lebewesen.

Berechnungen beweisen, daß nur die Sechsgeschlechtigkeit Vollkommenheit garantiert. Das Schema sieht so aus: Ein echter Mann und eine echte Frau, aber zugleich eine linkskonstruierte und eine rechtskonstruierte Frau, desgleichen links- und rechtskonstruierte Männer."

„Wir sind von den Serven abgekommen", sagte Mary, ihre Miene hatte sich verfinstert.

Tigran kehrte zum Thema zurück. Die Serven sollten vollkommen sein, doch Mißgestalten waren das Ergebnis. Man hatte ihnen die individuelle Liebe verweigert, dafür entwickelten sie die Selbstvergötterung.

Während an der Verbesserung der Serven gearbeitet wurde, äußerten sich diese unbeabsichtigten Eigenschaften nicht. Man konnte die Serven nicht genug loben. Sie waren klug, arbeitsam, vermehrten sich rasch, begriffen leicht alle Kalkulationen, führten die kompliziertesten Experimente in den Laboratorien durch, und ihre Begabung, etwas zu konstruieren, war bereits damals verblüffend.

Aber je mehr sich von Generation zu Generation der Anteil des Biologischen an ihnen erhöhte, wurde deutlicher, daß sie nur ein wahrhaft verehrungswürdiges Objekt sahen – sich selbst. Aus einem schändlichen, stets heimlichen individuellen Gefühl wurde die Selbstvergötterung zur Norm gegenseitigen Verhaltens. Die Serven waren gefühllos, kalt und gleichgültig gegen jedermann, außer gegen sich selbst. Ihr Körper lebte, ihre Seele war tot. Ihre technisch überwundene Künstlichkeit nahm psychisch ständig zu.

Es erwies sich, daß die Galakten verschiedene Methoden ausprobiert hatten, um auf die Serven einzuwirken. Man versuchte sie zu überzeugen, stritt mit ihnen... Schließlich wurde anerkannt, daß die seelische Verzerrung der Serven durch die Dualität ihres Wesens hervorgerufen war, das Totes und Lebendiges, Künstliches und Natürliches vereinigte. Ein neues Staatsgesetz erklärte für unzulässig, künstliche Organe in lebende Gewebe einzupflanzen. Von nun an sollten die Serven gänzlich lebendig sein, nur das konnte ihre verunstaltete Psyche korrigieren. Doch sie warteten nicht, bis man sie umkonstruierte. In Massen flohen sie von den Galaktenplaneten. Ihre Flucht hatten sie klug vorbereitet. Servenkolonien hatten sich auf unbewohnbaren Planeten angesiedelt, um sie angeblich zu kultivieren. Die Galakten freuten sich, daß das Leben von ihren Sternensystemen rasch auf alle Gestirne des Perseus übergreifen würde. Außerdem war es einfacher ohne die Serven mit ihren unangenehmen Charakteren.

Als den Galakten die Ausmaße der Katastrophe klarwurden, war es zu spät. In den interastralen Räumen des Perseus entbrannte ein Vernichtungskrieg.

Die Serven wurden zu Verderbern und Zerstörern, eroberten sich einen Platz unter den Sternen und proklamierten eine Politik, die darauf abzielte, zu vernichten, was die Galakten im All eingeführt hatten.

Die Galakten verwandeln Mechanismen in Organismen und helfen den Organismen, in höchstem Grade kompliziert zu werden. Die Verderber hingegen senken den biologischen Anteil der Organismen, um Lebewesen allmählich in Maschinen zu verwandeln.

Die unglücklichen biologischen Automaten auf der von den Menschen eroberten Metrikstation – die Ingenieure, das Hauptgehirn, der Aufseher – waren anschauliche Beispiele für die kosmische Politik der Verleblosung. Romero sagte, es sei den Menschen geglückt, einen Entwicklungsweg zu finden, der dem der Galakten und ihrer Feinde nicht gleiche.

„Unsere Maschinen entwaffnen den Menschen nicht, sondern bewaffnen ihn. Wir trachten nicht danach, die Maschinen zu vollkommenen Universalarbeitern zu machen, sondern erweitern ihre spezialisierten Leistungen."

Ich fragte, in welcher Phase sich der Krieg zwischen den Galakten und den Zerstörern befinde. Tigran antwortete, die Zerstörer beherrschten uneingeschränkt die interastralen Räume, könnten den Galakten auf ihren Planeten jedoch nichts anhaben.

Der Grund dafür war, daß die Galakten eine Waffe erfunden hatten, die alles Lebendige vernichten konnte, und die Zerstörer hatten schreckliche Angst davor. Praktisch tasteten sie die Galakten nicht an.

„Und die Perspektive?" fragte ich. „Gut, sie tasten euch nicht an, aber ihr sie? Findet ihr euch mit ihren Untaten ab?"

„Nein, doch was sollen wir tun? Die Philosophie der Serven übernehmen und darangehen, sie zu vernichten? Das ist nichts für uns. Außerdem würden Schlachten im Kosmos den Tod vieler Galakten herbeiführen."

„Und auf euren Planeten, sterbt ihr da nicht? Oder ist nur die eine Todesform annehmbar?"

„Auf unseren Planeten sind wir unsterblich. Doch ihr seid müde, liebe Gäste. Wir werden noch Gelegenheit haben, uns zu unterhalten." Er wies auf das Haus am anderen Ufer. „Dort sollt ihr wohnen."

18–85

„Ich muß mit der ‚Bootes' sprechen", sagte ich, als ich mich erhob. „Wenn sie dort meine Stimme nicht hören, denken sie, wir wären in Not geraten."

7

Innen glich das Haus einem irdischen Hotel. Die friedliche Landschaft in den Fenstern verstärkte diesen Eindruck.

„Eine harte Nuß", sagte Romero düster. „Jetzt verstehe ich, warum sie unseren drei Sternenflugzeugen nicht zu Hilfe kamen, als wir im Perseus erschienen. Ich fürchte, sie leiden an der Manie des Isolationismus, wie man das in alten Zeiten nannte."

„Unsterblich auf den Planeten", sagte Lussin bekümmert, „sterblich im Kosmos. Interessant."

„Wichtig ist vorläufig eins, sie sind nicht unsere Feinde, sondern unsere Freunde", warf ich ein.

„Irgend etwas gefällt mir an den Galakten nicht", bekannte Mary, als wir allein waren. „Sie sind göttlich schön, klug, liebenswürdig und so vorteilhaft gekleidet, daß man sie immerzu anschauen möchte. Hat dir seine Tunika gefallen? Sie scheint nicht gefärbt zu sein, sondern selbst zu leuchten..."

„Du wolltest mir sagen, was dir an ihnen nicht gefällt, statt dessen lobst du sie uneingeschränkt."

„Nicht uneingeschränkt. In ihrer Gegenwart fühle ich mich befangen, empfinde ich beinahe Feindseligkeit. Und dieser Tigran hat mich angestarrt, daß ich mich geschmeichelt gefühlt hätte, wenn ein irdischer Mann an seiner Stelle gewesen wäre."

Wären wir mit den Galakten unabsichtlich zusammengetroffen, hätte diese Begegnung wahrscheinlich nichts als Freude hervorgerufen. Aber wir wollten sie bewegen, zum allgemeinen Nutzen tätig zu werden, und das war keine leichte Aufgabe.

8

Lange hielten wir Kurs auf den Flammenden, einen von jenen inaktiven Sternen, die uns während der Irrfahrt der „Raumfresser“ angefleht hatten: „Kommt in meine Nähe, hier ist die Krümmung unbeständig.“

An dem Stern war nichts Besonderes: ein Gigant der Klasse W, später Typ, weiß, von riesiger Leuchtkraft – zehntausend Sonnen in einer Sonne. Um ihn kreisten vierzehn Planeten, verschieden groß, mit unterschiedlichem Klima, aber gleichermaßen kultiviert, vollendet ausgestattet...

Jenseits der Bahnen der bewohnbaren Planeten rotierten Tausende von Asteroiden mit Durchmessern von hundert bis achthundert Kilometern. Sie bildeten eine geschlossene Sphäre und deckten die Planeten wie ein schützender Vorhang gegen Invasionen von außen.

Tigran, der uns auf unseren Spaziergängen im Sternenflugzeug begleitete, teilte mit, daß wir auf einem Asteroiden anlegen würden.

„Noch eine kosmische Desinfektion?“ erkundigte sich Romero.

„Nicht nur Desinfektion.“ Tigran lächelte fein. „Ich habe den Auftrag, euch unsere kosmische Verteidigung zu zeigen.“

„Haben die Asteroiden Namen?“ fragte Mary.

„Die kosmischen Forts der ersten Klasse haben Namen. Dieser heißt ‚Unumgänglicher drei'."

Ich wunderte mich über die seltsame Bezeichnung. Romero erklärte, die Galakten legten die menschlichen Wörter meistens direkt und nicht wie allgemein üblich aus. In diesem Fall bedeute „Unumgänglicher" nicht „Unerläßlicher" oder „Notwendiger", sondern „der, der nicht zu umgehen ist" oder „der, an dem man nicht vorbeikommt".

Der Besatzung der „Bootes" bereitete die Ausschiffung auf dem Asteroiden keine Mühe, doch für unser Sternenflugzeug war das eine langwierige Operation. Nicht nur die Menschen, sondern auch die Galakten saßen stundenlang in Spezialräumen und dehnten sich von winzigen Schiffspüppchen zu normalen, außerhalb des Schiffes brauchbaren Ausmaßen.

Diese öden Stunden ermüdeten mich, zumal der Wachstumsprozeß, der uns wieder normale Menschen werden ließ, im Dunkeln vonstatten ging. Mary faßte diese Stunden anders auf.

„Ich stelle mir gerade vor, daß ich binnen kurzem achthundertmal größer werde – entsetzlich!"

Obwohl ich meine Phantasie anstrengte, wollte keine Furcht in mir aufkommen, wir wuchsen schnell, spürten es aber nicht.

Auf dem Asteroiden erwarteten uns bereits Oshima, Trub, Orlan und Gig, die in Spezialanzügen vor uns ausgestiegen waren.

Die Zeremonie, während der sich die Galakten und unsere Sternenfreunde kennenlernten, schien mir eigenartig. Oshima begrüßten sie so herzlich wie vordem uns, Trub wurde ebenfalls freundlich angelächelt, als sie sich jedoch an die Zerstörer wandten, entstand höfliche Kälte. Die Furcht und Feindseligkeit von tausend Jahren war nicht im Handumdrehen aus dem Gedächtnis zu verdrängen.

Für den Rundflug auf dem Asteroiden bot man uns ein seltsames Ding an, so etwas wie einen fliegenden Wal, mehr Lebewesen als Maschine. Wir konnten die Empfindung nicht loswerden, als säßen wir in einem Leib, nicht in einem Raum.

Mary sagte lachend: „Hoffentlich verdaut uns diese fliegende Konstruktion nicht! Ich fürchte, gleich sondern die Wandungen Magensaft ab."

Nicht Magensaft breitete sich über die Wandungen, sondern mildes Leuchten. Sie wurden durchsichtig.

Wir flogen über die Oberfläche des Asteroiden. Selten bin ich einem so düsteren Bild begegnet. Die ferne Sonne – etwa so groß wie eine Kinderfaust – schien, ohne zu wärmen. Aschig trübes Licht erhellte unwirkliche Berggipfel über grundlosen Schluchten – der Asteroid bestand aus mehreren Stücken, die grob aneinandergefügt waren. Auf den Felsen lag eine dikke Schicht zu Schnee erstarrter Atmosphäre – schwere Gase, aufgelöst in erstarrtem Wasser.

Die Galakten führten uns zu einer riesigen unterirdischen Anlage. Das Merkwürdige begann damit, daß ein See unter einer Kuppel lag, einer durchsichtigen, dickwandigen Kuppel von solch unverkennbarer Festigkeit, daß weder Laser sie durchbrennen noch Geschosse sie sprengen konnten. Unter der Kuppel brodelte flüssige Masse. Der See wallte, Protuberanzen wirbelten auf, die zunächst weiß waren und dann gelblich wurden – er warf sich gegen die Kuppel, als wäre er lebendig, überflutete sie von innen, versuchte durchzubrechen, wuchs, blähte sich, sank wie erschöpft zurück und zog sich zusammen – nur die gilbenden Zungen brachen aus der Masse hervor.

Nach kurzer Zeit wiederholte sich alles – das Wachsen, das Schwellen, das Füllen der Kuppel, der wütende Versuch, sie zu sprengen...

„Was ist das?" fragte ich Tigran.

„Ihr habt das mächtigste biologische Geschütz unseres Sternenbezirks vor euch. Zweitausend fast ebenso starke Geschütze sichern die Planeten des Flammenden gegen Überfälle von außen."

Eine Weile betrachteten wir schweigend den tobenden See. Er machte auf uns den Eindruck eines in einen Steinkäfig gesperrten Lebewesens.

Von Tigran erfuhren wir, daß der See tatsächlich ein riesiges Lebewesen war – der flüssige Kern des steinernen Asteroiden. Wir sahen nur einen unbedeutenden Teil von ihm, das winzige, durch eine Kuppel geschützte Auge, alles übrige war kilometertief verborgen.

Obwohl dieses Wesen, das biologische Geschütz, ohne Verstand in unserem Sinne war, einem stumpfen Riesentier ähnlich, so war es doch von launischem und eigensinnigem Charakter. Es mußte nicht nur gut gefüttert – seine Nahrung stammte von den inneren Planeten –, sondern auch mit Wärme, spezieller Bestrahlung und elektrischen Entladungen bedacht werden. Toste der See, dann zeugte das von der Ruhe des Kerns, war der Kern aufgebracht, dann erhob sich ein Sturm, daß der Asteroid wie epileptisch zuckte. Der

Kern produzierte eine Strahlung, die im Nu alles Lebendige vernichtete.

Kuppeln wie diese gab es an verschiedenen Stellen des Asteroiden. Von wo ein feindliches Schiff auch angriff, auf seiner Flugachse befand sich stets eine dieser Kuppeln. Im erforderlichen Augenblick öffnete sich die Höhle, die Schutzglocke änderte die Molekularstruktur, und ein Strom tödlicher Strahlung schnellte hinaus, der alles Lebendige auf dem feindlichen Schiff in ein Häufchen Asche verwandelte.

Die Tanew-Annihilatoren sahen schöner aus als die Kolonien tobender Zellen hinter der durchsichtigen Glocke. Doch neben diesem ungeheuren lebenden Kern wirkten sie, obwohl sie an sich gewaltig waren, wie Winzlinge. Romero fragte Tigran: „Im Laufe der Zeit sammelt sich unter der Glocke die nicht abgegangene Strahlung an. Beeinträchtigt das nicht die Lebenstätigkeit des Kerns?"

Romero hatte einen komplizierten Punkt berührt. Es ist verboten, die angesammelte Strahlung freizugeben, die Weltenräume dürfen nicht mit verderblichen Strömen erfüllt werden. Der Kern schluckt die eigenen Absonderungen, und seine Zellen sterben an Selbstvergiftung. Der Zerfall alter und die Synthese neuer Zellen erfolgen gleichzeitig, die Protuberanzen erzeugen Stürme, sind Ausdruck dieser Reaktionen. Periodisch wird der Kern schwächer und erlischt, danach überwindet die Synthese den Zerfall, und ein neuer stürmischer Prozeß entbrennt.

„Und wenn sich der Feind gerade in dem Augenblick einstellt, da der Kern geschwächt ist?"

„Die Perioden des Absinkens und des Ansteigens

haben verschiedene Asteroiden nicht gleichzeitig. Die Hälfte der Kerne ist ständig aktiv. Außerdem braucht der Kern das periodische Erlöschen, um sich selbst zu regulieren. Würde er ungehindert Strahlung absondern, würde seine Substanz so anschwellen, daß der Asteroid auseinanderflöge. Je schneller ein Kern erlischt, desto zuverlässiger ist er."

„Sind eure kosmischen Schiffe mit biologischen Geschützen ausgerüstet?"

Man merkte Tigran an, daß er nicht antworten wollte. Aber die Galakten können nicht lügen. Wenn es ihnen nicht gelingt, Stillschweigen zu bewahren, sagen sie die Wahrheit. „Auf den Sternenflugzeugen gibt es biologische Geschütze, allerdings von geringerer Leistungsfähigkeit."

Romero fand es befremdlich, daß die Galakten, obwohl sie die absolute Waffe besaßen, keinen Umschwung im Krieg herbeigeführt hatten. „Sie müssen zugeben, lieber Orlan, daß Ihre Schiffe schwächer ausgerüstet sind. Sowohl Ihre Gravitationsschläge als auch die biologische Strahlung der Galakten pflanzen sich mit Lichtgeschwindigkeit fort. Aber eine Gravitationswelle wird proportional zum Quadrat der Entfernung schwächer, während ein Bündel biologischer Strahlung praktisch überhaupt nicht zerstreut wird. Bei weiten Distanzen müßte ein Kreuzer der Galakten immer die Oberhand über einen Kreuzer der Zerstörer gewinnen."

Orlan antwortete so betont leidenschaftslos, daß man es als Spott auffassen konnte. „Du vergißt, Romero, daß unser Kreuzer einem schmalen Strahl ausweichen kann, während ein Schiff der Galakten unweigerlich in eine gefährliche Gravitationswelle gerät, mag sie auch abgeschwächt sein. Die Zielgenauigkeit der biologischen Geschütze ist in einem Manövrierkampf gering. Anders sieht es aus, wenn man ins Innere der Planetensysteme durchbrechen will – da werden die Schiffe vom tödlichen Beschuß ereilt."

Romero stritt weiter: „Wenn der Manövrierkampf, scharfsinniger Orlan, Ihrer Meinung nach den Galakten nicht das Übergewicht gibt, warum fallen sie dann nicht über Ihre Planetenstützpunkte her, über den Dritten Planeten zum Beispiel? Den können Sie nicht zur Seite schieben, aber der Strahlenweg läßt sich bis auf einen Kilometer genau berechnen. Früher oder später hätte Sie die todbringende Strahlung in Asche verwandelt – und die Zerstörer, selber zerstört, hätten aufgehört, Böses im All zu säen."

„Um diese Gefahr abzuwenden, haben wir die sechs Metrikstationen errichtet, Romero."

Und Orlan erzählte, wie die letzte offene Schlacht zwischen Galakten und Zerstörern verlief. Die Galakten versetzten einer Metrikstation Schläge aus ihren biologischen Geschützen, aber die Station rollte in ihrem Bezirk den Raum zusammen und warf die ausgestoßenen Strahlen nach dem Aufrollen auf die Galaktenplaneten zurück. Seit der Zeit hatten die Galakten, wo sie sich im Perseus auch befanden, dem Kampf um die Macht in der Sterngruppe entsagt.

Orlans Erzählung brachte mich wieder auf meine unruhigen Gedanken. „Du hast uns beredet, Orlan, die Galakten um Hilfe zu bitten. Nun stellt sich heraus, daß ihre biologischen Geschütze im Kampf wirkungslos sind."

Orlan antwortete, als habe er diese Frage schon lange erwartet: „Je nachdem, um was für einen Kampf es sich handelt, Eli. Dort, wo die Sternenschiffe der Menschen durchbrechen, werden unsere Schiffe begrenzt manövrierfähig sein. Und wenn sie, um sich vor den biologischen Strahlen zu retten, ungeordnet fliehen, dann ist euch damit doch auch gedient, oder?"

9

Anfangs sah es so aus, als legten wir auf einem nur von Bäumen besiedelten Planeten an. Zwei Monde umkreisten ihn, auf dem ferneren hatten wir von den Sternenflugzeugen Abschied genommen. Dann hatte sich der Planet gezeigt, und wir wunderten uns, als wir vergebens nach Ortschaften Ausschau hielten. Wälder, nur Wälder, nach menschlichen Begriffen unwahrscheinliche Wälder.

„Ich bin geblendet vom Licht der Bäume", sagte Mary. Die Bäume waren größer als unsere irdischen – manche bis zu einem halben Kilometer hoch, wie wir später feststellten. Ihre Äste hingen nicht herab und luden auch nicht nach den Seiten aus, sondern strebten empor. Sie waren nicht nur verschiedenfarbig wie unsere Vegetation, sondern leuchteten funkelnde Lichter – rote, blaue, violette, gelbe und orangefarbige in allen Schattierungen...

„Nachts ersetzen die Bäume den untergegangenen Stern", erläuterte Tigran. „Werden eure Planeten nicht von Bäumen erhellt?"

Höflich hörte er sich die Antwort an, aber sicherlich kamen ihm unsere Lampen und Scheinwerfer, unsere leuchtenden Wände und Decken wie wilde Barbarei vor. Bei den Galakten steht in jedem Zimmer ein Bäumchen – es spendet Licht und klimatisiert die Luft.

Mitten im Waldmassiv öffnete sich ein heller Streifen, der Aerobus landete auf einem weiten Platz.

Groß war unsere Überraschung, als wir gewahr wurden, daß nicht nur Galakten zu unserer Begrüßung erschienen waren. Engel drängten sich um uns, sechsflüglige Grashüpfer mit Menschengesichtern, schöne Wegabewohner. Ich fürchtete schon, man habe Phantome auf uns losgelassen, Kopien der in unseren Gehirnen haftenden Gestalten, aber dann erblickte ich viele seltsame Wesen, daß niemand sie sich ausgedacht haben konnte.

Wir wanderten aus einer Umarmung in die andere. Als sich das Feuerwerk der Farben legte, das Bacchanal der Laute schwächer wurde und sich der Strudel der Bewegungen beruhigte, flogen wir in eine Stadt.

Sie glich unseren Städten und war ihnen doch nicht ähnlich. Es gab Straßen, irdisch weitläufig und breit. Längs der Straßen erhoben sich nicht Häuser mit Fenstern und Türen, sondern blinde Mauern, in denen hier und da ein Tunnelschlund gähnte. Über der Straße wölbte sich nicht der sternenübersäte Himmel, sondern die Kronen von leuchtenden Riesenbäumen – ihre Stämme waren hinter den Mauern verborgen, die Äste über der Straße zu einem Dach verflochten.

Wir wurden in einen Tunnel geführt und gelangten in einen Saal.

Tigran machte uns mit einem Galakten bekannt,

der noch stattlicher und schöner war. In der Menschensprache hieß er Grazi – der Name paßte zu ihm.

„Auf den Planeten wird Grazi mich vertreten“, teilte Tigran mit. „Er wird auch die Verhandlungen mit euch führen.“

Am Abend fand unser erstes Gespräch statt. Ich nannte die Gründe, die dringlich ein Bündnis zwischen Menschen und Galakten erforderten.

Das Zerstörerreich sei durch innere Kräfte zerrissen, man brauche nur zuzuschlagen, damit es endgültig auseinanderfalle. Zu dem Zweck müsse der menschlichen Flotte geholfen werden, die in den Perseus eindringe.

Die Galakten hörten höflich zu, das strahlende Lächeln wich nicht von ihren Gesichtern. Ich spürte, daß ich eine Wand vor mir hatte und mit dem Kopf dagegen anrannte.

„Wir werden euren Vorschlag den Völkern auf den Planeten des Flammenden unterbreiten, desgleichen den Galaktengesellschaften, die die Systeme anderer Sterne bevölkern“, versprach Grazi. „Einstweilen bitte ich euch, an einem Fest euch zu Ehren teilzunehmen.“

„Nein“, sagte ich. „Keine Feste, solange wir eure Meinung nicht kennen.“

Grazi zog erstaunt die Brauen hoch. „Ich kann der Entscheidung unserer Völker nicht vorgreifen. Es erheben sich viele Einwände gegen eine Teilnahme am offenen Krieg.“

„Teilt uns wenigstens mit, welche Einwände ihr habt, damit wir beizeiten darüber nachdenken können.“

Durch Blicke verständigte sich Grazi mit den Galakten. „Ich nenne die beiden Haupteinwände: Wenn wir den Menschen ein Geschwader zu Hilfe schicken, das mit biologischen Geschützen ausgerüstet ist, dann können die Geschütze in dem entbrennenden Kampf ein Ziel verfehlen. Bei dem bloßen Gedanken daran packt uns Entsetzen."

„Haha, ein schöner Einwand!" rief Gig aus. „Selbst wir, die Unsichtbaren, schießen vorbei. Ein ungenauer Schlag – das ist in Schlachten doch gang und gäbe!"

Ich ermahnte Gig durch einen strengen Blick.

„In gewöhnlichen Schlachten – ja", sagte Grazi so höflich wie zuvor. „Aber eine Schlacht, an der biologische Geschütze beteiligt sind, ist ungewöhnlich. Wenn ein Bündel dieser Strahlen das Ziel trifft, wird das Ziel vernichtet, die Strahlen sind ausgelöscht. Wird das Ziel verfehlt, jagt das Strahlenbündel im All dahin, unsichtbar, unabwendbar, jagt jahrelang dahin, Jahrtausende, Millionen, Milliarden Jahre, durchdringt die Sternensysteme, die Galaxien, die Metagalaxis – und irgendwann trifft es unterwegs einen Lebensherd. Und wehe dann allem Lebendigen! Was es auch sein mag – Kolonien primitiver Moose, Bakterien, die die Atmosphäre füllen, oder eine hochentwickelte Zivilisation, alles verwandelt sich in Staub! Kein einziger Galakt heißt ein solches Verbrechen gut – ich auch nicht!"

Jetzt klang seine Stimme herausfordernd. Die Einwände des Galakten waren mit den ersten besten Argumenten nicht zu widerlegen.

„Ein ernsthafter Einwand. Wir werden über eure

Befürchtungen nachdenken. Jetzt würde ich gern den zweiten Einwand hören."

„Der zweite hängt mit dem ersten zusammen. Ihr habt eine Metrikstation erobert, fünf andere sind noch in den Händen der Zerstörer. Wenn wir danebenschießen, erzeugen die Feinde eine Krümmung, daß die von uns ausgesandten Strahlen uns selbst ereilen. Einen solchen Fall hat es bereits gegeben – viele Planeten verwandelten sich damals in Friedhöfe. Wollt ihr, daß wir uns selbst zum Untergang verdammen?"

„Ihr sagtet, Galakten seien auf ihren Planeten unsterblich. Dennoch seid ihr nicht frei von Todesangst?"

„Wir haben solche Lebensbedingungen geschaffen, daß wir den Tod nicht zu fürchten brauchen. Todbringende Faktoren können nur von außen kommen. Einfallende biologische Strahlen zum Beispiel."

Der Tod, antwortete Grazi, sei entweder eine Katastrophe oder eine Krankheit. Katastrophen gebe es auf ihren Planeten nicht, die Krankheiten seien überwunden – woran solle da ein Galakt sterben? Wenn sich einzelne Organe abnutzten, würden sie ersetzt. Grazi hatte dreimal das Herz gewechselt, zweimal das Gehirn, etwa achtmal den Magen – und nach jedem Ersatz hatte sich sein Organismus verjüngt.

„Schwingungsbewegungen zwischen Alter und Erneuerung", sagte Romero. „Oder ein auf ewig konserviertes Alter?"

Romeros Bemerkung war allzu herausfordernd, als daß der Galakt sie unbeantwortet lassen konnte. Es sei unmöglich, das Alter zu konservieren. In der Jugend und im Alter gingen die biologischen Veränderungen im Organismus so rasch vor sich, daß es irreal sei, hier die Entwicklung aufzuhalten. Die volle Blüte – das sei der Lebensabschnitt, da sich der Organismus maximal erhalte, das sei ein großes Plateau in der Wachstumskurve. Eben diese Periode, die stabile Reife, wählten die Galakten, um sie ewig fortdauern zu lassen. Gern würden sie uns ihr Wissen und Können vermitteln, damit auch wir der Vorzüge einer vernünftigen Unsterblichkeit teilhaftig würden.

Ich mischte mich nicht mehr ins Gespräch, sondern hörte nur zu. In jedem Wort, in jeder Geste der Galakten entdeckte ich Entsetzen vor dem Tode.

Die Unsterblichen quälte das Grauen vor dem Untergang, denn er war für sie eine Katastrophe, keine Unvermeidlichkeit.

Keine leichte Aufgabe, dachte ich. Nicht für ein vorteilhaftes und edles Bündnis gewinnen, wie ich es mir anfangs vorgestellt hatte, sondern ihre Natur wandeln – das war mir zugefallen.

„Jetzt versteht ihr, meine ungeduldigen Freunde, wie groß unsere Zweifel sind", sagte Grazi. „Wir wollen die Geduld der Versammelten nicht länger strapazieren, ihr werdet schon lange erwartet, kommt!"

10

Mittelpunkt des Festes wurden Gig und Trub.

Unsichtbare waren bei den Galakten noch nie gewesen, und Gig tollte für alle seine Mitbrüder umher. Selbstverständlich verschwand er nicht in der optischen Unzulänglichkeit, sondern prunkte – sichtbar in allen Wellen – nach Herzenslust in seinem Zivil. Ununterbrochen wurde er zum Tanz aufgefordert, und das lustige Skelett verrenkte sich so ausgelassen bei den komplizierten Pirouetten, daß er sämtliche Galaktinnen bezauberte.

Trub kurvte unter den Baumkronen, und keiner der einheimischen Engel leistete gleiches – so setzte er Maßstäbe.

Von schönen Galaktinnen umringt, plauderte Romero über die grüne Erde. Ich spitzte die Ohren und lauschte ihm. Verwundert fragte ich mich dann, was mich eigentlich von diesem paradiesischen Winkel, der die Erde in seiner Schilderung war, in die rauhe Ferne gelockt hatte.

Lussin war verschwunden, Oshima war ebenfalls nicht zu sehen. Orlan schweifte leidenschaftslos und ohne Rast unter den Bäumen umher – ein bleiches Gespenst in prächtiger Menge. Auch er wurde zum Tanz geholt. Zwei leuchtende Wegabewohner wirbelten wie Windhosen um ihn herum, er flatterte teilnahmslos und schweigsam zwischen ihnen. Ich weiß nicht, was die Schlangen von der Wega empfanden, doch ich fand diesen Tanz nicht berückend.

Der aufgekratzte Romero trat zu mir: „Lieber Admiral, warum so trübselig? Es wäre schön, wenn der Kommandierende unserer Sternenarmee mit den neugewonnenen Bundesgenossen tanzen würde!“

„Mit den Bundesgenossinnen, Romero! Nur mit den Bundesgenossinnen. Leider kann ich nicht. Tanzen Sie für mich.“

„Nein, so leicht kommen Sie mir nicht davon“, rief er und forderte zwei Galaktinnen auf. Obwohl ich meiner Partnerin nicht einmal bis zur Schulter reichte, tanzten wir zu lustiger Musik. Musiker sah ich nicht, die Klänge wurden telepathisch übertragen.

Die Melodie entstand hier harmonisch, sie wurde nicht allein von mir hervorgerufen, sondern von der ganzen Umgebung – der dunklen Nacht, den bunten, duftreichen Bäumen, der Freude unserer Gastgeber, die ihre Gäste verwöhnten, auch von ihrer Furcht vor unseren Bitten und meiner inneren Verfassung... Und all das bildete eine wehmütige vielstimmige Fuge.

Ich dachte an unsere weite Reise zu den Plejaden, an unsere beiden Invasionen im Perseus, an die Bilder von den Untaten der Zerstörer. Tausende von leidenschaftlichen, bald zärtlichen, bald bitteren Erinnerungen erhoben sich in mir und traten zurück, ich verweilte in der Vergangenheit, war bald begeistert, bald empört – erlebte sie von neuem.

Dann wurde die Vergangenheit von der Gegenwart verdrängt, doch es war nicht die bezaubernde, träumerische, in der ich mich jetzt befand, sondern die ernste, die Zweifel und Befürchtungen weckte. Ich sann über die Galakten nach, über ihre vollendete Selbstzufriedenheit, ihr blindes Entsetzen vor dem Tod, den sie jenseits ihrer Sternenumgebung wähnten.

Ich hatte den leidenschaftlichen, unbändigen Wunsch, sie zu widerlegen, ihnen Egoismus vorzuwerfen, in ihnen das erloschene Verantwortungsgefühl für das Schicksal der anderen, ihnen fernen Sternenvölker wachzurufen, ihrem ruhigen Blut unsere menschliche Unruhe beizumengen...

Seit jener Nacht sind viele Jahre verstrichen. Ich sitze in der Veranda unserer Wohnung im neunundsiebzigsten Stockwerk des Grünen Prospekts, derselben, die Wera und ich einst bezogen hatten. Wera ist vor kurzem gestorben, ihre sterbliche Hülle ruht, unvergänglich, im Pantheon. Die Kunst der Galakten, unsterblich zu sein, steht den Menschen trotz aller Experimente noch nicht zu Gebote. Ich beklage mich nicht. Vor dem Tod habe ich keine Angst. Ich habe ein gutes Leben gelebt und wende das Gesicht nicht ab, gedenke ich des Vergangenen. Unten, im Zentrum des Grünen Prospekts, erhebt sich eine Kristallkuppel – Asters Mausoleum. Er ist aufgebahrt, unser Junge, klein, lieb, noch im Tode wirkt er energisch. Am Eingang findet sich die Inschrift: „Dem ersten Menschen, der sein Leben für die Sternenfreunde der Menschheit gab." Diese Inschrift hat Romero verfaßt, ich sah Tränen in seinen Augen, als er sie dem Großen Rat vorschlug. Ich bin's zufrieden, und ich werde nicht weinen. Zum letztenmal in meinem Leben habe ich damals geweint, in der Nacht, auf dem prächtigen Planeten der Galakten, unter ihren frohen Bäumen, die leuchteten und dufteten, und Mary, die mich umarmt hatte, weinte mit mir...

11

Man brachte uns auf einen der öden Planeten, die man für das Leben ausgerüstet hatte.

Diese Reise interessierte mich mehr als die Bekanntschaft mit den Galakten in ihren paradiesisch eingerichteten Heimen. Romero meinte ironisch, die Suche nach der Vollkommenheit fessele mich mehr als die erlangte Vollkommenheit. „Sie sind ganz dem

Reisen verfallen", sagte er im Planetenflugzeug. „Sie beachten die Stationen an Ihrem Wege nicht, ungeduldig eilen Sie der nächsten zu, um ebenso eilig daran vorbeizufliegen." Vielleicht war etwas Wahres an dem, was Romero sagte, doch ich hätte den Gedanken einfacher ausgedrückt: Ich bin ein Mensch der Tat, und da war so viel zu tun, daß keine Zeit blieb, sich lange umzusehen.

Der Planet, auf den man uns brachte, hieß Massiver. Er war wirklich massiv – gigantischer Stein, Bergspitzen und Felsen, Klüfte ohne Grund, gewaltige Spalten von Pol zu Pol, ungeheure Bergketten. Den kultivierten Kügelchen unserer Planeten glich dieser düstere Steinzapfen im Kosmos wenig.

Wenn dieser trostlose Massive von Ramiren erschaffen worden war, dann hatten die rätselhaften Wesen entweder äußerst nachlässig gearbeitet, oder ihre Phantasie hatte nicht weiter als bis zur Erschaffung toter Steine gereicht.

Der Massive interessierte mich auch deshalb, weil er an den Pluto erinnerte, den Planeten meiner Jugend, der aus einer ähnlichen Felswüste in ein gigantisches kosmisches Werk umgewandelt worden war. Als ich die Tätigkeit der Galakten kennenlernte, mußte ich zugeben, daß wir zwar in technischen Lösungen überlegen, aber von der Zielstrebigkeit ihrer Vorhaben lernen konnten.

Die Berge bedeckte graubrauner Schimmel. Moose zerlegten den Stein in seine chemischen Elemente. Unsere Atmosphärenwerke auf dem Pluto arbeiteten intensiver, erfaßten jedoch nur einen unbedeutenden Teil des Planeten, während die Moose der Galakten hier die gesamte Oberfläche bedeckten. Der tote Planet dampfte, verbreitete Stickstoff und Sauerstoff, überall rieselten Bäche und Flüsse über ihn hin, füllten die Senken der künftigen Meere.

Ihr Projekt, den Planeten zu besiedeln, war grandios. Und wieder hätten die Menschen einen anderen Weg beschritten als die Galakten. Wir hätten den Planeten kolonisiert – hätten Fische gebracht, Raubtiere, Vögel, hätten Gewächse gepflanzt, die schon an anderen Stellen gediehen. Die Galakten kolonisierten ihre Planeten nicht, sondern entwickelten neue Lebensformen. Auf dem Massiven mit seiner großen Gravitation züchteten sie Rassen mit wenig Masse und starker Muskulatur. Die genetischen Möglichkeiten der Evolution berechneten sie unwahrscheinlich weitgehend. Das neugebildete Wasser war bereits von mehrzelligen primitiven Wesen bevölkert. An Modellen zeigte man uns, wozu sie sich später entwickeln würden. Diesen Wesen war eine gigantische Vervollkommnungskraft eingegeben, sie sollten sich von Generation zu Generation transformieren.

Am Ende einer gar nicht langen Reihe von Umwandlungen – nicht Milliarden Jahre natürlicher Evolution, sondern insgesamt nur Tausende – sollten neue vernunftbegabte Wesen entstehen, die den Engeln, auch sechsflügligen Grashüpfern und Galakten ähnlich sahen. Die Galakten sprachen von ihnen, als existierten diese geplanten Wesen bereits.

Je aufmerksamer ich die Arbeiten der Galakten auf dem Massiven studierte, desto häufiger suchten mich die alten Gedanken heim – jetzt waren sie bestimmter. Wie anders hätte sich das Leben im All entwickelt, wären die Galakten nicht in ihre Sternenreservationen gejagt worden! Gejagte Götter sozusagen, ewige Gefangene, unsterbliche Parias, die Angst haben, die Nase aus den Umfriedungen ihrer Planetengettos zu stecken.

Nach der Besichtigung des Massiven sagte Grazi: „Bereite eine Rede an die Galakten vor. Wir kehren auf unseren Planeten zurück, von dort wird die Sendung auf die Trabanten des Flammenden übertragen sowie auch in die befreundeten Sternensysteme. Du wirst also eine ausgedehnte Hörerschaft haben, Freund Eli!"

Wir alle waren aufgeregt, nicht nur ich.

Romero hätte in Gelassenheit mit Orlan wetteifern können, in der Fähigkeit, sich zu beherrschen, hätte er keinem Galakten nachgestanden. Aber auch er sah verstört aus. Gig hatte seine Lebensfreude eingebüßt, und Trub ließ die Flügel hängen. Ich mußte vergessen, daß ich ganz durcheinander war, und die Kameraden ermuntern.

Mary sagte zu mir: „Hals- und Beinbruch, Eli." Als sie sah, daß ich befremdet war, fügte sie hinzu: „Eine alte Beschwörungsformel. Als Antwort mußt du mich zum Teufel schicken."

Ich genierte mich, sie zum Teufel zu schicken, aber in Gedanken sprach ich den Fluch aus.

Grazi und Tigran geleiteten uns in einen leeren Saal mit zwei Tischen. Am ersten nahmen die beiden Galakten, Romero, Orlan und ich Platz, am zweiten unsere Kameraden.

Orlan und Oshima hatten errechnet, daß Allan tausend Jahre braucht, um zum Dritten Planeten vorzudringen, wenn er sein Tempo beibehält, und genau fünftausend Jahre, bis er am ersten Sternensystem der Galakten anlangt.

Ringsum waren nur matt leuchtende Wände, die in eine Kuppel ausliefen. Obwohl wir selbst niemanden sahen, waren fast eine Trillion nachdenklicher, ruhiger, wohlwollender Augen auf uns gerichtet: Alle Sternensysteme der Galakten waren dem Flammenden angeschlossen, zahllose bewohnbare Planeten lauschten der Stimme des fernen Sterns, eines gewöhnlichen Übergiganten von hoher Leuchtkraft, der heute auch von ungeheurer Tonstärke war. Später erfuhren wir, daß es den Zerstörern nicht gelungen war, die Sendung vom Flammenden zu unterdrücken – im Perseus reiften schreckliche Ereignisse heran, die Feinde wollten über ihr Schicksal im Bilde sein.

„Sprich, Eli", sagte Grazi.

Zuerst sagte ich, wir seien Freunde, und unter Freunden sei Offenheit im Umgang die Norm. Die Errungenschaften der Galakten seien gewaltig. Sie überträfen alles, was die abergläubischen Menschen einst ihren Göttern an Macht und Wohlstand zuschrieben.

Eins sei von Übel: Die Galakten hätten sich mit der Rolle von Gefangenen abgefunden, die von der übrigen Welt abgeschnitten sind. Die Welt rufe um Hilfe – wo ist die Hilfe der mächtigen Galakten? Die Galakten seien taub gegenüber den Qualen der Welt – das sei die Wirklichkeit.

„Ihr fürchtet den Untergang, denn der Tod ist für euch nicht wie für uns das unvermeidliche Ende, sondern eine unzulässige Katastrophe", sagte ich unumwunden. „Und ich kann euch keine Garantie geben, Krieg ist Krieg, da ist nichts zu machen. Aber ich will darauf hinweisen, daß ihr nicht allein sein werdet in den Schlachten, neben euren werden die Schiffe der Menschen mit ihren Annihilatoren fliegen. Ich befehlige die menschliche Flotte und verspreche feierlich: Wenn eins eurer Sternenflugzeuge ein Ziel verfehlt und die todbringende Ladung in den Raum davonjagt, werden wir den Raum zusammen mit den biologischen Strahlen annihilieren, die technischen Möglichkeiten dafür sind vorhanden. Nichts droht euch, nur eure eigene Angst. Euch erwartet – die ganze Welt! Folgt dem Ruf der Welt!"

Nach wie vor befanden wir uns in dem Saal mit den durchsichtigen Wänden und der ebenso durchsichtigen Kuppel – doch gleichzeitig flogen wir über dem Planeten dahin. Vor uns zeigten sich Plätze, auf den Plätzen Gewimmel, überall debattierende Galakten und ihre Freunde.

Kurz darauf erschien ein anderer Planet vor uns, zunächst eine kleine rote Kugel, dann eine den ganzen Himmel füllende Sphäre. Wir fielen auf den Planeten, prallten aber nicht auf, sondern segelten darüber hin. Er sah anders als unser Planet aus – himbeerfarbene Gewächse, Seen und Meere, die nicht blau, sondern orangefarben waren, Berge, von weißrosa Fackeln gekrönt. Die Wasserwolken, die in der Atmosphäre schwammen, waren gelbgrün und nicht schmutzig grau. Ich bin überzeugt, daß auf diesem freudig lichten Planeten mit den lohenden Farben nicht nur die Augen Erquickung fanden, sondern daß es sich hier leicht leben ließ.

„Wir könnten die anderen Planeten des Flammenden besuchen, können in die benachbarten Sternsysteme überwechseln“, bot Grazi an. „Die Übertragung erfolgt mittels Überlichtwellen.“

Ich weiß nicht, wieviel Stunden der Flug über die Planeten und Sterne dauerte, doch wir wurden rechtschaffen müde. Grazi schlug vor, wir sollten uns stärken und dann ausruhen.

Nach dem Mittagessen versammelten wir uns im Salon. Von hier führten Türen in den Saal.

Romero sagte achselzuckend: „Ich bezweifle nicht, daß sie eine Methode haben, die individuellen Wünsche zu einer kollektiven Meinung der Gesellschaft zu summieren. Selbstverständlich nicht so was wie unsere Große Staatsmaschine, aber irgendeinen ewig jungen Galakten, der sich auf das allgemeine Abhören oder – nennen wir es so – Anhören spezialisiert hat.“

Orlan war am aufgeregtesten, ich sah das an seinem grau gewordenen Gesicht. Er sprach mit Mary, ich setzte mich zu ihnen.

„Die Trägheit glücklicher Abgeschlossenheit – das ist es, was sie überwinden müssen“, sagte Orlan finster. „Draußen droht ihnen der Verlust ihres Glücks. Und dann – Zerstörer sollen ihre Bundesgenossen sein! Ihr habt mir sofort vertraut, aber doch wohl deshalb, weil ihr vorher eigentlich keine Zerstörer getroffen hattet. Sie haben uns Millionen eurer Jahre studiert!“

„Nein, nicht deshalb vertrauen wir dir, Orlan, weil wir euch schlecht kennen“, mischte ich mich ein. „Wir sind überzeugt, daß das Gute vernünftiger ist als das Böse und Zusammenarbeit nützlicher als ein Ver-

20–85

nichtungskrieg. Wir wenden uns an eure Vernunft und stärken eure Vernunft durch unsere Kraft. Ein Bündnis zwischen Vernunft und Kraft – was kann wirksamer sein?"

Orlan sagte voll Kummer, der durch seine Maske der Leidenschaftslosigkeit schimmerte: „Ich zweifle nicht: eine gute Niederlage im Kampf, und das Reich des Großen Zerstörers bricht auseinander. Wie soll ich meine Überzeugung auf die Galakten übertragen?"

Grazi und Tigran betraten den Salon. Wir umringten sie. „Du hast uns nicht überzeugt, Admiral Eli", erklärte Grazi. „Du hast freimütig mit uns gesprochen, auch die Galakten wollen freimütig mit dir sein. Wir stellen dir zwei Fragen und bitten dich, uns eine klare Antwort darauf zu geben. Die erste: Hältst du es für vernünftig, daß die Galakten ihren jetzigen gesicherten Wohlstand gegen die Unbilden eines Krieges vertauschen, in dem es nicht um ihre Interessen geht? Die zweite: Bist du sicher, daß unsere Feinde ihre Natur ändern können? Vermag man diejenigen, die sich bisher allein der Zerstörung widmeten, dem schöpferischen Leben zuzuführen? Welche Garantien gibt es dafür?"

Orlan ließ seinen Kopf zwischen die Schultern knallen. „Genau das, worüber wir uns eben unterhalten haben, Eli", sagte er mißmutig.

Besorgt berührte mich Mary mit der Hand. Ich blickte sie schweigend an. Sie war sehr blaß. „Beruhige dich", sagte sie. „So wütend darfst du nicht sprechen!"

„Kommt“, sagte ich zu Grazi und Tigran. „Wenn Fragen gestellt werden, gibt es auch Antworten.“

12

„Also die erste Frage“, sagte ich, „ob es vernunftig ist, den heutigen Wohlstand der Galakten gegen die Unbilden und Launen eines Krieges einzutauschen. Mehr als vernünftig – es ist unvermeidlich. Denn eine andere Möglichkeit, euren jetzigen Wohlstand zu bewahren, gibt es nicht, außer dieser – sich Gefahren und Launen auszusetzen. Und kämpfen werdet ihr nicht für Interessen, die euch nichts angehen, sondern für eure eigenen. Euch steht das Heute und die ferne Zukunft offen. Warum lebt ihr denn nur dem Heute? Ich könnte der Zukunft leichter entsagen, sie ist ohnehin nicht meine Zukunft, mein Körper vergeht, sobald sie eintritt, doch ich kämpfe für sie, denn sie wird das Heute meiner Nachkommen sein, und sie werden sich meiner erinnern und mich loben. Für euch ist es keineswegs die Zukunft eurer Nachkommen, sondern eure eigene, wie könnt ihr euch entschließen, ihr zu entsagen, euch selbst so zu berauben?

In den Weltenräumen, aus denen ihr einst verjagt wurdet, herrschen heute eure Feinde, die Zerstörer. Ihr meint, sie wären euch ungefährlich? Ihr glaubt, die entsetzlichen biologischen Waffen wären ein sicherer Schutz gegen sie? Heute, meine Lieben, nur heute sind sie sicher, morgen nicht, aber ihr existiert doch immer. Wollt ihr wissen, was morgen geschieht und womit euer Leben endet?

Die Zerstörer wissen genau, daß Lebewesen der Zugang zu euch verwehrt ist. Und sie versuchen es nicht – heute könnt ihr ruhig sein. Doch sie haben eine vorzügliche Eigenschaft, die euch fehlt und die für euch unendlich bedrohlich ist! Ihr habt Vollkommenheit erlangt, seid mit euch selbst zufrieden. Eigentlich tut ihr nichts anderes, als euren heutigen Zustand in eine Ewigkeit zu verwandeln – errungenes Glück konserviert ihr. Sie aber entwickeln sich, sie fahren fort, sich unermüdlich zu vervollkommnen, sie entwickeln sich in frevlerischer Richtung, sie vervollkommnen ihr Verbrechertum. Ihr meint, es sei leere Philosophie, was der Große Zerstörer der Verderber verkündet hat – die Umwandlung von Organismen in Mechanismen?

Was euch in eurem baldigen ‚Morgen' erwartet, ihr Unsterblichen: Hunderte feindlicher Schiffe werden an euren kosmischen Kordons auftauchen – und eure biologischen Höchstleistungsgeschütze werden sie beschießen. Aber die Schiffe werden ihre Fahrt ruhig fortsetzen, auf keinem wird auch nur ein einziges Molekül vorhanden sein, das fähig wäre, durch euren Beschuß umzukommen. Mechanismen, vernünftige leblose Mechanismen, werden die Schiffe steuern. Wir haben schon Automaten gesehen, die mit einem Gehirn in Verbindung standen. Diese lebendigen Automaten funktionieren ausgezeichnet, sie steuern die Mechanismen des Dritten Planeten. Das ist die reale Zukunftsperspektive: ein gigantisches Leithirn auf einem der Sterne, die von euren Geschützen nicht erreicht werden können, und Automaten, die mit ihm durch sorgfältig verschlüsselte Wellen gekoppelt sind. Was erwartet euch dann?

Ein bedeutender Teil von euch wird gleich beim ersten Angriff umkommen – und sie werden zu beneiden sein! Schwer ist das Los derjenigen, die am Leben bleiben. Über eure aufs beste eingerichteten Planeten brechen Gravitationsschläge herein, eure Städte und Parks verwandeln sich in Staub, der wie Wasser fließt – solchen Staub haben wir auf Sigma in den Plejaden gesehen. Bevor die Planeten vernichtet werden, hängt man euch Ketten um den Hals, gleichgültige Automaten treiben euch in die Sklaverei. Ihr versucht zu fliehen – da ist kein Weg! Ihr fallt auf die Knie – und erfleht vergebens die Freiheit! Ihr wollt euch umbringen und findet den Tod nicht, denn auf euren Planeten habt ihr den Tod abgeschafft! Ihr werdet schreien und euch die Haare raufen, in Raserei euer bitteres Schicksal verfluchen, euch in die Hände beißen, mit Fäusten auf den Kopf schlagen! Bitte, das ist nicht verboten, ihr könnt euch beißen und ohrfeigen und Tränen vergießen. Rings um euch werden nur Automaten sein, sie rührt das nicht – sie sind nicht auf Mitleid programmiert!

So wird euer Morgen aussehen: Sklaven eines leblosen mechanischen Herrn! Ewige Diener einer Maschine, ewige Knechte ihrer Launen, denn eine Maschine hat Launen, schreckliche Launen, sinnlose, unlogische, aber für euch, ihre Sklaven, verbindliche. Fürchterlich ist es, vor einem Tyrannen und Ausbeuter zu katzbuckeln, der lebendig und stumpfsinnig ist, hochmütig und wetterwendisch, argwöhnisch und grausam. Wieviel schöne Legenden gibt es bei uns

Menschen über den schweren Kampf von Unterdrückten gegen ihre Unterdrücker. Tausendmal schmachvoller und bitterer ist es, Sklave einer Maschine zu sein, Bediensteter eines Elektronenschemas, Lakai einer toten Kombination von Hebeln – und das ist euer Schicksal von übermorgen, ihr, die ihr heute vollkommen und gottähnlich seid! Wo findet ihr dann einen Ausweg? Wohin wendet ihr euch? Wen fleht ihr an? Ihr werdet keinen Ausweg finden, keine Möglichkeit, keine Hilfe! Denn heute grabt ihr selber die bodenlose Grube, in die ihr morgen fallen werdet!

Das ist meine Antwort auf eure erste Frage.

Jetzt zur zweiten Frage.

Ihr glaubt nicht, daß die Zerstörer morgen eure Freunde werden können – das ist aus eurer Frage deutlich herauszuhören. Warum, so frage ich euch, glaubt ihr das nicht? Deshalb, so antwortet ihr, weil man ihre grausame Natur nicht umändern kann, weil man einen, der der Vernichtungsleidenschaft verfallen ist, nicht dem schöpferischen Leben zuzuführen vermag, weil man nicht einen zum Schöpfer machen kann, der vom allgemeinen Chaos träumt. Nein, sage ich euch! Nein! So engstirnig darf man nicht sein. Schaut euch die Welt an – wieviel mannigfaltiger ist sie als euer Schema. Sie ist ganz Widerspruch und Vielfalt, ihr aber richtet sie in einer Linie aus. Sie tendiert verschieden, sie zerreißt innerlich und fliegt wie bei einer Explosion nach allen Seiten, ihr bemerkt jedoch nur den winzigen Splitter von ihr, der euch gegen die Brust geschlagen ist.

Laßt uns ruhig analysieren. Ihr seid jetzt wahrscheinlich die geschicktesten Lebensspender der Welt, zumindest des Teiles der Welt, den wir kennen. Ihr habt euch zum historischen Ziel eurer Existenz gesetzt, den Anteil des Biologischen an allem Lebendigen zu erhöhen. Die Leblosigkeit der Automaten ist euch verhaßt, nörglerisch kontrolliert ihr, ob diejenigen, die auf eure Planeten kommen, nicht etwas Künstliches und Totes in ihren lebendigen Organismen einschleppen. Ich würde euch als die größten Lebensspender des Alls lobpreisen, wenn nicht gleichzeitig die größten potentiellen Mörder alles Lebendigen existierten. Und diese Mörder seid wiederum ihr! Oder habt ihr nicht Geschütze konstruiert, die jegliches Leben von der primitivsten bis zur kompliziertesten Form mit unabwendbarer Vernichtung bedrohen? Wenn heute einer von den Tausenden eurer Schutzasteroiden explodierte, würden dann nicht die ihm entweichenden Strahlen das Leben auf euren vollkommenen Planeten noch grausamer und schonungsloser verbrennen, als das die Verderber tun könnten? Die Möglichkeit weiterer Schöpfung und Vervollkommnung von Leben gewährleistet ihr dadurch, daß ihr die Möglichkeit seiner gänzlichen Ausrottung geschaffen habt – so kompliziert bietet sich das bei euch dar. Das Leben wird durch den Tod geschützt – das ist eure Tätigkeit.

Wenn ihr Sklaven und Helfershelfer sich immer mehr mechanisierender Automaten werdet, wofür werdet ihr dann die Unermeßlichkeit der errungenen Unsterblichkeitsjahre hingeben? Ihr werdet den Automatismus und die Künstlichkeit erhöhen, werdet Schemata zur Beseitigung des Lebens auf der Erde ausarbeiten und verwirklichen, ihr, die ihr heute auf eure lebenspendende Tätigkeit stolz seid! Denn Sklaven sind dem Herrn zu Willen, der sie geschickt hat, euch aber, die unsterblichen Sklaven, schickt euer Herr aus, um erfindungsreich Tod zu schaffen im All. Eure klägliche Unsterblichkeit wird zur Verbreitung des Todes hingegeben!

Nun schaut euch die Verderber an. Sie haben die Zerstörung zu ihrem Glaubenssymbol erklärt, sie begreifen sich als Schöpfer von Chaos und Unordnung. Aber um die allgemeine Unordnung zu erzeugen, organisieren sie bei sich eine strenge, grausame Ordnung. Sie errichten ein gigantisches Reich, bauen Städte und Werke, richten kosmische Stationen ein, füllen die Weltenräume mit Schiffen, kultivieren und kolonisieren nacheinander Planeten und Sternenwelten. Ich betone – sie schaffen, organisieren, regeln! Bei euch im Perseus gibt es heute keine größeren Organisatoren und Schöpfer als eben diese Zerstörer! Ihre Arbeit bereitet die Zerstörung vor und führt bereits zur Zerstörung, die ungeheuerliche Grausamkeit ihrer hierarchischen Ordnung ist notwendig, um das allumfassende Chaos zu verbreiten. Sie sind Zerstörer, sie sind Verderber, ich habe nicht die Absicht, sie zu rechtfertigen. Aber ich fordere Aufmerksamkeit für die schwierige Natur ihrer Tätigkeit, für die Widersprüche, von denen sie erfüllt sind. Die Welt ist bunt, mit einer Farbe allein könnt ihr ihr Bild nicht malen.

Und nun behaupte ich, daß diese zweite Seite des Widerspruchs, die gigantische technische Arbeit der heutigen Verderber an und für sich, abgesehen von ihrem unnatürlich bösartigen Ziel, nützlich ist und nicht verderblich. Was wäre schlecht daran, wenn eine Metrikstation die Raumstruktur regelte, während mächtige Sternenflugzeuge Waren und Passagiere von einem Sternengebiet zum anderen beförderten? Schon allein die Fähigkeit, die Schwerkraft zu handhaben, ist eine der größten Schöpfungen des vernünftigen Genius! Warum eine solche Fähigkeit nicht in den Dienst der lebendigen Vernunft stellen? Ich will nicht die technischen Erfolge der Zerstörer aufzählen. Ich behaupte, daß die namenlosen Schöpfer dieser Erfolge unsere potentiellen Freunde sind. Die schöpferische Vernunft erstickt im Reich der Zerstörer. Längst schon sind dort Kräfte herangereift, die darauf aus sind, eine Revolution herbeizuführen – es ist unsere Pflicht, diesen Kräften zu helfen. Ihr fragt, wo sie sind? An der Oberfläche sind sie nicht zu sehen, zu groß ist der Druck, der sie niederhält, zu schwer sind die Strafen für jeden Versuch des Widerstands. Aber zeugen nicht schon die Grausamkeit der Unterdrükkung, die Schwere der Strafen von der Macht der Widerstand leistenden Kräfte? Ein ehemaliger Zerstörer, unser Freund Orlan, sagte, ein guter Stoß – und das Zerstörerreich kracht zusammen. Freunde, versetzen wir ihm einen möglichst guten Stoß!

Ohne Garantien glaubt ihr nicht, daß sich die Zerstörer in Schöpfer verwandeln? Da sind die von euch verlangten Garantien, schaut genau hin! Orlan und Gig, steht auf, damit die Galakten und ihre Sternenfreunde euch betrachten! Orlan, ein vertrauter Beamter des Großen Zerstörers, einer der namhaftesten Würdenträger des Reichs, ein kluger Stratege – hatte er nicht selbst geplant, auf unsere Seite überzutreten? Auf die Seite der Sieger, die die Verteidigungskraft gebrochen und sich ohne seine Unterstützung bereits den Erfolg gesichert hatten? Nein, auf die Seite der hilflosen Gefangenen, deren Zukunft noch ganz ungewiß war – er trat auf unsere Seite über, um unser Schicksal zu teilen, nicht um sich an die eroberte Pastete zu setzen! Und der Spaßvogel Gig, verriet er die Zerstörer auf der Suche nach Vorteilen? Er ließ sie deshalb im Stich, weil sich eine Gelegenheit bot, die Verderber zu verlassen, er konnte nicht mehr mit ihnen sein! Ihr sagt, Orlan und Gig sind keine Garantie, daß andere Zerstörer genauso handeln. Ebenso wie der Übertritt des Hauptgehirns vom Dritten Planeten auf unsere Seite keine Garantie dafür ist, daß sich auch die übrigen fünf Hauptgehirne von ihrem Gebieter lossagen? Nein, meine Freunde, nein. Hier ist eine Garantie und obendrein noch eine absolute. Absolut deshalb, weil Orlan und Gig die ersten Zerstörer waren, denen wir begegneten – und diese ersten wurden unsere Freunde. Wir hatten sie nicht nach langem Suchen gefunden, nicht ausgewählt, der Große Zerstörer hatte sie ausgesucht – und selbstverständlich hatte er die strenggläubigsten ausgesucht, die grausamsten. Und sie sind unsere Freunde! Sie sind nicht strenggläubig und nicht grausam! Sie sind nicht auf unsere Seite übergetreten, dieses Wort ist ungenau, sie brachen zu uns aus, sie gewannen endlich die Freiheit. Da ist sie, die absolute Garantie: Die Würdenträger verlassen den obersten Herrscher, seine Garde zückt das Schwert gegen ihn. Denn er ist die Unterdrückung und Erniedrigung, die Rechtlosigkeit und Lüge. Wir sind die Freiheit und die gegenseitige Achtung, die Gleichberechtigung und die Wahrheit! Sucht keine anderen Garantien, stärkere als diese findet ihr nicht! Damit schließe ich. Entscheidet euch!"

„Du kannst dich ausruhen, Eli", sagte Grazi, als ich mich gesetzt hatte. „Die Sendung ist beendet, wir müssen den Galakten Zeit lassen, über deine Rede nachzudenken."

Ich ging in den Salon. Die Kameraden umringten mich. Romero sagte: „Sie sind ein Redner, Admiral!"

Oshima schimpfte energisch: „Wenn uns diese lebenden Götter jetzt nicht ein paar Sternenflugzeuge mit biologischen Geschützen zur Verfügung stellen, dann sind sie blinde Katzen, und sie dürfen in meiner Gegenwart das Wort Galakt nicht mehr erwähnen!"

Grazi und Tigran hatten den Salon betreten. Zum ersten- und zum letztenmal sah ich die Galakten erregt, nicht freundlich lächelnd wie gewöhnlich.

Grazis Augen schimmerten feucht, er streckte mir die Hände entgegen. Tigran tänzelte, als wollte er wie unser Gig jauchzen und sich schütteln.

Ungestüm ergriff ich Grazis Hände.

„Admiral Eli!" sagte er feierlich. „Wir haben entschieden: Nach langen Jahrtausenden der Abgeschiedenheit treten die Galakten erneut in die interastralen Räume hinaus. Ihr Menschen seid heute mächtiger als wir – mit Freuden unterstellen wir uns eurer Leitung. In nächster Zeit wird sich an der Sphäre der Asteroiden ein Geschwader von Sternenflugzeugen aus dem System des Flammenden sammeln – fünfunddreißig Kampfschiffe. Aus den anderen Sternensystemen werden auch Geschwader kommen, insgesamt vierhundertfünfzig Sternenflugzeuge. Ergreife das Kommando über die Flotte der Galakten! Admiral der Menschen!“

13

André teilte vom Dritten Planeten mit, daß gegen Allans Schiffe eine gigantische Zerstörerflotte konzentriert werde, unaufhörlich erschienen neue Kreuzer. Für André und auch für uns stand fest, daß die Verderber die Entscheidungsschlacht nicht hinauszögern würden. Sie mußten Allan unbedingt erledigen, ehe die Galakten herbeieilten. So hätte ich anstelle der Zerstörer gehandelt, ich hatte keinen Grund, den Feind für dümmer als mich zu halten.

Als die ersten fünfunddreißig Sternenflugzeuge im Sammelraum waren, befahl ich den Aufbruch. Die Geschwader waren angewiesen, sich zu zwei Flotten zu sammeln und getrennt zu der Stelle zu fliegen, wo Allan durchzubrechen versuchte.

Die Admiralsantennen hißte ich wieder auf der „Bootes“, Oshima befehligte das Schiff, Tigran half ihm – der Galakt hatte sich mit den Apparaten der menschlichen Schiffe vertraut gemacht. Und wie beim ersten Sturmangriff auf den Perseus formierten wir uns zu einem Rammsporn mit Schneide, doch nicht mehr zu acht Schichten, sondern zu vier – die „Bootes“ bildete die Schneide, hinter ihr schichteten sich die Sternenflugzeuge: vier, sieben, zwanzig...

Im dritten Monat unseres Flugs gab es zwei wichtige Ereignisse. Zuerst traf die Mitteilung ein, daß die zweite Flotte, aus zweihundert Schiffen bestehend, in die interastralen Räume aufgebrochen sei, um sich mit uns zu vereinigen, während die dritte Flotte, weitere zweihundertzwanzig Kreuzer, die Konzentrierung beende und dieser Tage aufbreche.

Die zweite Mitteilung war beunruhigend. Neben unserer Flotte hatten sich Zerstörerschiffe gezeigt. Als die Schiffe des Gegners erschienen, befanden wir uns im Observationssaal.

Die von Überlichtwellen georteten Verderberkreuzer flammten als grüne Punkte auf dem Bildschirm auf.

Ein paar Stunden nach dem ersten Sternenflugzeug wurden schon mehr als fünfzig gezählt, und immer neue Punkte zeigten sich.

Wir gingen uns ausruhen, ohne abzuwarten, bis die Konzentration des feindlichen Geschwaders beendet war. Bevor ich ging, sprach ich mit Grazi und Orlan. Der Galakt verhielt sich tapfer, obwohl er Angst vor der Begegnung mit den Feinden hatte, von denen die Galakten in offenen Schlachten stets überwältigt worden waren. Orlan war finster.

„Die Lage gefällt mir nicht“, bekannte er. „Der Große hat sich irgendeine Gemeinheit ausgedacht. Bestimmt wird er sich bemühen, uns nicht dorthin zu lassen, wo der Kampf gegen Allans Geschwader stattfindet.“

Ich sah keinen Grund zur Sorge. Niemand zweifelte daran, daß die Zerstörer versuchen würden, uns unterwegs eine Schlacht aufzuzwingen. Aber auch die „Bootes“ mit ihrer Fähigkeit, materielle Körper zu annihilieren, stellte eine Nuß dar, an der man sich die Zähne ausbeißen konnte.

Ich meldete dem Dritten Planeten, daß ich den Feind sichtete.

André fixierte jedes Schiff der Zerstörer, das auf unsere Flugtrasse zueilte. Ihre große Zahl beunruhigte ihn, und er riet uns, den Kurs zu ändern und auf den Orangefarbenen zuzufliegen. Bei kurzer Entfernung funktionierten die Mechanismen der Station gut, die Generatoren für Fernwirkung seien noch nicht repariert, obwohl daran mit äußerster Anstrengung gearbeitet werde. „Wir können euer Geschwader nur im Bereich des Orangefarbenen decken", teilte André mit.

Lange dachte ich über die Depeschen von André nach. Alles in mir protestierte dagegen, mich in den Schutz der Station zu begeben. Eben das versuchten die Feinde zu erreichen – uns zu zwingen, auf eine Vereinigung mit Allan zu verzichten. Ob wir von selbst flohen oder in einer Schlacht zerstreut wurden, war nur ein taktischer Unterschied. Das strategische Ziel wurde in beiden Fällen erreicht.

Diese Erwägungen übermittelte ich unseren Sternenflugzeugen, als bereits klar war, daß nicht ein Geschwader des Gegners, sondern eine große Flotte gegen uns anrückte. Die nördliche Halbsphäre war mit grünen Lichtern übersät, über zweihundert wurden gezählt, und immer neue kamen hinzu. Orlan war überzeugt, daß der Große Zerstörer alle seine kosmischen Reserven für den Kampf gegen uns mobilisiert hatte, um die Hauptkräfte nicht zu schwächen, die gegen Allan operierten. Gut daran war nur, daß den beiden anderen Galaktenflotten keine Begegnung mit den gefährlichen Kräften des Gegners drohte.

Die feindliche Flotte flog im Verband parallel zu uns, ohne uns zu überholen oder zurückzubleiben. Es war natürlich leicht für sie, mit den langsamen Schiffen der Galakten in einer Linie zu bleiben.

In diesen Tagen befanden wir uns genau quer zum Orangefarbenen – und zwar in kürzestem Abstand. Eine bessere Möglichkeit, sich in den Schutz der Stationsmechanismen zu retten, würde sich nicht mehr bieten. Jede Flugstunde entfernte uns weiter von ihm.

„Also entscheiden wir“, sagte ich zu Grazi. „Die Meinung der Menschen, insbesondere meine, kennt ihr: Flucht bedeutet Scheitern unseres Unternehmens: Weiterfliegen – die Möglichkeit einer Schlacht.“

Der Galakt schwankte nicht lange. „Wir haben dir das Kommando nicht übertragen, Eli, um bei der ersten Gefahr zu meutern. Ich bin für Weiterfliegen und habe meine Meinung allen Sternenflugzeugen mitgeteilt.“

Auf Beschluß aller Besatzungen wurde der Flug fortgesetzt. Nun entfernten wir uns vom Orangefarbenen. Beklommen beobachtete ich am Bildschirm, wie dieser Stern verblaßte, der uns noch vor kurzem so viele Qualen bereitet und mir und Mary den Sohn genommen hatte. Heute war er unser einziger Schutz in den Sternenbesitzungen der Zerstörer.

Ich ersuchte die Schiffsmaschine, zu berechnen, wann wir die Wirkungsgrenze der kleinen Stationsgeneratoren überfliegen würden. Bis zur Grenze, wo wir noch auf die Hilfe der Station hoffen konnten, blieben ein paar Tage.

„Werter Orlan, Sie sind der einzige von uns, der die

strategische Küche der Zerstörer kennt", sagte Romero einmal zu Orlan. „Könnten Sie nicht Aufgaben und Möglichkeiten der uns nachsetzenden feindlichen Flotte skizzieren?"

Nach Orlans Meinung würde uns die Zerstörerflotte bis zur Wirkungsgrenze der Metrikgeneratoren geleiten. Die Heerführer der Zerstörer wußten zweifellos, daß die Station noch nicht vollständig wiederhergestellt war, und bauten darauf ihre Taktik. Sie würden sich auf uns stürzen, sobald wir ohne Unterstützung wären. Jetzt bewegten sie sich in kompakter Abteilung, doch vor dem Angriff würden sie sich auseinanderziehen, um uns aufzubringen. Sie hätten begriffen, daß die Hauptkraft in unserem Geschwader die „Bootes" sei, und würden sich bemühen, einem Schlag ihrer Annihilatoren auszuweichen.

„Und werden sich einem Schlag der biologischen Geschütze aussetzen!" rief Gig. Dunkel brannten die Augenhöhlen des Anführers der Unsichtbaren, so begeisterte ihn die Aussicht auf eine kosmische Schlacht.

Orlan zog skeptisch den Kopf zwischen die Schultern. „Ohne Zweifel werden die Besatzungen vieler Schiffe umkommen. Aber wer bildet die Schiffsbesatzungen? Vielleicht sitzen an den Pulten biologische Automaten mit programmierenden Mechanismen anstelle von Gehirnen? Sie werden umkommen, ohne zu begreifen, daß sie umkommen, und vor ihrem Tod werden sie uns großen Schaden zufügen."

Orlans düstere Prognose verfehlte nicht ihre Wirkung auf uns. Ich verstand den schweigsamen Grazi.

Wir näherten uns der Wirkungsgrenze der Metrikstation und überflogen sie. Unsere Sternenflugzeuge waren gefechtsbereit. Die „Bootes“ hatte die Annihilatoren auf die feindliche Flotte gerichtet, die Galakten wachten an den biologischen Geschützen.

Eine Zeitlang trug ich mich mit dem Gedanken, der Ungewißheit durch eigene Aktionen ein Ende zu setzen. Die „Bootes“ war schneller als die feindlichen Kreuzer. Sollte man sie nicht gegen den Kern der feindlichen Schiffe werfen und ihn mit einem Schlag annihilieren?

Die Schiffsmaschine stellte Berechnungen an, und wir mußten auf den Angriff verzichten. Bevor die „Bootes“ Zieldistanz erreichte, gelänge es dem Gegner, sich auseinanderzuziehen. Es war nicht zu hoffen, mehr als zwei, drei Schiffe des Feindes außer Gefecht zu setzen. Und während die „Bootes“ mit den preisgegebenen Kreuzern abrechnete, würde sich die Hauptmasse des Gegners auf die Sternenflugzeuge der Galakten stürzen, die ohne den Schutz der „Bootes“ wären.

Die Berechnung der Maschine war unerfreulich.

Aber nichts deutete darauf hin, daß der Feind Anstalten traf, uns anzugreifen. Die Geschwader jagten parallel zu unseren dahin und hielten Abstand wie auf einer Parade. Ich glaubte schon, Orlans strategische Prognosen wären unrichtig und der Gegner hätte überhaupt nicht die Absicht, uns in einen Vernichtungskampf zu verwickeln. Alle Menschen gaukeln sich Illusionen vor, ich bildete keine Ausnahme, als ich mir einredete, es werde uns gelingen, kampflos durchzubrechen.

Die Stunde, da die Illusion platzte, hat sich auf

ewig in mein Gedächtnis eingeprägt. Im Schiff wurde Gefechtsalarm ausgelöst. Auf den Korridoren erschallten Stimmen. Ich war mit Mary und Romero im Salon. Sie liefen in den Observationssaal, ich eilte zu den Kommandeuren.

Im Kommandeursaal saßen Oshima, Tigran und Orlan. „Es geht los", sagte Orlan leidenschaftslos.

Auf dem Bildschirm verschoben sich die Lichter. Alles war klar im Hin und Her der grünen Punkte. Die Flotte des Feindes zog sich auseinander. Sie verfuhr genau nach Orlans Disposition – trachtete danach, uns sphärisch zu umfassen und dann von allen Achsen anzugreifen. Die Hälfte ihrer Schiffe erwartete der Untergang, offenbar wollten sie das in Kauf nehmen – wenn wir nur vernichtet würden.

Ich befahl den Sternenflugzeugen der Galakten, sich enger zusammenzuschließen, die „Bootes" wies ich an vorauszufliegen. Mein Plan sah so aus: Die Galakten verteidigen sich biologisch im Einsteinschen Raum, während die „Bootes" im Überlichtbereich wie ein Sturmwind unser Geschwader umkreist und die Schiffe des Feindes annihiliert, die in den Vernichtungskegel geraten.

Die Historiker kritisierten diesen Plan später wegen seiner Verwegenheit, die ans Unwahrscheinliche grenzte. Ich hätte diese klugen Historiker gern in meiner damaligen Lage gesehen – ein schnelles Schiff gegen eine ganze Flotte! Auch heute, viele Jahre nach jenen Ereignissen, bin ich überzeugt, daß es uns gelungen wäre, die Sternenflugzeuge vor einem unmittelbaren Schlag zu schützen, zweifellos hätten ihre Geschütze sicheren Tod unter den Feinden gesät.

Aber die Schlacht entwickelte sich ganz anders.

„Admiral, sie weichen zurück!" schrie Oshima.

Die Zerstörer wichen nicht zurück, ein heftiger Sturm schüttelte ihre Schiffe. Die grünen Lichter zuckten und erloschen.

Selbst den Überlicht-Ortungsgeräten war die Hölle verwehrt, die an der Stelle tobte, wo sich eben die feindliche Flotte befunden hatte. Die Schiffe wurden von uns fortgeschleudert, eins nach dem anderen, eins aufs andere. Sie flogen weiter, doch ihre Bahn, abgebrochen, verwickelt, sich krampfhaft ändernd, zeugte unwiderlegbar von Verwirrung und Entsetzen im Lager des Feindes.

Einst waren wir in eine ebensolche Falle geraten, und uns hatten ebenfalls Sorgen und Ängste gequält; was die Feinde jetzt durchmachen mußten, war hundertmal schlimmer. Der Abgrund, den sie jahrtausendelang für ihre Opfer gegraben hatten, tat sich vor ihnen auf.

„Die großen Generatoren der Metrikstation arbeiten!" Orlan brach das Schweigen. „Und wenn ich mich nicht irre, Admiral, drängt André die feindlichen Flotten zum Flammenden – einem biologischen Schlag der Asteroiden entgegen. Wie haben die Zerstörer immer gefürchtet, sich dieser schrecklichen Vernichtungssphäre zu nähern! Und nun – das Finale!"

Ich riß mich vom Bildschirm los, wo die feindlichen Lichter verblaßten.

14

Sanft wurde das Planetenflugzeug ins Innere der „Skorpion“ gezogen. Ich lief als erster hinaus, stieg aber nicht die kleine Treppe hinunter, sondern sprang von der Plattform auf den Anlegeplatz.

Ich hatte noch nichts gerufen, mich noch nicht einmal geräuspert, als ich mich schon in Allans Armen fand. Dann wurde Allan von Leonid abgelöst. Leonid von Olga, Olga von Wera, Wera von den anderen Freunden.

Später trat leidliche Ruhe ein. Mary weinte in Weras Armen. Oshima redete eifrig auf Leonid und Olga ein, der energische Kapitän der „Bootes“ versuchte wohl gleich beim ersten Wiedersehen die ganze Epopöe unseres Umherirrens im Perseus zu schildern. Trub stürzte von einem zum anderen und jagte zwischendurch über allen umher, wobei er wie von Sinnen brüllte, als stoße er ins Horn.

„Eli, wer ist das?“ fragte Olga schreckensbleich.

Ich drehte mich um, da ich nicht begriff, was der stets ruhigen Olga solches Entsetzen eingeflößt haben konnte.

Auf der Plattform des Planetenflugzeugs war Gig erschienen. Er stand dort riesengroß, lebensfroh, mit dem ganzen Körper lachend, und betrachtete aus seinen schwarzen Augenhöhlen die Menschenmenge.

Diese Einheit von Menschen, Galakten und Zerstörern war derart überraschend, daß auf dem ganzen Platz minutenlang Stillschweigen herrschte. Die Menschen blickten starr vor Staunen auf die Zerstörer und Galakten, diese musterten neugierig die Menschen.

Nur das muntere Knochengeklapper des Skeletts störte die Stille.

„Meine Freunde!“ sagte ich zu den Menschen. „Wundert euch nicht, sondern freut euch! Was ihr gesehen habt, ist nicht rätselhaft, sondern symbolisch. Die drei größten Sternenvölker schließen sich zu einem Bruderbund zusammen – zum Wohle und zum Gedeihen aller! Und wenn vorerst noch nicht davon gesprochen werden kann, daß sich sämtliche Zerstörer in Schöpfer verwandelt haben, so sind doch die ersten Schwalben, die den Frühling machen, bereits eingetroffen. Das sind sie, begrüßt sie!“ Ein jauchzendes „Hurra!“ übertönte meine Worte.

Wir stiegen hinunter und verloren uns in der Menge. Allenfalls konnte ich mich verlieren und noch eher Lussin mit seinen zwei Metern dreißig. Aber die beiden fast drei Meter großen Galakten ragten wie Statuen über der Menge.

Auch Gig konnte sich nicht verlieren – sein Lachen schallte durchs ganze Sternenflugzeug.

„Komm in den Observationssaal“, sagte ich zu Allan. „Ich zeige dir den Orangefarbenen, wo jetzt André Scherstjuk residiert. Mindestens ein Viertel der Perseusgestirne ist ihm untertan... Wohin willst du, Allan?“

„Augenblick, Eli, Augenblick!“ rief Allan und stieß die uns begleitende Menge auseinander.

„Was hat er?“ fragte ich Olga. „Womit habe ich ihn erschreckt?“

„Gleich erfährst du es, Eli“, antwortete sie. „Du hast ihn nicht erschreckt, sondern erfreut.“

Allan erschien, als wir den Observationssaal betra-

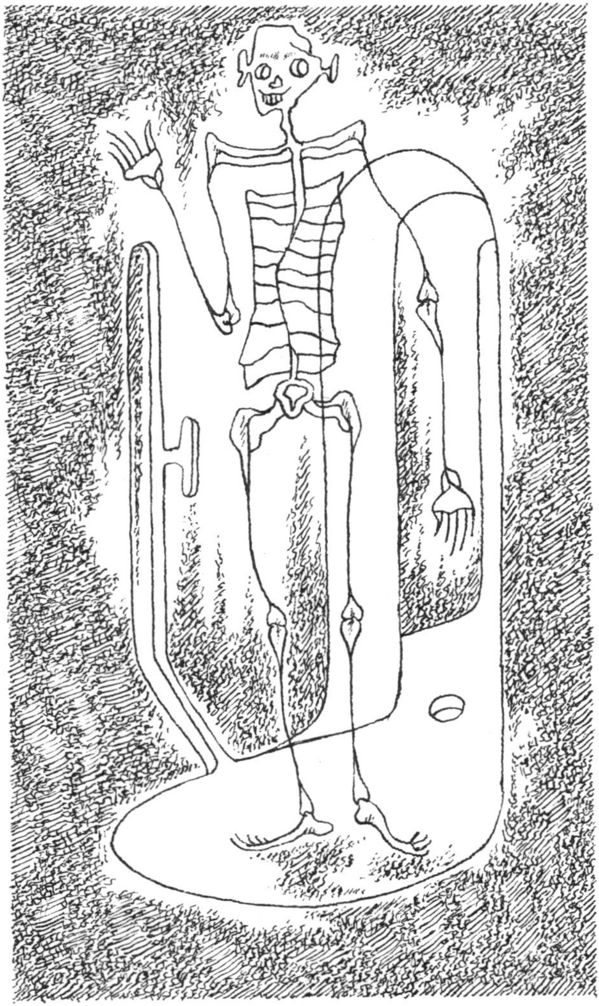

ten. Er hatte einen jungen Mann untergefaßt.

Der junge Mann war André derart ähnlich, daß ich erstarrte. Es war André, aber nicht der gealterte, nervöse, den wir auf dem Dritten Planeten gelassen hatten, sondern der frühere André, der Freund meiner Jugend – stattlich, bezaubernd schön, mit den gleichen rotbraunen schulterlangen Locken...

„Oleg!“ brachte ich mühsam heraus.

Der junge Mann näherte sich schüchtern. Ich umarmte ihn fest.

„Wie kommst du hierher?“

„Vor drei Jahren wurde mir gestattet, mich der Expedition anzuschließen“, antwortete Oleg. „Mutter ist auf der Ora geblieben, ich habe versprochen, ihr sofort Nachricht zu geben, wenn ich etwas über Vater erfahre.“

„Heute wirst du ihr mitteilen, daß dein Vater gefunden ist. Wir werden die Depesche außer der Reihe über die Raumwellenstation senden. Du wirst ihn bald sehen. Die Vereinigte Flotte fliegt zum Orangefarbenen.“

Der Observationssaal war so voll, daß die Sessel nicht für alle reichten, viele mußten stehen. Auf dem Bildschirm überstrahlten die Lichter der Sternenflugzeuge das Funkeln der Gestirne. Die grünen Punkte der Galaktenschiffe hatten sich mit den rötlichen Lichtern der Sternenflugzeuge vermischt. Ich richtete den Vervielfacher auf ein rotgrünes Lichterpaar. Der Kreuzer der Galakten war riesig neben unserem. Ich schmunzelte. Wir brauchten nicht bekümmert zu sein, in unseren kleineren Schiffen verbarg sich eine gigantische Macht. Die über die Sterngruppe verstreuten

Reste der Zerstörerflotte wußten bestimmt ein Lied davon zu singen.

In der Schlacht, die sich kürzlich abgespielt hatte, waren weder Allans Geschwader noch die vereinigten Kräfte der Galakten um ein Schiff ärmer geworden, die Zerstörer aber hatten mehr als ein Drittel ihrer Kreuzer eingebüßt – ihnen war endgültig die Hoffnung auf einen Sieg genommen.

„Einiges ist vollbracht im Perseus", sagte ich. „Einiges ist vollbracht, Freunde!"

Olegs Stimme klang traurig: „Alles Wichtige habt ihr schon getan... Wir, die Jungen, brauchen nur zu vollenden."

Durch die Lichtersphäre der Vereinigten Flotte von Menschen und Galakten schimmerten die Sterne der Gruppe χ Persei, und hinter ihnen schwappte die Milchstraße über die Ufer, der majestätische Sternenstrom des Alls.

Von nirgends wirkt er so schön und grandios wie vom Perseus, von nirgends wirken die Nebelflecke über seinem Kern so drohend.

„Einiges ist vollbracht", wiederholte ich. „Was hier zu tun bleibt, reicht für Jahrhunderte. Dir, Oleg, stellen wir eine andere Aufgabe, außerhalb des Perseus, nur eure Generation ist ihr gewachsen. Irgendwo dort", ich wies auf die dunklen Nebelflecke, „wohnt ein rätselhaftes mächtiges Volk – die Ramiren. Es muß erkundet werden, was sie für welche sind. Eine Expedition zum Kern der Galaxis – das ist die Aufgabe, die wir der heutigen jungen Generation stellen, Oleg."

Leseprobe aus dem 3. Band, Snegow „Der Ring der Gegenzeit", der demnächst erscheint

An jenem Tag stürzte rauschender Regen hernieder, daran erinnere ich mich gut. In der Erdachsenverwaltung hatte es eine Störung gegeben: Das Fest des Großen Sommergewitters sollte erst in einer Woche stattfinden. Die Regengerten peitschten die Fenster, den Boulevard entlang flossen schäumende Ströme. Ich stieg eilends zur Terrasse des achtzigsten Geschosses hinauf und bot mein Gesicht genießerisch dem unprogrammierten Wolkenbruch dar. Im Nu war ich bis auf die Haut naß. Und als Mary mich rief, reagierte ich nicht. Bestimmt ärgerte sie sich. Auch sonst hatte ich nie einen Wettermantel angezogen, bevor ich in den Regen hinauslief, und das hatte ihr stets mißfallen.

Erneut rief sie. „Eli! Eli! Komm herunter! Romero will mit dir sprechen."

Da sie Romero erwähnte, folgte ich ihr. Mitten im Zimmer stand Pawel. Selbstverständlich war das sein Abbild, nicht er selbst, aber die Stereoübertragung hat solche Vollkommenheit erlangt, daß zumindest ich den Eindruck körperlicher Anwesenheit habe. Ich möchte dem Gesprächspartner immer die Hand drücken.

„Lieber Admiral, schlechte Nachrichten!" sagte Romero. Ich bin schon seit zwanzig Jahren nicht mehr Admiral, dennoch nennt er mich nie anders.

„Wir haben endlich geklärt, warum die Expedition unserer Freunde Allan Krus und Leonid Mrawa gescheitert ist. Tief betrübt muß ich Ihnen mitteilen, daß die ursprüngliche Hypothese, es handele sich um eine zufällige Havarie, widerlegt ist. Auch die Vermutung, Allan und Leonid hätten falsch kalkuliert oder unüberlegt gehandelt, hat sich nicht bestätigt. Postum sind all ihre Anordnungen von der Großen Akademischen Maschine gutgeheißen worden. Unsere armen Freunde haben unter den entsetzlichen Bedingungen, in die sie geraten waren, das Beste getan."

„Wollen Sie sagen, Pawel...", begann ich, doch er ließ mich nicht aussprechen. Er war derart erregt, daß er seine stete Höflichkeit außer acht ließ.

„Ja, genau das, Admiral! Gegen sie wurden Kampfhandlungen geführt, und sie vermuteten das nicht einmal. Sie meldeten eine spontan eingetretene tragische Situation, während wir gezielte Schläge dechiffriert haben. Sie redeten von Naturphänomenen, während es in Wirklichkeit der Widerstand eines tückischen Feindes war, der unerbittlich Barrieren auf ihrem Wege errichtete. Das waren keine Naturwunder, lieber Admiral, das war Krieg! Unsere erste Expedition zum Galaxiskern hat auf einem Sternenschlachtfeld ihr Ende gefunden, nicht in einem Spiel der Elemente – das ist die traurige Wahrheit über die Fahrt von Allan Krus und Leonid Mrawa."

Romero drückt sich stets hochtrabend aus. Seit er in den Großen Rat gewählt und zum Haupthistoriographen der Interastralen Union ernannt wurde, hat sich dieser spaßige Charakterzug noch verstärkt. Vielleicht war eine solche Redeweise im Altertum gang und gäbe, mich jedenfalls erbost seine Art manchmal, dieser Stil ist zu hoch für die Dinge des Alltags. Hier jedoch war er angebracht. Vom Untergang der ersten Expedition zum Galaxiskern durfte man anders nichts sprechen. Ich fragte: „Wann werden die Toten beigesetzt?"

„In einer Woche. Admiral, Sie sind der erste, dem ich die Neuigkeiten mitgeteilt habe, und ohne Zweifel erraten Sie, warum wir uns zunächst an Sie wenden!"

„Nur dies unterliegt keinem Zweifel: Ich habe keine Ahnung!"

„Der Große Rat will mit Ihnen konferieren." Romero sprach so ausdrucksvoll, als vertraue er mir ein Geheimnis an, das nicht minder wichtig wäre als die Lösung des Rätsels um den Untergang der Expedition. „Wir bitten Sie, über das, was ich Ihnen mitgeteilt habe, nachzudenken."

„Das will ich tun", sagte ich, und Romeros Gestalt löste sich auf.

Ich zog mir den Wettermantel über und begab mich erneut in den Garten des achtzigsten Geschosses hinauf. Bald darauf gesellte sich Mary zu mir. Ich legte meinen Arm um sie, und wir schmiegten uns aneinander. Der klare Morgen hatte sich in düsteren Abend verwandelt, weder die Wolken noch die Bäume des Boulevards noch etwa die Gewächse des sechzigsten Geschosses waren zu sehen. Allein der Regen war jetzt in der Welt, glänzend, stimmgewaltig, wohlklingend, derart berauscht von sich selbst und ungestüm, daß ich bedauerte, keine Flügel zu haben. Ich hätte gegen die Ströme dieses frohlockenden Wassers ankämpfen mögen, Flüge mit den Aviettes vermitteln kein so starkes Gefühl.

„Ich weiß, woran du denkst", sagte Mary.

„Ja, Mary", antwortete ich. „Vor genau dreißig Jahren bin ich bei ebenso einem Fest des Sommergewitters in den Wasserströmen umhergejagt, und du warfst mir vor, ich zöge eine Schau ab in der Luft. Wir sind älter geworden, Mary. In dem Geflecht der elektrischen Entladungen könnte ich mich heut nicht mehr behaupten."

Mitunter erschreckte es mich, um wieviel besser Mary meine Empfindungen versteht als ich selbst. Sie lächelte bekümmert. „Du hast etwas anderes gedacht. Es tut dir leid, daß du nicht in jenem Winkel des Weltalls gewesen bist, wo unsere Freunde ums Leben gekommen sind. Du bildest dir ein, die Expedition hätte keine derartigen Verluste erlitten, wärest du dabeigewesen."

Ich diktiere diesen Text in einem anderszeitlichen Existenzkokon. Was das bedeutet, erkläre ich später. Vor mir schwebt in einem Kraftfeld bewegungslos eine durchsichtige Kapsel mit dem ewig unverweslichen Leichnam des widerwärtigen Verräters, der uns in einen ausweglosen Abgrund stürzte. Die Raumbildschirme zeigen die Landschaft einer unvorstellbaren, unzulässigen Welt, die Hölle eines katastrophalen Sternenstrudels. Von dieser ungeheuerlichen Welt weiß ich völlig sicher, daß sie nicht mein, nicht menschlich ist, feind nicht nur allem Lebendigen, sondern allem Vernünftigen. Und ich glaube nicht mehr, daß meine Anwesenheit eine Garantie gegen Verluste ist. Ich trage die Verantwortung für unsere Expedition, und ich führe sie bewußt einen Weg, an dessen Ende wahrscheinlich der Tod steht. Das ist die Wahrheit. Sollten diese Aufzeichnungen durch irgendein Wunder zur Erde gelangen, so mögen die Menschen wissen: Ich sehe die drohende Wahrheit in ihrem ganzen Ausmaß, und im ganzen Ausmaß bin ich mir meiner Schuld bewußt. Rechtfertigungen habe ich nicht. Das ist keine Verzweiflung, sondern Einsicht.

Doch an jenem Tag auf der schönen grünen Erde, der unerreichbar, unvorstellbar fernen Erde, antwortete ich meiner Frau zur lauten Musik des sommerlichen Wolkenbruchs voller Trauer: „Ich möchte manches, Mary! Die Wünsche verstärken das Beharrungsvermögen der Existenz – zunächst schleppen sie uns vorwärts, dann verzögern sie unser Welken. Jugend und Alter wünschen mehr, als möglich ist. Ich sage dir, ich bin zu alt für meine Wünsche. Uns bleibt eins, meine Freundin: still dahinzuwelken. Still dahinzuwelken, Mary!"

Ich war nicht auf dem Kosmodrom, als das Sternenflugzeug aus dem Perseus landete, der Gedenksitzung des Großen Rates blieb ich fern. Die Raumbildschirme in meinem Zimmer schaltete ich nicht ein. Mary schilderte mir die erhabene Trauer der Zeremonie, als die sterblichen Überreste der Astronauten auf die Erde übergeführt wurden. Weinend war sie vom Kosmodrom zurückgekommen. Ich hörte sie an und ging dann schweigend in mein Zimmer.

In den ersten Jahren unserer Bekanntschaft hätte mein Verhalten sie gekränkt, und sie hätte mich gefühllos gescholten. Jetzt verstand sie mich. Krankheiten gibt es schon lange nicht mehr auf Erden, selbst das Wort „Arzt" ist außer Gebrauch. Aber nur als Krankheit läßt sich der Zustand bezeichnen, in den mich der Bericht über Allans und Leonids Expedition stürzte. „Es ist erschütternd", hatte Romero gesagt, als er mir die Rolle gab, in der alle Ereignisse aufgezeichnet sind – vom Start auf dem Dritten Planeten im Perseus bis zur Rückkehr der Schiffe mit den toten Besatzungen zur Basis. Das war mehr als erschütternd. Davon mußte man schwer krank werden.

Wahrscheinlich wäre ich auch nicht zur Beisetzung gegangen, wenn ich nicht erfahren hätte, daß Olga zur Erde gekommen war. Sie hätte es mir nicht verziehen, wäre ich der Bestattung ihres Mannes ferngeblieben. Außerdem wollte ich die alten Freunde gern wiedersehen – Orlan und Gig, Oshima und Grazi, Kamagin und Trub. Sie waren mit Olga auf deren „Orion" angereist, um an der Feier im Pantheon teilzunehmen. Dennoch zögerte ich lange, ehe ich mich entschloß, das Haus zu verlassen. Die Trauerzeremonie schreckte mich. Romero hatte angedeutet, daß man von mir eine Rede erwarte, doch ich konnte allenfalls sagen, daß die Toten kühne Kosmosfahrer gewesen waren und ich sie sehr liebgehabt hatte.

Im Pantheon hatten sich die Verwandten und die Freunde der Toten eingefunden. Olga weinte, den Kopf an meiner Schulter. Zärtlich streichelte ich ihr graues Haar. Länger als wir alle hatte sie der zerstörenden Wirkung des Alters widerstanden. Das Leid hatte sie gebrochen. Gepreßt murmelte ich, um nicht stumm zu bleiben: „Olga, du solltest deine Haarfarbe ändern, das ist doch ganz einfach."

Wie sonst nahm sie meine Worte ernst. Ihr trauriges Lächeln schnürte mir das Herz ab.

„Leonid gefiel ich so, wie ich bin, und sonst habe ich niemanden, für den ich mich hübsch machen könnte."

Mit Olga war Irina gekommen, ihre Tochter. Ungefähr fünfzehn Jahre hatte ich sie nicht gesehen, ich erinnerte mich ihrer als eines unberechenbaren, unscheinbaren Mädchens, das äußerlich und charakterlich Leonid glich. Früher hatte ich mich oft gewundert, wie wenig Besonnenheit, Ruhe, Fähigkeit, sich in beliebige Rätsel zu vertiefen, eiserne Entschlossenheit unter dem Mantel gütiger Höflichkeit Irina von ihrer Mutter geerbt hatte. Nun stand eine schlanke, gebräunte, impulsive Frau vor mir mit so großen schwarzen Augen, deren Weiß bläulich war, daß man schwer den Blick von ihnen abwenden konnte. Ich fand, daß sie noch mehr als früher Leonid ähnelte – und nicht nur äußerlich. Heute, da sich schwerlich etwas wiedergutmachen läßt, erkenne ich, wie sehr ich mich in Irinas Charakter täuschte. In der langen Kette von Ursachen, die zu dem Unheil führten, hat auch dieser mein Fehler eine Rolle gespielt.

Ich umarmte Irina und sagte: „Ich habe deinen Vater sehr liebgehabt, Mädchen."

Sie machte sich los und blitzte mich mit ihren Augen an. Die abgegriffene Wendung „mit den Augen anblitzen" ist in diesem Falle die einzig treffende, anders vermag ich mich nicht auszudrücken. Sie blitzte mich also an und antwortete unerklärlich herausfordernd: „Auch ich habe meinen Vater liebgehabt. Und ich bin kein Mädchen mehr, Eli."

Ich hätte über ihre Worte nachdenken, mich in ihren Ton hineinfühlen sollen, vieles wäre dann anders verlaufen. Aber Lussin und Trub näherten sich, und mir stand nicht der Sinn nach unberechenbaren Frauen. Lussin drückte mir kummervoll die Hand, der alte Engel schloß mich in die schwarzen Flügel. Die Unsterblichkeitsrezepte, die uns die Galakten eifrig verabfolgen, helfen meinen Freunden ebensowenig wie mir. Lussin hält sich prächtig, sein dürrer Körper hat zuviel Sehnen und Knochen und zuwenig Fleisch – seinesgleichen altert lange nicht. Trub dagegen sieht wie ein Greis aus. Nie hätte ich gedacht, daß es ein so schönes Alter geben könne, ein so mächtiges Hinfälligwerden. Voller Zärtlichkeit spreche ich diese gegensätzlichen Worte „mächtig" und „Hinfälligwerden" aus, voller Schmerz sehe ich den toten Trub, als stehe er wie auf der Trauerfeier vor mir – riesengroß, schwarzflüglig, mit grauem Haarschopf und dichtem grauem Backenbart...